Georg M. Oswald
Unter Feinden

PIPER

Zu diesem Buch

Dass die Observation so aus dem Ruder laufen würde, hat auch Diller nicht vorhersehen können. Natürlich ist er angespannt und nervös im Vorfeld der internationalen Sicherheitskonferenz. Aber das ist es nicht. Sein Partner Kessel ist auf Drogen, und als der in Panik einen jungen Arab überfährt, steckt Diller voll mit drin. Während er die internen Ermittlungen gegen sie zu kontrollieren versucht, muss er weiter seine Arbeit tun und einen möglichen Terroranschlag auf die Konferenzteilnehmer verhindern. Aber die Uhr tickt. Denn wenn der junge Arab aus dem Koma erwacht, wird er erzählen, wer ihn lebensgefährlich verletzt hat. Dann wird Dillers Polizeikarriere beendet sein – ebenso wie seine gesicherte bürgerliche Existenz. Viel zu lange aber ist ihm nicht klar, dass sein alter Freund Kessel das größte Problem ist …

Georg M. Oswald, geboren 1963, arbeitet seit 1994 als Rechtsanwalt in München. Seine Romane und Erzählungen zeigen ihn als gesellschaftskritischen Schriftsteller, sein erfolgreichster Roman »Alles was zählt«, ist mit dem International Prize ausgezeichnet und in zehn Sprachen übersetzt worden. Zuletzt erschienen von ihm das Buch »55 Gründe, Rechtsanwalt zu werden« und der Roman »Vom Geist der Gesetze«. »Unter Feinden« ist von Lars Becker erfolgreich verfilmt worden.

Georg M. Oswald

UNTER FEINDEN

Roman

Piper München Zürich

Mehr über unsere Autoren und Bücher:
www.piper.de

Von Georg M. Oswald liegen bei Piper vor:
Wie war dein Tag, Schatz?
Unter Feinden

Ungekürzte Taschenbuchausgabe
September 2013

Umschlaggestaltung: Kornelia Rumberg, www.rumbergdesign.de
Umschlagmotiv: plainpicture/Arcangel/Lea Bernstein
Satz: Satz für Satz. Barbara Reischmann, Leutkirch
Gesetzt aus der Scala Serif
Papier: Munken Print von Arctic Paper Munkedals AB, Schweden
Druck und Bindung: GGP Media GmbH, Pößneck
Printed in Germany ISBN 978-3-492-30231-9

Mittwoch, 16. Januar

Es waren vier oder fünf Typen, die im Halbdunkel der einzigen intakten Straßenlaterne unter dem Basketballkorb herumhingen. Diller hatte seinen Sitz so weit wie möglich zurückgeklappt und sah von Zeit zu Zeit zu ihnen hinüber. Neben ihm auf dem Fahrersitz saß Kessel, der es sich auf die gleiche Weise bequem gemacht hatte. Vier oder fünf junge Männer, aber nicht immer dieselben. Ein paar gingen, ein paar kamen. Türken, Albaner, Nordafrikaner, Iraker, Iraner, was auch immer – *Arabs* jedenfalls. Warum waren sie so geschäftig, ständig in Bewegung, am reden, debattieren, streiten, weggehen, wiederkommen? Obwohl nicht zu erkennen war, was genau sie taten, war es mehr als offensichtlich. Diller wusste es, Kessel auch, doch sie vermieden, darüber zu sprechen. Nur aus den Augenwinkeln schauten sie hin, so als wäre es ihnen voreinander peinlich. Was auch der Fall war. Ihr Auftrag bestand darin, auf die andere Straßenseite zu sehen und zwei Fenster in dem heruntergekommenen Mietshaus gegenüber im Auge zu behalten. Sie taten es jetzt über eine Stunde lang, und wenn es nach ihrem Präsidenten ginge, würden sie es noch die ganze Nacht tun. Es handelte sich um zwei Fenster im dritten Stock. Wenn sich dahinter tatsächlich jemand befand, hielt er sich seit sie hier waren im Dunkeln auf und würde es wohl auch die ganze Nacht lang tun, weil er begriffen hatte, dass er observiert wurde. Wahrscheinlicher aber war, dass sich niemand in der Wohnung aufhielt und sie die nächsten acht Stunden völlig nutzlos im Auto sitzen, die schwarzen Fenster anstarren und schließlich, völlig übermüdet und ohne jedes Ergebnis, ins Präsidium zurückfahren würden.

Was wirklich interessant war, spielte sich währenddessen unter dem Basketballkorb ab. Die Jungs dealten, das sah ein Blinder, und Diller hätte ihnen zu gerne einen Besuch abgestattet, was auch immer daraus geworden wäre. Aber das war nicht möglich. Er musste sich um seine beiden schwarzen Fenster kümmern. Und um Kessel.

Es war warm für eine Nacht im Januar. Einige von den Arabs liefen in T-Shirts herum. Kessel fror. Er trug einen Wollpulli und ein Tweedjackett und zog trotzdem die Schultern nach vorn, Diller bemerkte, dass er sich bemühte, sein Zittern zu unterdrücken, das ihn wie ein Vorbeben erfasst hatte.

Diller und Kessel kannten einander länger als zwanzig Jahre und wussten mehr voneinander, als andere je wissen durften. Zum Beispiel über Kessels Verhältnis zu Suchtstoffen aller Art. Als sie jung waren und bei der Drogenfahndung viel Zeit miteinander verbrachten, hatte Diller einen relativ genauen Überblick über Kessels Konsumgewohnheiten. Lange Zeit schien es, als habe Kessel die Sache im Griff. Nie rutschte er ganz ab, immer fand sich ein Ausweg. In der Gegenwart angelangt, hielt Diller ihn für ein polytoxisches Wrack und zugleich für ein biologisches Wunder, das immer noch lebte, obwohl es in den vergangenen fünfundzwanzig Jahren alles zu sich genommen hatte, was es an verbotenen Substanzen in diesem Land zu kaufen gab. Nie so viel, dass es kein Zurück mehr gegeben hätte, aber eben doch viel zu viel. Diller ahnte das mehr, als dass er es wusste. Immer wieder gab es Ruhephasen, kalte Entzüge, das Gelöbnis der Besserung. Vor etwa sechs Jahren, versicherte ihm Kessel, habe er die Drogen endgültig aufgegeben. Alkohol hatte ihn bis dahin nicht sonderlich interessiert, doch nun fing er an, exzessiv zu trinken. Suchtverschiebung in Reinform.

Im Präsidium war Kessels Alkoholismus lange Zeit, zumindest offiziell, eine unausgesprochene Tatsache geblieben. Diller hatte sich nicht an dieses scheinheilige Tabu gehalten. »Du solltest eine Therapie machen«, hatte er ihm nach besonders schlimmen Nächten geraten. »Du solltest mich am Arsch lecken«, hatte Kessel geantwortet.

Doch vor ziemlich genau zwei Jahren war es so weit gewesen. Eine akute Bauchspeicheldrüsenentzündung hatte Kessel beinahe umgebracht. Zuerst kam der Zusammenbruch, dann die Therapie. Kessel war seitdem drogenfrei und trocken, sagte er und sagte der Bluttest, dessen Ergebnis er vor seiner Rückkehr in die aktive Einheit eingereicht hatte.

Sein Zittern sagte etwas anderes. Er war seit zwei Jahren zum ersten Mal wieder im Dienst auf der Straße unterwegs. Vor dem Einsatz hatte Diller Kessel gefragt, ob er das durchstehen würde. Kessel hatte ihn mit einem verächtlichen Blick bedacht. Doch mittlerweile war für Diller klar, dass Kessel in der Anfangsphase eines Entzugs steckte. Er hatte sich offenbar vorgenommen, in dieser Nacht, oder vielleicht auch nur, während Diller Zeuge war, nichts zu sich zu nehmen. Diller hätte gerne gewusst, wie

Kessel den Bluttest gefälscht hatte, aber er fragte ihn nicht, weil er ohnehin keine Antwort bekommen hätte. Es war im Augenblick auch nicht wichtig. Wichtig war, eine Antwort auf die Frage zu finden, was er jetzt tun sollte. Nach den Vorschriften durfte man während einer Observation das Fahrzeug nicht verlassen, aber die Vorschriften waren nicht für siebenundvierzigjährige Suchtkranke gemacht, deren Entzugserscheinungen außer Kontrolle gerieten.

Es würde nicht mehr lange dauern, bis sich Kessel in Krämpfen wand. Diller konnte nicht einfach dabei zusehen, so viel stand fest. Einen Krankenwagen zu rufen hätte Aufsehen erregt, und um Kessel in ein Krankenhaus zu bringen, hätten sie ihren Posten aufgeben müssen, zumal bei einer Behandlung durch einen Arzt Kessels Betrug aufgeflogen wäre. Es gab eine einfachere und bessere Lösung. Als sie vor ihrer Ankunft um den Block gefahren waren, hatte Diller um die Ecke einen Vierundzwanzig-Stunden-Laden gesehen. Dort konnte er bekommen, was er brauchte, um Kessel zu einem glücklicheren Menschen zu machen. Einfach kurz aussteigen, hingehen, Schnaps kaufen, zurückkehren und Kessel beruhigen, das war der Plan. Die Arabs unter dem Basketballkorb würden es nicht mitbekommen, und wenn doch, würde es sie nicht kümmern. Diller ließ noch einige Minuten vergehen, hörte auf Kessels immer unregelmäßigeres Atmen und beobachtete weiter die Typen. Egal, wie es ausging, er musste es tun, dachte er, und schließlich ließ er die Tür aufschnappen. Zu seiner Erleichterung schienen es die Jungs gar nicht mitzubekommen. Er stieg aus und ging los. Was für eine Scheißgegend. Hier wohnten nur Leute, die alles dafür gegeben hätten, umzuziehen, aber was sie hatten, war dafür eben nicht genug.

Diller ging langsam und sah nicht zu den Typen hinüber, als wäre es dann weniger wahrscheinlich, dass er ihnen auffiel. Mit jedem Schritt aber gewann er mehr Sicherheit, und schließlich war er ein ganz normaler Passant, der den Bürgersteig entlangging.

Als Diller den Laden betrat, griff der Mann an der Kasse unter die Theke, ohne ihn aus den Augen zu lassen. Diller nickte ihm zu und machte seiner Meinung nach ein freundliches Gesicht. Er signalisierte, dass er sich nur etwas umsehen wollte. Der Mann an der Kasse, auch ein Arab, behielt die Hand unter der Theke und beobachtete ihn. Diller nahm eine Literflasche Cola aus Plastik und eine Flasche Jack Daniels aus dem Regal, bezahlte ohne ein Wort und verschwand wieder.

Kessel hatte gewartet, bis Diller um die Ecke gebogen war, und allein, dass er ihn endlich nicht mehr sah, machte ihn gesünder, plötzlich wieder handlungsfähig. Er hatte nichts gegen seinen alten Freund, aber er musste zusehen, dass er auf die Beine kam, und dabei konnte ihm niemand anderer helfen als er selbst. Er ging auf die Arabs zu, als erwarteten sie ihn. Er nahm den, den er für ihren Chef hielt, ins Visier. Ein großer, schlanker, fast zierlicher Kerl, olivfarbene Haut, etwas hervortretende Augen, schwarzer Trainingsanzug mit goldenen Streifen. Der daneben war offensichtlich sein Pitbull, gleiche Hautfarbe, einen Kopf kleiner, breite Schultern, Oberarme wie Hartgummiklötze. Kessel hätte ihren Anblick ulkig finden können, wenn er Zeit dafür gehabt hätte. Während er auf den Großen zuging, bauten sich die anderen neben dem Pitbull auf. Kessel blieb vor ihnen stehen. Er krümmte sich etwas. Die Nervenbahnen in seinen Armen zogen. Er musste sich ziemlich zusammenreißen, aber er sprach nicht, bis ihn der Große mit einer sparsamen, aber überheblichen Kopfbewegung dazu aufforderte.

Kessel wollte keinen Zweifel daran lassen, dass er wusste, woran er war. »Du bist der Ice Cream Man, richtig?«

Die Typen sahen ihn einen Moment lang überrascht an, dann prusteten sie los: »Yo, yo!, Ice Cream Man!«

Kessel ignorierte den Spott, er musste bei seiner Linie bleiben, doch der große Kerl, an den er seine Worte gerichtet hatte, antwortete nicht.

»Okay, okay, ich kenne euch nicht, ihr kennt mich nicht. Schlechte Bedingung für Geschäfte. Aber ich garantiere euch, ich bin sauber, clean. Ein schneller Deal, und ich bin weg.«

Alle außer dem Großen wieherten vor Lachen über den übergewichtigen, knebelbärtigen Mann in Jeans, Hemd und Jackett mit den angegrauten halblangen Haaren, der so komisch redete.

»Ich verstehe Sie nicht«, sagte der Anführer, und die anderen begriffen das als Signal, ruhig zu sein.

Kessel verstand, dass das hier schlecht lief, aber er wollte nicht so ohne Weiteres lockerlassen. Es konnte nicht so schwer sein, zu kapieren, was er wollte.

»Ich brauche Stoff. Ihr ... kennt doch bestimmt jemanden.«

»Wir haben keinen ›Stoff‹. Und selbst wenn wir welchen hätten: Können Sie uns einen vernünftigen Grund nennen, warum wir ihn einem Polizisten verkaufen sollten?«

Das Siezen, die akzentfreie, fast schon gewählte Ausdrucksweise waren außergewöhnlich. Kessel konnte nicht leugnen, dass ihn das ein bisschen verunsicherte, aber es war ihm egal, weil er etwas brauchte, etwas von dem Zeug, das sie ganz sicher hatten. Woher sollten sie wissen, dass er ein Polizist war. Sie wollten ihn nur testen.

»Ich weiß, ich bin nicht ganz euer Alter, nicht euer Style, aber ich bin kein Bulle. Ich will einfach nur ein kleines bisschen von eurem Stoff, und ich bezahle dafür den Preis, den ihr mir nennt.«

Es war nicht schwer zu erkennen, dass Kessel jemand war, der tatsächlich was brauchte. Der Große fixierte ihn, prüfte ihn. War das hier eine Falle oder ein Geschäft?

Kessel half nach: »Überlegt doch mal. Wenn ich ein Bulle wäre: Warum sollten die Bullen jemanden wie mich schicken? Da gibt es viel coolere, die da arbeiten. Welche, die so aussehen wie ihr.«

Die Jungs reagierten mit gespielter Fassungslosigkeit. Wie war denn der Typ drauf?

Abrupt änderte der Große die Tonlage: »Woher willst du das wissen, und was soll das heißen, und warum verpisst du dich nicht einfach zurück in deine Karre zu deinem schwulen Kumpel?«

Er konnte seine Manieren also auch weglassen, und das Gesicht, das er dazu machte, ließ ahnen, dass das nur der Anfang war. Kessel behielt den Großen im Auge und blieb stehen, obwohl er begriff, dass er seine Chance, hier Drogen zu kaufen, vertan hatte. Falls er je eine gehabt hatte. Aber er wollte darüber nicht nachdenken, er brauchte einfach nur ein ganz kleines bisschen von diesem verdammten Stoff, um den komplett geistesgestörten Job durchzustehen, die ganze Nacht frierend in einem Auto zu sitzen und dabei auf zwei dunkle Fenster zu starren, hinter denen sich ganz offensichtlich niemand befand. Sein Unterzucker, sein Turkey, sein Was-auch-immer zwangen ihn zu handeln, und obwohl er wusste, dass es ein Fehler war, ein schlimmer, vielleicht sogar tödlicher Fehler, zog er seine HK aus dem Brusthalfter und hielt sie dem Großen ins Gesicht. Der blieb völlig ruhig. Kessel nahm alles zusammen, was er hatte, um nicht zu zittern. Ganz kurz gelang es ihm, aber schon nach ein paar Sekunden konnte er die Waffe nicht mehr stillhalten.

»Sie sind nicht der erste Bulle, den ich sehe, der drauf ist«, sagte der Große verächtlich. Ziemlich kaltblütig, dachte Kessel. Wer sagte ihm, dass der Bulle nicht einfach schoss, weil ihm plötzlich alles scheißegal war? Vielleicht wusste er, dass Bullen nie plötzlich alles scheißegal ist, wie schlimm auch immer es um sie stehen mochte.

Der Große griff langsam in die Hosentasche, holte ein kleines Plastiksäckchen heraus. Zwei weiß-rote Kapseln waren darin. Er schüttelte es wie ein Glöckchen zwischen Daumen und Zeigefinger, dann warf er es Kessel vor die Füße. »Heb's auf.«

Kessel bückte sich und hielt den Kopf dabei oben, genauso wie seine Waffe. Ohne das Säckchen anzusehen, steckte er es in die Tasche.

»Und jetzt bezahl dafür.«

Als Diller um die Ecke bog, sah er die offene Fahrertür ihres Wagens, was ihn schlagartig in höchste Alarmbereitschaft versetzte. Kessel hatte das Auto verlassen. Das konnte alles Mögliche bedeuten, aber sicher nichts Gutes. Im nächsten Augenblick hatte er Kessel entdeckt. Er stand allein mit gezogener Waffe vor fünf jungen Arabs. Aber es sah nicht so aus, als hielte Kessel sie wirklich in Schach. Diller zog seine HK, hielt sie in der Rechten, in der Linken weiterhin die Plastiktüte mit dem Jack Daniels und der Colaflasche, und lief zu Kessel hinüber. Er vermied es zu rennen. Er wollte Bestimmtheit signalisieren, aber nicht Panik.

»Was ist denn *hier* los?«, fragte Diller Kessel, als er beim Basketballkorb ankam.

»Ich habe diese Jungs hier beim Dealen erwischt«, antwortete Kessel.

Diller sah, wie seine HK zitterte, wie unsicher er dastand. Er glaubte Kessel kein Wort, aber wenn das hier keine Katastrophe geben sollte, musste es ihnen gelingen, so schnell wie möglich zu verschwinden.

»Okay, guter Fang, Kessel«, sagte Diller. Es klang so offensichtlich gelogen, dass es wehtat.

»Hört zu, Leute. Für diesmal wollen wir es gut sein lassen. Aber lasst euch kein zweites Mal beim Dealen erwischen, klar? Wir kommen in Zukunft öfter hier vorbei. Aber fürs Erste war's das, und die Sache bleibt unter uns. Das nächste Mal kommt ihr nicht so einfach davon.«

Die Arabs strahlten vor Hass und sie waren sprungbereit. Ein Zeichen des Großen, und sie würden Diller und Kessel in Stücke reißen. Es waren allein Dillers HK und sein verhältnismäßig klarer Kopf, der sie davon abhielt, es zu tun. Diller würde schießen, das spürten sie, und dann würde auch Kessel schießen.

»Ihr bleibt genau da stehen, wo ihr seid«, sagte Diller.

Mit vorgehaltenen Waffen gingen sie langsam Richtung Auto. Diller fürchtete, Kessel könnte stolpern.

»Gib mir die Schlüssel«, sagte Diller, als sie außer Reichweite waren.

»Ich fahre«, sagte Kessel.

»Was ist mit dir los, Erich? Gib die Schlüssel her, mit dir stimmt irgendwas nicht.«

»Ist mir scheißegal, wie du das siehst. Ich fahre.«

Sie drehten sich um und rannten zum Auto. Offensichtlich hatte Kessel jetzt so viel Adrenalin im Blut, dass er seine Entzugserscheinungen kurzzeitig vergessen konnte. Diller fühlte die Arabs in ihrem Rücken näher kommen. Kessel und er sprangen in den Wagen, und Kessel fuhr mit quietschenden Reifen los, bog um die nächste Ecke, an der Asphaltfläche entlang, als es einen Schlag tat. Im selben Moment hatte Diller ein Spinnennetz in der Windschutzscheibe vor Augen. Sie warfen Steine, und sie trafen gut. Kessel und Diller zogen die Köpfe ein, Kessel, der erstaunlich sicher fuhr, lenkte hin und her, ohne die Werfer zu sehen, und versuchte, ihnen auszuweichen. An der nächsten Straßenecke konnte man nur rechts abbiegen, eine enge Neunzig-Grad-Kurve, weiter an dem Asphaltplatz entlang. Kessel driftete, und als er gegenlenkte, sahen sie ihn an der Ecke stehen, den Pitbull, mit einem Baseballschläger bewaffnet, bereit zum Schlag. Er hätte die Scheinwerfer einschlagen können, ein Seitenfenster oder die Windschutzscheibe. Er hätte versuchen können, ihnen ein bisschen Angst zu machen, mehr eigentlich nicht. Aber das waren alles Gedanken, die Diller erst hinterher kamen. In diesem Moment war es einfach so, dass Kessel sofort auf den Pitbull zuhielt, als er ihn am Straßenrand stehen sah. Diller erkannte noch, wie der Ausdruck der Aggression im Gesicht des jungen Mannes in schneller Folge jenem der Verblüffung und des Entsetzens wich, bevor ihn der Kühler erfasste und durch die Luft schleuderte. Diller sah ihn im Seitenspiegel hinter ihnen auf dem Asphalt aufschlagen. Tot, dachte er.

Kessel schwieg, stierte auf die Straße und fuhr viel zu schnell.

»Fahr *langsamer*«, sagte Diller nachdrücklich. »*Wir* sind die Polizei. Erinnerst du dich?«

Kessel trat auf die Bremse und fuhr rechts ran. Diller glaubte zuerst, er würde ihm jetzt eine Szene machen wollen, den nächsten Irrsinn abliefern, aber es schien etwas anderes zu sein. Kessel blieb auf dem Parkstreifen neben einem Wohnblock stehen. Sie waren nicht besonders weit gefahren, aber weit genug, um für einen Moment keine Verfolger fürchten zu müssen. Kessel drehte den Motor ab, das Licht im Innenraum ging aus, er sank in sich zusammen und verharrte regungslos. Diller wusste nicht, was er sagen sollte. Er war so gebannt von der Katastrophe, die gerade geschehen war, dass es ihm kaum gelang, einen Gedanken zu fassen. Wenn das herauskam, waren sie beide ihre Jobs los. Für Kessel wäre es das sichere Ende, er konnte sich die Kugel geben. Mörder wurden von den schmierigeren unter den privaten Sicherheitsdiensten zwar gerne genommen, aber nicht wenn sie dazu noch alt, drogensüchtig und alkoholkrank waren. Für Diller sah es nicht viel besser aus. Er hätte die Observation abbrechen und Kessel in ein Krankenhaus fahren müssen. Kessels Laufbahn als aktiver Ermittler wäre damit für alle Zeiten beendet gewesen, seine aber nicht. Professionelle Helfer hätten sich um Kessels Alkohol- und Drogenproblem gekümmert. Diller hätte wahrheitsgemäß angeben können, davon nichts gewusst zu haben. Stattdessen war er losgezogen, um Sprit für ihn zu kaufen, und hatte ihn allein im Wagen zurückgelassen, obwohl er zu diesem Zeitpunkt schon gewusst hatte, dass ihm, einem rückfälligen Süchtigen, nicht zu trauen war. Alles, was danach kam, war folglich allein Dillers Schuld. Wenn man wollte, konnte man es so sehen, und der Präsident würde es so sehen, da war er sicher. Diller dachte an seine Familie und an die Schmach, auf diese Weise seinen Job zu verlieren.

Es musste eine bessere Lösung geben.

Zuerst einmal mussten sie alles tun, um ihre Lage nicht weiter zu verschlimmern. Für Diller hieß das, er musste Kessel so schnell wie möglich an einen Ort bringen, wo er die nächsten zwölf Stunden gefahrlos bleiben konnte. Dazu musste es ihm aber erst gelingen, ihn zurück in die Gegenwart zu bekommen. Kessel saß da, als wäre er im Sitzen gestorben. Diller griff nach der Plastiktüte, die an seinen Füßen lag. Er öffnete die Autotür einen Spalt, goss die halbe Cola-Flasche auf den Asphalt und füllte sie mit Jack Daniels wieder auf. Dann hielt er sie Kessel hin. Der saugte an der Flasche wie ein Baby, in gierigen, langen Zügen, dann setzte er ab, rülpste und gab die Flasche zurück. Diller stieß ihm freundschaftlich mit der Faust gegen den Oberarm und sagte: »Steig aus. Lass mich fahren.« Kessel gehorchte ohne ein Wort.

Diller suchte nach einer Lösung. Er wusste nicht, ob Kessel wirklich auf Drogen war, aber er musste es jetzt annehmen. Was sonst hätte er von den Arabs haben wollen?

»Ich bringe dich jetzt in deine Wohnung. Dort bleibst du so lange, bis ich mich bei dir melde, hörst du? Du gehst nicht ans Telefon, und du redest mit niemandem. Brauchst du irgendetwas, was wir vorher noch besorgen sollten?«

Diller bemühte sich um einen halbwegs gelassenen, kollegialen Ton, der Zuversicht verströmen sollte.

Kessel griff den Ton auf. »Ich bin kein Junkie, Markus. Ich wollte keine Drogen von den Typen. Du hast doch bemerkt, dass sie die ganze Zeit zu uns herübergesehen haben. Wir hatten noch die ganze Nacht vor uns. Ich wollte mir einfach Respekt verschaffen. Es ist eskaliert. Es war ein Unfall. Und weil du's wissen wolltest: Mit der Flasche hier komme ich aus, bis wir zu Hause sind, und da ist mehr.«

Diller verzog den Mund ein bisschen, weil er ahnte, dass das als Scherz gemeint und zugleich wahrscheinlich nur die halbe Wahrheit war.

»Wenn wir dichthalten, können die uns nichts«, sagte er.

Sie wussten beide nur zu gut, dass das nicht stimmte. Aber es blieb ihnen nichts anderes übrig, als daran zu glauben.

Kessel wohnte in einem mindestens hundert Jahre alten, völlig verdreckten Haus in der Goethestraße auf Höhe des Hauptbahnhofs, in einem Viertel voller arabischer Obst- und Gemüseläden, türkischer Supermärkte, Sexshops, Automatenkasinos, Animierlokale und schäbiger Kneipen. Der Eingangsbereich stand für jedermann offen, blaue Müllsäcke lagen darin herum, und es stank nach Pisse. Hinter einem Eisengitter, für das nur die Bewohner einen Schlüssel besaßen, lag das Treppenhaus, und es gab sogar einen Lift, der funktionierte.

Obwohl sie sich so lange kannten, war Diller noch nie in Kessels Wohnung gewesen. Sie übertraf seine schlimmsten Erwartungen. Ein dunkles, unaufgeräumtes Anderthalbzimmerapartment, in dem es nach Essensresten, schmutziger Wäsche, Alkohol, kalter Asche und verzweifelter Männereinsamkeit roch. Seinem Bewohner durfte man alles zutrauen. Diller bemühte sich, so schnell und unauffällig wie möglich Dinge zu entdecken, die auf Drogenkonsum schließen ließen: Aluminiumfolie, gelbbrauner Glaskolben, verrußter Löffel, Röhrchen, Päckchen. Es fiel ihm nichts auf. Kessel rieb sich die Handflächen, trat von einem Bein aufs andere. Es war ihm sichtlich unangenehm, Besuch zu haben.

»Sie werden versuchen, dich zu finden. Kollegen, Arabs, andere Leute«, sagte Diller. »Du gehst nicht vor die Tür, hörst du? Wenn du Stoff brauchst, sag es jetzt. Es besteht eine winzige Chance, dass wir das wieder geradebiegen können. Versau es kein zweites Mal, okay?«

Kessel nickte schuldbewusst mit gesenktem Kopf und halb erhobenen Händen.

»Du hast recht, Markus. Ich bin okay, Markus. Ich werde hierbleiben, bis du mich anrufst. Ich werde nicht ans Telefon gehen, wenn ich nicht weiß, dass du es bist. Ich gehe nicht an die Tür. Ich bin nicht da, solange du mich nicht auf diesem Handy hier anrufst und ich deinen Namen auf dem Display sehe.«

Diller nickte. Kessel war jetzt auf eine Art schicksalsergeben, die ihm nicht gefiel. Es kam ihm in den Sinn, wie Kessel ausgesehen hatte, als er auf den Typen mit dem Baseballschläger zugefahren war. Pure, eiskalte Aggression.

Diller verabschiedete sich mit einer knappen Handbewegung und zog die Tür hinter sich zu. Er lief zum Wagen und fuhr nach Hause. Als er von der Wolfratshauser Straße in die Siemensallee einbog, fuhr er langsamer. Er überprüfte in allen Spiegeln, ob irgendjemand in der Nähe war. Nichts. Er reduzierte die Geschwindigkeit weiter, auf etwa zwanzig Stundenkilometer, zog dann den Wagen nach rechts und prallte mit der rechten Front gegen einen der Alleebäume. Er war langsam genug gewesen, um den Wagen nicht zu stark zu beschädigen. Er setzte zurück und fuhr weiter.

Kessel fischte das Plastiksäckchen aus der Tasche, zog Jackett, Hemd und Schuhe aus und ging ins Bad. Er hatte es jetzt eilig. Er löste eine Kachel aus der Wand hinter der Kloschüssel und holte heraus, was er dort versteckt hielt. Steril verpackte Einwegspritzen, einen Löffel. Er zerbrach eine der rot-weißen Kapseln und kochte sich mit dem Feuerzeug einen Schuss auf, den er sich in eine Vene im Unterschenkel spritzte. In wenigen Sekunden löste sich jede Anspannung, und ihm wurde klar, dass er sich außerhalb jeder Gefahr befand. Der Große hatte ihn demütigen wollen, und es war ihm beinahe gelungen. Nur gerecht, dass er dem Typen mit der Keule eine Lektion erteilt hatte. Aber der Stoff war gut, das musste er zugeben. Er hatte die Sache im Griff, absolut und eindeutig im Griff, dachte er und ahnte zugleich, dass das nicht stimmen konnte. Er saß auf dem Klodeckel, lehnte sich mit dem Kopf seitlich an die Wand, und langsam entgleisten seine Gesichtszüge.

Es war halb ein Uhr nachts, als Diller vor dem Reiheneckhaus in Solln parkte, das er seit ein paar Jahren mit seiner Familie bewohnte. Als er ausstieg, tauchte ein Wachmann des privaten Sicherheitsdienstes auf, der die Makartstraße bewachte, seit es hier in der Gegend eine Serie von Einbruchsdiebstählen gegeben hatte. Ein großer, kantiger Kerl in einer amerikanisch aussehenden Uniform. Er patrouillierte zu Fuß. Diller und er kannten sich vom Sehen. Diller wusste, dass der Mann Schneider hieß und wie so viele Mitarbeiter privater Sicherheitsfirmen ein ehemaliger Polizist war. Er war ungefähr halb so alt wie Diller und hatte wohl sofort nach der Ausbildung gewechselt. Vielleicht hatte er etwas ausgefressen. In ihren kurzen Gesprächen vor dem Haus taten sie so, als wären sie Kollegen, aber Diller spürte Schneiders Missgunst, von der er nicht genau wusste, worauf sie sich bezog. Auf das Haus vielleicht, die Familie, ganz allgemein vielleicht auf ein Leben, von dem er sich zu Unrecht ausgeschlossen fühlte.

»N'Abend, Herr Diller. Da hat's aber ganz schön gekracht, was?«

Diller hätte nicht entscheiden wollen, ob es Neugier oder Schadenfreude war, die in Schneiders Stimme lag. Schneider blieb vor dem Wagen stehen und besah sich die verbeulte Kühlerhaube und die zersplitterte Verbundglasscheibe.

»Von der Straße abgekommen. Nicht der Rede wert.«

Schneider ignorierte Dillers Wunsch, es kurz zu machen. »Ah, und das da war wohl Steinschlag, wie?« Er deutete auf die Scheibe.

»Könnte es Ihnen nicht sagen. Ging alles so schnell.«

»Das wird Ihre Dienststelle aber nicht freuen?«

»Ich vermute mal, das wird denen egal sein. Die haben Wichtigeres zu tun, als sich den Kopf über Blechschäden zu zerbrechen.«

»Von der Straße abgekommen. Obwohl es gar nicht glatt ist.«

Diller passte es nicht, dass Schneider sich so sehr für den Wagen interessierte. Beinahe provozierend.

»Ich war unaufmerksam. Das ist alles. Ich hoffe, Sie können von sich immer das Gegenteil behaupten.«

»Das hoffe ich auch, Herr Diller. Im Ernst. Bisher war die Nacht ruhig.«

»Ich sehe, Sie haben vorgesorgt. Soll ja noch kalt werden«, sagte Diller in Anspielung auf Schneiders dick gepolsterte Kleidung.

»Ja, soll einen Temperatursturz geben in den nächsten Stunden. Und morgen früh dann warmen Wind aus der Wüste.«

»Ja, irres Wetter.«

Die Männer wünschten einander eine gute Nacht, Schneider warf noch einmal einen Blick auf die eingedrückte Front des Wagens und schüttelte merklich den Kopf. »Kümmere dich doch um deinen eigenen Scheiß, du Trottel«, zischte Diller leise, als er das schwere Sicherheitsschloss der Haustür aufsperrte. Er zog sich im Dunkeln aus, warf seine Klamotten über einen Stuhl und ging dann ins Schlafzimmer, wo Maren längst schlief. Er schlüpfte auf seiner Seite des Bettes unter die Decke. Die Suspendierung, die ihm morgen bevorstand, war das Letzte, woran er dachte, bevor er erschöpft einschlief.

Donnerstag, 17. Januar

Beim Frühstück bemühte er sich, so alltäglich wie möglich zu erscheinen, obwohl er befürchtete, Kollegen könnten jeden Augenblick mit einem Haftbefehl gegen ihn vor der Tür stehen. Es störte ihn, dass Luis, sein dreizehnjähriger Sohn, nicht aus dem Bett fand. Luis musste um Viertel nach sieben das Haus verlassen, jetzt war es zehn vor, und er stellte sich immer noch tot. Trotzdem schaffte er es irgendwie, zehn Minuten später am Frühstückstisch zu sitzen. Ein Mensch gewordener Vorwurf in einem gelben FUCKUALL-T-Shirt. Diller fand, Luis war zu dünn angezogen, und das T-Shirt gefiel ihm nicht. Eine kurze Zeit schwiegen sie alle und aßen. Dann hielt es Diller nicht länger aus.

»Glaubst du, das ist die richtige Botschaft an einem katholischen Gymnasium?«

Diller wollte diese Frage eigentlich gar nicht stellen. Es interessierte ihn weder dieses bescheuerte T-Shirt noch, was irgendjemand darüber dachte. Er hatte einzig und allein das Bedürfnis, jemanden anzuschnauzen.

»Es ist ein Modelabel. Es bedeutet nichts«, sagte Maren.

»So. Ein Modelabel. Verstehen das Priester auch?«

»Es gibt nur einen Priester an der Schule, und der hat mit diesem T-Shirt bestimmt kein Problem.«

»Wenn ich das richtig verstehe, bedeutet es, ›fickt euch alle‹! Ich hätte ein Problem, wenn jemand in meiner Abteilung so ein T-Shirt tragen würde.«

Luis rollte die Augen. »Muss ich es ausziehen?« Er richtete die Frage an Maren, ohne sie wirklich zu stellen.

»Natürlich nicht. Es ist ein T-Shirt, Markus. Mona hat es ihm geschenkt«, sagte Maren.

»Na, wenn Mona es ihm geschenkt hat, dann kann es ja nicht verkehrt sein«, sagte Diller.

Er wusste, dass er mit diesem Satz den Ärger vergrößerte, weil er sich nicht nur gegen Luis, sondern auch gegen Mona und Maren richtete, und auf eine verzwickte Art wollte er genau das: sich mit all denen anlegen, die er liebte und die er so sehr würde enttäuschen müssen.

Luis stand auf und brachte sein Geschirr in die Küche. Diller hielt das für einen Aufbruch unter Protest, aber Luis kam mit einem Blatt Papier in der Hand zurück.

»Demnächst ist in der Schule ein Theaterabend. Ich will da hingehen. Ich brauche eure Unterschrift, dass ich darf.«

Diller war überrascht. Es war ihm neu, dass sich Luis fürs Theater interessierte. Aber seine schlechte Laune konnte er nicht sofort aufgeben.

»Und die Eltern? Sind die nicht eingeladen?«

»Ich glaube nicht, dass euch das interessiert.«

»Woher willst du das wissen? Was wird denn gespielt?«

»Mockinpott.«

Luis sprach den Titel aus, als wäre er so berühmt wie *Faust* oder *Romeo und Julia*. Diller hatte ihn noch nie gehört, was er aber gewiss nicht zugegeben hätte.

»*Mockinpott* also. Prima, da gehen wir hin, nicht wahr, Maren?«

»Warum nicht?«, sagte sie. Sie schien zufrieden, dass sich ihr Mann beruhigte.

Diller setzte seine Unterschrift auf das Papier und bat Luis, zwei Karten für sie zu besorgen.

»Werd sehen, was ich machen kann«, sagte Luis, betont gönnerhaft, packte seine Sachen zusammen und machte sich auf den Schulweg.

Diller beeilte sich, ebenfalls loszukommen und dabei Maren auszuweichen, die, das spürte er, wissen wollte, was wirklich mit ihm los war.

Über Nacht war es tatsächlich fünfzehn Grad kälter geworden, und es waren bestimmt zwanzig Zentimeter Schnee gefallen. Der milden Nacht im Januar folgte ein klirrend kalter Wintertag. Die Luft fuhr Diller eisig in die Lungen, als er vor die Haustür trat, ohne Hoffnung, einer weiteren Begegnung mit dem Wachmann entkommen zu können. Bei seinen ersten Schritten prüfte er den Untergrund. Der Boden war vereist. Das war gut. Vielleicht waren die Spuren, die sie im Westend bei ihrem Unfall hinterlassen hatten, schon verloren. Diller sah sich um, bevor er anfing, die kaputte Windschutzscheibe des Dienstwagens freizukratzen. Das schwarze SUV der Sicherheitsleute parkte am Anfang der Makartstraße. Schneider saß darin und erwartete frierend und übernächtigt das Ende seiner Schicht. Er hob mit einem aufgesetzten Lächeln die Hand zum Gruß. Diller deutete eine Erwiderung an. Schneider würde jede Gelegenheit nutzen, um bereitwillig auszusagen, wann er Diller wo begegnet und was ihm dabei aufgefallen war, und er würde es genau mit diesem aufgesetzten Lächeln tun. Wahrscheinlich war es nicht einmal etwas Persönliches. Es wäre ihm genug, sich ein bisschen wichtig zu fühlen, zu zeigen, dass er auf dem Posten war. Der Schnee hatte die lädierte Kühlerhaube dick genug bedeckt, um den Blechschaden am Kühlergrill zu verbergen. Diller wischte noch das Dach frei, stieg ein und fuhr los. Als er an Schneiders Wagen vorbeikam, wich er seinem Blick aus.

Dillers Ermittlungsapparat setzte sich in Gang, jener komplizierte Mechanismus aus Erfahrung, Beobachtung und Verdacht, der ihn seine Entscheidungen treffen ließ. Doch anders als sonst, richtete sich dieser Apparat jetzt nicht gegen jemanden, den er verfolgte, sondern gegen ihn selbst.

Diller ging Schritt für Schritt durch, was er jetzt zu tun hatte. Zuerst musste er den Wagen wegbringen, dann so früh wie möglich zu Strauch, dem Leiter des gestrigen Einsatzes, um seinen Bericht abzugeben. Mündlich vorerst. Wie lagen die Fakten? Falls sich in der Wohnung in der Geroltstraße nachts nichts getan hatte, würde sich verheimlichen lassen, dass sie die Observierung abgebrochen hatten. Nicht verheimlichen ließ sich hingegen, dass Kessel mit ein paar jugendlichen Drogendealern in Streit geraten und Diller dazugekommen war, bevor die Situation eskalierte. Und erst recht nicht ließ sich verheimlichen, dass sie wenig später einen dieser jungen Männer überfahren hatten. Auch wenn sie niemanden gesehen hatten, würde es dafür Zeugen geben. Sie würden aussagen, dass der zivile Polizeiwagen auf den jungen Mann zugehalten und nicht gebremst hatte. Dafür, dass die Jugendlichen Drogen verkauften und dass der Pitbull mit seiner Baseballkeule ihre Windschutzscheibe zertrümmern wollte, gab es selbstverständlich keine Zeugen. Dafür gab es nur Kessels und Dillers Aussagen, und die wären, wenn es darauf ankäme, nichts weiter als

Schutzbehauptungen. Schneider und Dillers Familie dagegen konnten wahrheitsgemäß angeben, dass er die zweite Hälfte der Nacht zu Hause verbracht hatte, was ausreichte, um ihm ein Dienstvergehen, die eigenmächtig abgebrochene Observation, nachzuweisen. Schneider konnte darüber hinaus sicher wörtlich ihre Unterhaltung wiedergeben und den Schaden an dieser Karre genau beschreiben. Es war aussichtslos. Sollte sich irgendjemand auch nur die geringste Mühe geben, ihn und Kessel fertigmachen zu wollen, würde es ihm mit Leichtigkeit gelingen.

Diller drehte das Radio an und suchte einen Nachrichtensender. Dann fischte er sein Handy aus der Jackentasche. Bevor er Kessels Nummer tippte, fragte er sich, ob irgendjemand irgendeinen belastenden Schluss daraus würde ziehen können, dass er Kessel jetzt anrief. Fuck you all, dachte er. Es war sowieso längst alles hinüber. Alles, was er noch tun konnte, war, ein bisschen zu zappeln, sich ein bisschen zu wehren. Also tat er es. Er hatte keine genaue Idee, was er mit Kessel besprechen wollte, aber es gab einige Dinge zu klären. Ob er noch lebte, zum Beispiel. Ob er in der Zwischenzeit Besuch bekommen hatte. Dass er noch immer unter keinen Umständen die Wohnung verlassen, mit niemandem sprechen durfte. Kessel nahm nicht ab, was nur dazu führte, dass Diller sich noch mehr Sorgen machte.

Endlich brachten sie im Radio die Meldung, auf die er gewartet hatte. Aber es klang ganz anders als das, womit er gerechnet hatte:

»Bei einem Polizeieinsatz im Münchner Westend kam es in der vergangenen Nacht zu schweren Krawallen, nachdem ein junger Mann bei einem Verkehrsunfall schwer verletzt worden war. Mehrere Dutzend Jugendliche in dem überwiegend von Einwanderern bewohnten Stadtviertel bewarfen Streifenpolizisten mit Flaschen und Steinen. Einige Fahrzeuge, darunter auch ein Polizeiauto, gingen in Flammen auf. Mülltonnen wurden in Brand gesteckt. Nach ersten internen Ermittlungen waren die Beamten nicht in den Unfall verwickelt. Zahlreiche Zeugen berichteten aber, die Polizisten hätten sich nicht sofort um das Unfallopfer gekümmert. Dies sollen die Ermittlungen klären. Kurze Zeit nach dem Unfall versammelten sich Dutzende, später Hunderte Jugendliche in der Nähe des Schauplatzes. Bei weiteren Ausschreitungen wurden nach Angaben der Behörden zwei Polizeiwachen zerstört und etwa zwanzig Geschäfte und eine McDonald's-Filiale geplündert.

Berichten zufolge sollen Jugendliche mit Schrotgewehren auf Polizisten und Journalisten geschossen haben. Ein Sprecher der Polizeigewerkschaft teilte mit, mehrere Beamte seien bei den Unruhen verletzt worden, drei davon schwer. Auch ein Journalist zählte zu den Verletzten. Das Polizeipräsidium teilte mit, etliche Jugendliche seien in Gewahrsam genommen worden. Am frühen Morgen wurde die Lage von dem seit Anfang des Monats im Amt befindlichen Polizeipräsidenten März in einer Stellungnahme als ›nach wie vor explosiv‹ bezeichnet. Die Familie des Opfers rief die Protestierenden zur Ruhe auf.«

Diller konnte kaum glauben, was er hörte, und doch hoffte er sofort, dass sich diese Entwicklung günstig für ihn und Kessel auswirken könnte. Der Radiosprecher wies auf eine Sondersendung im Anschluss an die Nachrichten hin: »Aufstand im Westend – die Ursachen.« Dann gab der Oberbürgermeister ein Interview. Er mimte den Besonnenen, versuchte die Sache herunterzuspielen, rief ebenfalls zur Ruhe auf.

Diller drehte das Radio ab und versuchte für das, was er gerade gehört hatte, eine Erklärung zu finden. Kessel und er hatten den Pitbull überfahren und waren geflohen. Der Pitbull lag am Boden. Schwer verletzt, aber nicht tot. Jemand rief die Polizei. Eine Funkstreife kam, vielleicht die beiden jungen Beamten, mit denen er tags zuvor gesprochen hatte. Um das Opfer scharten sich Leute aus der Nachbarschaft und sahen, dass es der Pitbull war. Ihn und seine Freunde, die auf dem Asphaltplatz herumhingen, kannten sie. Sie bedrängten die Polizisten, etwas zu unternehmen. Die Beamten riefen einen Krankenwagen, der unverständlich lange auf sich warten ließ. Der Unmut der Leute wuchs, ein junger Mann, ein Freund des Pitbulls, der sich besonders aufregte, schlug mit der flachen Hand auf die Kühlerhaube des Polizeiautos, die Polizisten reagierten falsch, ließen sich auf eine Autoritätsdiskussion ein, mehr Leute versammelten sich auf der Straße, der Krankenwagen kam nicht durch, einige stimmten Sprechchöre gegen die Polizei an, die Beamten forderten Verstärkung an, ein vergitterter Mannschaftstransporter erschien, die Leute fühlten sich herausgefordert, der erste Pflasterstein knallte gegen die Heckscheibe des Streifenwagens. Vielleicht war es so.

Vielleicht aber gab es auch Zeugen, die ihn und Kessel gesehen hatten. »Zwei Zivilbullen in einem blauen BMW. Hier, wir haben die Nummer.« Und vielleicht wollten die Streifenpolizisten davon nichts wissen, wollten es nicht glauben, weil sie das in einer ohnehin für sie schwierigen

Situation beinahe selbst schon zu Schuldigen gemacht hätte.

Diller griff noch einmal nach seinem Handy, rief Kessel an, der immer noch nicht abnahm, und sprach ihm auf die Mailbox: »Falls du noch am Leben bist, geh nicht vor die Tür, sprich mit niemandem, schau ins Internet, schalte den Fernseher ein und warte in deiner Wohnung, bis ich dich abhole. Es ist noch nicht vorbei.«

Eigentlich hätte Diller jetzt ins Präsidium fahren müssen, um den verbeulten BMW bei der Fuhrparkverwaltung abzugeben. Er hätte einen Schadensbericht ausfüllen und von Strauch abzeichnen lassen müssen. Er hätte darin den Baum, gegen den er gefahren war, und die Uhrzeit, zu der er das getan hatte, genau dokumentieren müssen. Er hätte die Details manipulieren und verschweigen müssen, was im Westend passiert war. Müssen, müssen, müssen.

Immer wieder ging Diller in Gedanken durch, wie das gestrige Geschehen zu bewerten war. Im Augenblick sah er es so: Der Pitbull lebte. Trotzdem konnte ein Staatsanwalt, der richtig in Form war, Kessel einen versuchten Mord anhängen. Was Diller selbst betraf, hatte er bisher lediglich gegen eine Dienstvorschrift verstoßen. Er hatte während einer Observation das Dienstfahrzeug verlassen. Das war nicht strafbar, auch wenn es weitreichende Folgen gehabt hatte. Womit musste er rechnen, wenn es herauskam? Mit einem Disziplinarverfahren, höchstens einer Strafversetzung. Wenn er aber den Unfall vertuschte, beging er eine Strafvereitelung, denn er tat es, um Kessels versuchten oder vollendeten Mord oder Totschlag zu vertuschen, und dafür gab es bis zu fünf Jahre

Gefängnis.Rechtlich gesehen wäre es also wahrscheinlich klug, Kessel hinzuhängen, um sich selbst damit aus der Affäre zu ziehen. Doch genau das konnte sich Diller nicht vorstellen. Was auch immer Kessel getan hatte, er war sein Kumpel, sein ältester Freund. Durch ihn hatte er Maren kennengelernt, er hatte ihm die Stelle bei der Polizei verschafft. Diller wusste, was Maren dazu sagen würde: »Heißt das, wenn *er* sein Leben ruiniert, musst du deines auch ruinieren?« Aber darum ging es hier nicht. Wie konnte er Luis beibringen, was Loyalität ist, wenn er Kessel verriet? Der rechtliche Standpunkt berücksichtigte nicht, dass Diller Gründe hatte, das genaue Gegenteil von dem zu tun, was möglicherweise klug gewesen wäre. Keine Gründe vielleicht, die sich am Ende zu seinem Vorteil auswirken würden. Aber gute, da war er sich sicher.

Diller fuhr nicht ins Präsidium, sondern bog von der Aidenbachstraße in die Boschetsriederstraße ab, hielt vor einer Deutsche-Bank-Filiale und hob an einem Geldautomaten fünfhundert Euro von seinem Konto ab. Sollte sich jemals jemand dafür interessieren, was er an diesem Morgen getan hatte, würde er auf die Abhebung dieser für ihn ungewöhnlich hohen Summe stoßen. Auf seinem Kontoauszug wäre sie zu sehen. Allein schon die Frage, was er mit diesem Geld gemacht habe, würde ihn in unüberwindliche Erklärungsnöte bringen. Doch das quälte ihn jetzt nicht weiter, denn sollte es jemals so weit kommen, dass sich jemand dafür interessierte, wäre ohnehin längst alles zu spät.

Er stieg wieder in den Wagen und fuhr ein paar Hundert Meter weiter auf einen Gewerbehof vor eine Autowerkstatt, die neben einer riesigen Schrottpresse untergebracht war. Beides wurde von einem Mann namens

Eicher betrieben. Er beschäftigte immer ein paar Hilfskräfte, meistens Osteuropäer. Sein größter Auftraggeber war die Polizei, die ihre zivilen Fahrzeuge bei ihm reparieren ließ, aber er nahm auch andere Aufträge an. Diller kam nicht zu ihm, weil er ihm vertraut hätte. Er hielt ihn nur für zu desinteressiert, um ohne besonderen Anlass von ihm verpfiffen zu werden.

Sie standen vor dem lädierten blauen BMW.

»Soll der in die Presse?«, fragte Eicher.

»Nein. Er muss repariert werden. Neue Scheibe, neuer Kühlergrill und so weiter.«

»Lohnt sich nicht.«

»Egal.«

»Von dem Krawall gestern?«, fragte Eicher. Offensichtlich hatte auch er Radio gehört.

»Nein. Ich bin von der Straße abgekommen und gegen einen Baum gefahren.«

Diller versuchte so gleichgültig wie möglich zu klingen, aber seine Ausrede war zu schlecht, um keinen Argwohn zu erregen. Doch er hatte keine bessere. Eicher sah ihn prüfend an. Er kannte ihn nicht gut, doch immerhin gut genug, um zu wissen, dass Diller nicht der Typ Autofahrer war, der einfach von der Straße abkam und in einen Baum fuhr.

Diller hatte nicht die Absicht, das zum Thema zu machen, und setzte noch eins drauf. »Ich bin am Steuer eingeschlafen. Aber ich war wohl zu langsam für einen ausgewachsenen Unfall. Kannst du das für mich erledigen? Und ich wäre dir dankbar, wenn du keine große Sache draus machen würdest.« Diller duzte ihn, weil Eicher auch jeden duzte. Es war kein Zeichen besonderer Verbundenheit. Eicher glaubte ihm kein Wort und gab sich nicht die Mühe, das zu verbergen, aber er versprach, sein Bestes zu tun.

Diller gab ihm die fünfhundert Euro als Anzahlung und wollte keine Quittung dafür. Er verabschiedete sich und machte sich zu Fuß auf zur nächsten U-Bahn-Station.

Ein unwirklich warmer Wind wehte durch die Straße. Vor den Zeitungskästen blieb er einen Moment stehen und las die Schlagzeilen – »Aufstand im Westend«. Er nahm sich eine *Abendzeitung* und bezahlte mit sorgfältig abgezähltem Kleingeld.

Der schwierigste Teil des Morgens wartete auf ihn, der Gang ins Büro. Fehler zogen weitere Fehler nach sich. Man sollte sie also vermeiden, wenn man nicht auffliegen wollte. Er kannte das Problem, wenn auch bisher nur aus anderer Perspektive. Jetzt verstand er, warum einen diese Erkenntnis so befangen machte. Wichtig war vor allem, so zu wirken, »als ob nichts gewesen wäre«. Als er sich dem Polizeipräsidium näherte, diesem heruntergewirtschafteten moosgrünen Nazibau im Zentrum der Stadt, war er betäubt von der Wucht seines Herzschlags. Er glaubte nicht mehr an seine Chance.

Die uniformierten Kollegen hinter dem kugelsicheren Glas an der Pforte grüßte er mit der gleichen selbstverständlichen Lässigkeit wie immer, und sie grüßten ebenso zurück. Kein plötzliches Geschrei, keine Handschellen. Warum auch?

Es herrschte die übliche morgendliche Betriebsamkeit in dem Gebäude, kein Unterschied zu anderen Tagen. Die Ereignisse der letzten Nacht hatten, jedenfalls auf den ersten Blick, keine Spuren hinterlassen.

Diller ging zur Fahrbereitschaft und teilte mit, dass er einen Unfall mit dem BMW gehabt habe.

»Schlimm?«, fragte der Fahrdienstleiter routinemäßig besorgt.

»Nur ein paar Kratzer. Unachtsam und gegen einen Baum gerutscht.«

Der Fahrdienstleiter zog die Brauen hoch. Diller war es peinlich, er verabschiedete sich, sah auf seinen Weg und hoffte, an seinen Schreibtisch zu kommen, ohne mit weiteren Kollegen reden zu müssen. Kurz vor seiner Zimmertür lief er Wally in die Arme. Herbert Wallner, genannt Wally, was ebenso viel mit seinem Nachnamen zu tun hatte wie mit seinem Körper, einer Kreuzung aus Qualle und Wal. Wally, gut zehn Jahre jünger als Diller, trug Krawatte und Bürstenhaarschnitt. Er sprach mit allen, und alle sprachen mit ihm, ob sie wollten oder nicht. Er war immer da, wo es etwas zu erfahren, und immer dort, wo es etwas weiterzuerzählen gab. Dillers übermüdeter Anblick malte ein breites Lächeln auf sein Gesicht.

»Diller! Du bist schon hier! Harte Nacht gehabt, wie? Hast du einen Augenblick?«

Diese Fragen gefielen Diller überhaupt nicht. Er hatte nicht die geringste Lust, darüber nachzudenken, was Wally wusste und was nicht. Als gewöhnlicher Fußsoldat besaß er keine besonderen Informationen. Vielleicht war er gerade deshalb gut für einen Test.

»Tut mir leid, Wally, ich hab wenig Zeit. Ich muss meinen Observationsbericht schreiben.«

»Deinen Observationsbericht? Der interessiert, glaube ich, im Augenblick niemanden. Der Präsident sucht dich. Hat durchgeben lassen, jeder, der dich sieht, soll dich sofort zu ihm schicken. Ganz wichtig. Strauch ist auch schon da.«

Wallys freudiger, bescheidwisserischer Eifer ließ Diller das Schlimmste befürchten. Aber es war zu spät, um irgendetwas zu unternehmen. Wenn er rausflog, wenn er vielleicht sogar verhaftet wurde, würde er es mit Fassung tragen.

Wenige Minuten später betrat er das Vorzimmer des Präsidenten und meldete sich bei der Sekretärin an.

»Haben Sie einen Termin?«

»Nein, aber der Präsident hat mich rufen lassen.«

»Das werden wir sehen.«

Blöde Kuh, dachte er. Oder wusste die schon, dass sie mit einem bereits Entlassenen sprach, einem lebenden Toten, dem man keine falschen Rücksichten mehr entgegenbringen musste? Sie kümmerte sich jedenfalls nicht mehr um ihn, bot ihm auch keinen Platz an, und damit er nicht länger so dumm dastand, ging Diller zum Fenster, um hinauszuschauen, bis er gerufen wurde. Er sah in den auf so eigenartige Weise rot gefärbten Morgenhimmel. Er hatte dieses Licht schon einmal gesehen. Vor Jahren, auf einer Skipiste in Lenggries. Minuten später fiel roter Wüstensand vom Himmel, lautlos, und blieb auf dem Schnee liegen. Luis hatte so vorsichtig und bezaubert die Hand danach ausgestreckt, als wäre er ein Astronaut auf einem fremden Planeten.

Präsident März war erst seit zwei Wochen im Amt, nachdem sein Vorgänger unter eher unrühmlichen Umständen den Platz hatte räumen müssen. Über seinen Nachfolger war so gut wie nichts bekannt, er kam nicht aus dem Haus. Es hieß, er sei zuvor »bei den Diensten« gewesen.

Während Diller am Fenster stand, spürte er die Aufmerksamkeit der Sekretärin. Diller kannte sie nicht, der Präsident hatte sie mitgebracht. Sie beherrschte die Fähigkeit, jemanden zu beobachten, ohne ihn dabei anzusehen. Mit ihren rot gefärbten kurzen Haaren und ihrem roten Kostüm sah sie aus wie ein menschliches Stoppschild. Dafür, dass er gerufen worden war, musste er lange warten. Diller war nervös, er konnte seine Ungeduld nicht unterdrücken.

»Gibt es ein Problem?«, fragte die Sekretärin spitz.

»Nicht dass ich wüsste.«

Ihr scharfer Blick ließ keinen Zweifel: Sie wollte nichts hören, das auch nur im Entferntesten wie eine Beschwerde klang. Diller sah wieder aus dem Fenster und betrachtete die roten Wolken vor der Sonne, bis wenige Augenblicke später die Tür des Präsidentenzimmers aufflog und Strauch in gestrecktem Schritt heraustrat. Als er Diller sah, warf er ihm einen wilden Blick zu und dampfte schnaubend an ihm vorbei.

Diller hatte kein besonders inniges Verhältnis zu ihm. Strauch war die Art von Bilderbuchpolizist, gegen die er ein grundsätzliches Misstrauen hegte. Obwohl er zehn Jahre jünger war als Diller, hatte er ihn auf der sogenannten Karriereleiter längst eingeholt und war ebenfalls Kriminalhauptkommissar. Es hieß, er sei ein Geschöpf des alten Präsidenten, doch auch unter dem neuen wurde er offensichtlich zu verantwortungsvolleren Aufgaben herangezogen: zum Beispiel der Leitung der Ermittlungen in der Geroltstraße.

Bisher hatten sie keinen Ärger miteinander gehabt. Aber Diller traute Strauch alles zu, er sah in ihm den Typ, der Befehle befolgte, weil es Befehle waren, wie hirnverbrannt oder brutal sie auch immer sein mochten.

Die Sekretärin, der es gelungen war, nicht das geringste Zeichen der Überraschung über Strauchs Abgang zu zeigen, sagte: »Der Präsident ist jetzt bereit für Sie.«

Der Präsident blieb sitzen, als Diller den Raum betrat, und winkte ihn zu sich, so als wolle er die Förmlichkeiten möglichst schnell hinter sich lassen. Diller fiel sofort auf, dass er das Büro komplett entrümpelt hatte. Vom Barock seines Vorgängers war nichts mehr übrig. Keine Kunstdrucke, keine Erinnerungsbilder, keine Urkunden an den Wänden. Nur drei großformatige Karten: München, Deutschland, die Welt. Ansonsten nüchterne, moderne Möbel aus Chrom und schwarzem Leder.

Unter vier Augen waren sich die beiden Männer noch nie begegnet. Sie hatten sich überhaupt erst einmal gesehen, bei der eher nüchtern gehaltenen Dienstantrittsfeier des Präsidenten. Es hieß, er sei das genaue Gegenteil seines Vorgängers, eines Schulterklopfers mit Bauch und besten Kontakten zu den Leuten, die häufig in der Zeitung standen. Die Verbindungen des neuen Präsidenten waren wahrscheinlich besser, aber niemand kannte sie. Wenn es stimmte, was die Wallys dieser Welt meldeten, ließ er in diesen Tagen diejenigen zu sich rufen, die Perspektive hatten. Diller und Kessel gehörten wohl eher nicht dazu.

Jungenhaftes Gesicht, volles graues, kurz geschnittenes Haar. Er bot Diller einen Platz an und lächelte dieses wächserne Lächeln, das auch von einem Nervenleiden stammen konnte: »Wir hatten noch keine Gelegenheit, miteinander zu sprechen. Sie sind seit Jahren in dieser Stadt, ich bin ganz neu. Sicher verstehe ich einiges noch nicht richtig. Ich hoffe, Sie und Ihre Leute werden mir dabei helfen, besser zu werden.«

Diller hatte nicht die leiseste Ahnung, was diese Einführung sollte. Er rang sich ein Lächeln ab und nickte verbindlich.

Der Präsident wechselte abrupt den Tonfall. »Was war das gestern, Herr Diller?«

Diller war nicht wirklich überrascht. So ging das also los. »Ich weiß nicht, was Sie meinen, Herr Präsident.«

»Lassen Sie den Präsidenten weg. März tut's auch. Und machen Sie mir nichts vor. Amir Aslan, zweiundzwanzig Jahre alt, schwere Schädelverletzungen, Knochenbrüche, innere Verletzungen. Liegt im Koma. Sie müssen ganz in der Nähe gewesen sein, als es passierte.«

Obwohl das Gespräch jede Freundlichkeit verloren hatte, trug der Präsident weiterhin dieses seltsame Lächeln im Gesicht.

»Ich könnte dazu vielleicht etwas sagen, wenn Sie mir erklären, wo dieses ... Ereignis passiert ist.«

»In der Heimeranstraße. Sie standen, wenn ich das richtig verstanden habe, in der Geroltstraße. Luftlinie nicht mehr als hundert Meter. Die Streife, die den Fall aufgenommen hat, hat alle Leute vernommen, die da herumhingen. Merkwürdigerweise hat niemand etwas gesehen. Stellen Sie sich vor, nachts um elf fährt irgendein Wahnsinniger einen Mann über den Haufen, und es gibt niemanden, keine Menschenseele, die Reifen quietschen hört, Motorgeheul oder einen Schrei. Seltsam, oder?«

Diller nickte und spielte den Nachdenklichen. Er durfte kein Wort von dem glauben, was er da hörte. Nach einer Pause, während der er Diller scharf beobachtete, fuhr der Präsident fort.

»Der Streife ist die Situation entglitten. Es gab beinahe

so etwas wie einen Volksaufstand. Und warum? Weil wir keinen Schuldigen präsentieren konnten. Ist doch auch komisch, oder? Niemand hat irgendetwas gesehen ...«

Er machte wieder eine Pause.

»Und das ist alles vollständig an Ihnen vorbeigegangen?«

»Ja ja.« Diller tat so, als schrecke er aus seinen Gedanken hoch. »Wir haben Funkstille eingehalten, wie angeordnet. Kein Funk, kein Handy, kein Telefon, gar nichts.«

»Sie haben nicht mitgekriegt, dass an der nächsten Kreuzung Molotowcocktails hochgingen?«

Diller durfte nicht länger mauern, er musste ins Risiko gehen. Wenn er behaupten wollte, auf seinem Posten gewesen zu sein, musste er wohl auch einräumen, etwas von den Unruhen mitbekommen zu haben.

»Natürlich, aber das war nicht unser Thema, Herr Präsident. Wir sind mit Antiterror-Ermittlungen befasst. Wir können wegen so einer Geschichte nicht unsere Deckung auffliegen lassen.«

Der Präsident nickte. »Sie haben also auch nicht bemerkt, was mit Strauch geschehen ist?«

»Nein.«

»Sie scheinen wirklich ein Vorbild an Disziplin zu sein.«

Diller nickte nun seinerseits, er hatte sich jetzt auf eine Version festgelegt, bei der er bleiben musste.

»Was auch immer Sie gestern Nacht getan haben, Sie haben es richtig gemacht. Sie und Ihr Kollege – wie war noch sein Name?«

»Kessel. Erich Kessel.«

»Sie sind die Einzigen aus Strauchs Ermittlerteam, die

nicht aufgeflogen sind. Die Arabs erkennen einen Bullen auf hundert Meter mit geschlossenen Augen. Strauch und seine gesamte Einheit wurden entlarvt und mit Steinwürfen aus dem Viertel gejagt. Mit Ausnahme von Ihnen beiden.«

Diller hätte zu gern gewusst, was »entlarvt« genau bedeutete, aber er verkniff sich die Frage. Je weniger Details in diesem Gespräch erörtert wurden, desto besser.

»Ich habe Strauch mit sofortiger Wirkung die Ermittlungen entzogen. Halten Sie sich für bereit und in der Lage, sie fortzuführen?«

Ist das Ihr Ernst?, hätte Diller am liebsten gefragt. Stattdessen nickte er, erst zögerlich, dann entschlossener.

»Finden Sie heraus, was es mit der Wohnung auf sich hat, die Sie gestern beschattet haben, und sorgen Sie dafür, dass der Ärger mit den Arabs nicht noch größer wird, als er schon ist. Die Details gibt Ihnen Strauch.«

Der Präsident wandte sich den Dingen auf seinem Schreibtisch zu, um zu signalisieren, dass das Gespräch beendet war.

Diller stellte noch eine Frage. »Wie geht es dem Mann?«

Der Präsident blickte auf wie jemand, der sich eine Störung verbittet.

»Wie gesagt, er liegt im Koma. Wenn er wieder aufwacht, wird er etwas zu erzählen haben. Und ich möchte, dass wir ihm dann denjenigen präsentieren können, der ihn beinahe getötet hätte. Und dass sich das Westend beruhigt. Nicht so schwer zu verstehen.«

Nein, dachte Diller, nicht so schwer. Was für eine Chance für einen Präsidenten, eine gute Figur zu machen. Die Aufklärung des Verkehrsunfalls, der zu den Unruhen geführt hatte, ein Sieg im Kampf gegen den

Terror und ein wertvoller Beitrag zur Integration unserer ausländischen Mitbürger. Er sah ihn schon, wie er vor laufenden Kameras Hände schüttelte. Immer mit diesem Lächeln.

»Ich erwarte Ihren Bericht morgen früh um diese Zeit.«

Diller verließ das Büro des Präsidenten und wiederholte in Gedanken, was er gerade gehört hatte. Strauch war als Ermittlungsleiter abgesetzt und er an dessen Stelle gerückt. Niemand machte ihm und Kessel den geringsten Vorwurf. Kein Disziplinarverfahren, keine Suspendierung, kein Strafverfahren. Das war nicht bloß eine günstige Fügung. Dahinter steckte mehr. Er würde es herausfinden. Jetzt aber musste er sich um seinen neuen Job kümmern.

Auf dem Weg zu Strauchs Büro begegnete er Wally.

»Herzlichen Glückwunsch zur Beförderung!«

Woher wusste *der* das schon.

»Sag mal, hast du eine Ahnung, wo Kessel steckt?«

Kessel musste sich in Ergebenheit üben. Wahrscheinlich hatte Wally es von Strauch, aber er würde es ihm ganz bestimmt nicht auf die Nase binden. Und selbst wenn, was hätte Diller davon?

»Danke, Wally. Schön, dass du schon Bescheid weißt. Sitzt Strauch in seinem Zimmer?«

»Ich glaube schon. Und Kessel?«

»Ist er nicht da?« Diller stellte sich ahnungslos.

»Ich habe ihn noch nicht gesehen.«

»Er hat sich vermutlich freigenommen. War eine lange Nacht gestern. Er hat eine Weile nicht an solchen Aktionen teilgenommen und muss sich erst wieder daran gewöhnen.«

»Aber er hat seinen Urlaub gar nicht eingetragen.«

Die gespielte Besorgtheit Wallys ging Diller kräftig auf die Nerven, aber er riss sich zusammen.

»Kessel ist krank, okay? Ich melde ihn hiermit krank. Er hat mich darum gebeten. Trag es bitte ein, und häng es nicht an die große Glocke.«

Wally nickte, als hätte ihm Diller einen üblen Verdacht bestätigt. »Mach ich, Chef. Na, hoffentlich hat er sich nicht übernommen.«

Diller musste sich dringend um Kessel kümmern. Doch zuvor musste er mit Strauch reden.

Strauch bat ihn in sein Zimmer, bot ihm einen Platz an und machte vom ersten Moment an auf fairen Verlierer.

Sie setzten sich, Strauch stützte die Ellbogen auf die Armlehnen seines Drehstuhls und faltete die Hände vor dem Gesicht, er sagte nichts.

Der Moment zog sich in die Länge.

»Nun, wie kann ich dir helfen?«, begann er schließlich.

»Siehst du, es ist … ich habe nicht darum gebeten …«

Diller spielte die kleine Szene, von der er hoffte, sie würde ihm den leichtesten Abgang ermöglichen: den zerknirschten Kollegen, der nicht weiß, wie er zu der Ehre kam, dem anderen vorgezogen worden zu sein.

Strauch spielte mit. »Nein, das ist okay, das ist absolut in Ordnung. Es ist eine Entscheidung des Präsidenten. Wie hat er gesagt? ›Ich weiß nicht, was Diller getan hat, aber er hat das Richtige getan.‹ So ungefähr. Ich kann ihm da nur recht geben. Ich weiß auch nicht, was du letzte Nacht getan hast.«

Strauch war wütend, das war nicht zu übersehen. Er

hätte zu gerne gewusst, warum Diller und Kessel gestern Nacht die einzigen Mitglieder seines Teams waren, die nicht aufgeflogen waren. Wäre er noch Dillers Vorgesetzter gewesen, hätte er das Recht auf eine Antwort gehabt und ihn gehörig ins Schwitzen bringen können. Nun aber musste Diller nicht mehr antworten. Das war klar. Klar war auch, dass Strauch nicht so schnell aufhören würde, sich dafür zu interessieren.

»Bernhard, was hätte ich davon, dir etwas vorzumachen?«

»Eine Beförderung?«

»Du glaubst, ich hätte das eingefädelt? Du traust mir eine Menge zu, wie?«

»Offensichtlich nicht genug. Das war ein Fehler. Nenn mich einen schlechten Verlierer, aber ich glaube nicht, dass ihr, du und Kessel, auf eurem Posten wart. Sie hätten euch aus eurer Karre rausgezogen, glaub mir. Aber da wart ihr wohl schon anderswo. Wenn sich das herausstellen sollte, dann glaub mir, Markus, werde ich alles tun, um dich dafür zur Verantwortung zu ziehen. Ich habe heute Morgen meinen Bericht geschrieben, der auch den Status der Einsatzfahrzeuge enthält. Der Fahrdienstleiter hat mir gemeldet, dein Wagen ist in der Werkstatt.«

Strauch sah Diller entschlossen in die Augen, und Diller hielt dem Blick stand. Keiner der beiden gab nach, bis Strauch fragte: »Was ist passiert?«

»Gar nichts ist passiert. Ich war übermüdet, bin von der Straße abgekommen und gegen einen Baum gefahren. Kleiner Blechschaden. Nichts Schlimmes.«

Strauch schnaubte verächtlich.

Zeit für die Gegenoffensive, dachte Diller.

»Ich glaube, es wird Zeit, dass ich mich um meinen neuen Job kümmere. Kann ich von meinem Vorgänger verlangen, dass er mich über den Stand der Ermittlungen informiert?«

»Sicher. Der Stand der Ermittlungen ergibt sich aus den Akten. Sie stehen dir zur Verfügung.«

Strauch deutete auf einen Waschkorb, voll mit Ordnern, neben seinem Schreibtisch.

»Du mauerst?«

»Keineswegs. Aber du solltest dir dein eigenes Urteil bilden. Viele der Schlüsse, die ich gezogen habe, erscheinen nicht zwingend. Der Präsident will *deine* Meinung, nicht ein zweites Mal meine.«

Strauch war beleidigt und getroffen, das war nicht zu übersehen.

Diller ahnte, dass jede Fortsetzung des Gesprächs die Kluft zwischen ihnen weiter vertiefen würde. Er stand auf, bückte sich nach dem Korb und verabschiedete sich kühl.

»Wir sehen uns, Markus.«

Kessel kam auf den eiskalten grauen Fliesen seines Badezimmerbodens zu sich und fror fürchterlich. Die Haut an seinen tätowierten Oberarmen fühlte sich an, als fiele sie ihm von den Knochen. Ein Ungeheuer hatte ihn in einem Stück verschlungen, in seinem schleimigen Schlund halb verdaut und wieder ausgekotzt auf diese Kacheln, an denen er festklebte wie eine Zunge an Trockeneis. Er trug immer noch die graue Stoffhose und das weiße Unterhemd von gestern Abend. Was er da gestern gespritzt hatte, war das krasseste Zeug, mit dem er es je zu tun gehabt hatte.

Irgendwann schaffte er es, sich aufzurichten. Er wackelte sich in die Senkrechte, stützte sich an Türrahmen und Wänden, bis er in der Nähe seines Bettes angekommen war, auf das er sich fallen ließ. Er zog sich die Decke über den Körper und wärmte sich auf. Was hatte er gefroren! Und: Was hatte er getan? Er konnte sich an jedes noch so kleine Detail erinnern. Auch an das Gesicht des jungen Arabs und dessen zuerst angriffslustigen und dann fassungslosen Gesichtsausdruck und den Aufprall.

Mit der Zeit wurde es Kessel wärmer. Während er sich unter der Decke krümmte, fuhr er mit der Hand in die Hose und hielt sich mit einer seiner kalten Hände den Schwanz. Nach einer Weile fing er an, ihn zu massieren. Er knetete ihn geduldig, aber er wurde nicht richtig steif. Zerstreut versuchte er sich Frauen vorzustellen, mit denen er geschlafen hatte, aber das brachte ihn nicht weiter, denn eigentlich wollte er darüber nachdenken, was gestern Nacht geschehen war, und dass er schnellstens versuchen musste, clean zu werden, und wie er es schaffen konnte, mehr von diesem Stoff zu bekommen. Schließlich ließ er seine Nudel los und versuchte zu schlafen. Aber er war hellwach. Hellwach und vollkommen zerschlagen. Angst überkam ihn bei dem Gedanken, was jetzt wohl mit ihm geschehen würde. Was die anderen jetzt mit ihm anstellen würden. Sie würden ihn wegen Mordes vor Gericht stellen, ihn untersuchen, jeden finsteren Winkel seines missglückten Lebens durchleuchten, und als Beweis gegen ihn verwenden. Er wunderte sich, warum er noch da war, warum noch niemand gekommen war, um ihn zu holen. Ohne besondere Gefühlsregung dachte er an den Knast. Vielleicht komisch für einen Polizisten, aber er hatte immer schon die dunkle Ahnung gehabt, er würde einmal dort enden. In diffusen Phantasien über das Knastleben dämmerte er schließlich doch weg.

Ein schweres dreimaliges Klopfen an der Tür. Sie waren da. Es war das Ende. Sie sollten ihn so nicht finden, im Bett liegend am helllichten Tag wie ein Junkie. Er wollte sie an der Tür empfangen, sich abführen lassen wie ein Mann. Kessel sprang auf und torkelte zur Tür. Er war schwach und fühlte sich elend, an der Klinke fand er Halt. Er sammelte sich, bis es abermals klopfte, wieder dreimal, schicksalsschwer.

Kessel drückte die Klinke und zog die Tür auf, bereit für das, was jetzt kommen musste.

Zu seiner Überraschung stand Diller vor ihm. »Hast du meine Nachricht abgehört?«

Kessel sah zu Boden, so als versuche er sich zu erinnern. »Welche Nachricht?«

»Du solltest eine Therapie machen«, sagte Diller.

»Du solltest mich am Arsch lecken«, sagte Kessel.

»Du musst mitkommen ins Präsidium. Die Dinge sind ein bisschen anders gelaufen als befürchtet. Besser. Im Westend hat es nach unserem Unfall so eine Art Volksaufstand gegeben. Strauch und seine Truppe sind dabei aufgeflogen. Nur wir beide nicht. Der Präsident hat Strauch die Ermittlungen entzogen und mir übertragen. Mach dich fertig, Mann. Wir haben unsere Ermittlungen gestern Nacht ordentlich zu Ende gebracht und wurden dabei nicht entdeckt. Wir sind die Musterschüler.«

Als Kessel unter der Dusche stand, sah sich Diller in der Wohnung um. Er durchsuchte den einen versifften

Raum, aus dem sie bestand, nach Drogen. Wenn er bei Luis danach suchte, kam er sich immer ein bisschen krank vor, aber hier war er sich sicher, fündig zu werden. Kessel kam aus dem Bad und sah Diller in seiner alten Plattensammlung herumschnüffeln.

»Clevere Junkies bewahren ihr Zeug nicht in der Wohnung auf«, sagte er.

Diller, der ihn nicht bemerkt hatte, zuckte zusammen und zog die Platte heraus, bei der er gerade angekommen war. Erst dann drehte er sich um und hielt sie hoch, als habe er gefunden, wonach er gesucht hatte.

»*Jawbox*. Geil, dass du die noch hast.«

»Du erinnerst dich an *Jawbox*?«

Kessel wollte es kaum glauben. Seine Sammlung stammte fast ausschließlich aus den frühen Neunzigerjahren. *Jawbox* war eine Band aus Maryland gewesen, die niemals auch nur annähernd den verdienten Erfolg gehabt hatte. Eine Weile hatte Kessel das Plattensammeln wie eine Wissenschaft betrieben und manchmal sogar in der Kneipe aufgelegt, in der er und Diller sich vor langer, langer Zeit kennengelernt hatten. Diller war mit einem Bier in der Hand dagestanden und hatte mit dem Kopf dazu genickt. Weiter war sein Interesse an Musik nicht gegangen. Kessel ging zu seinem Kleiderschrank und achtete beim Anziehen darauf, dass Diller seine Unterschenkel nicht sehen konnte.

Wenig später saßen sie in einem anderen Dienstwagen. Kessel gingen eine Menge Fragen durch den Kopf, während er vermied, aus dem Fenster zu sehen. Zu viele Bewegungen, das Licht, der Lärm.

»Was hast du mit dem Wagen gemacht?«, fragte er.

»Was wohl? Er steht in der Werkstatt.«

»Und die wollten nicht wissen, woher die Delle kommt?«

»Doch, aber glaub mir: Je weniger du darüber weißt, desto besser.«

Diller schien der Meinung zu sein, alles Mögliche regeln zu können und zu müssen. Kessel sah das anders. Früher oder später würden sie zur Rechenschaft gezogen werden. Bis dahin sprach nichts dagegen, bei allem mitzumachen, was Diller vorschlug.

Mitten in seinem Turkey wehte Kessel plötzlich eine Erinnerung des Rauschs von gestern Nacht an. Er hatte sich lange keinen Schuss mehr gesetzt, aber er wusste natürlich, dass so etwas vorkommen kann, ein Zwischenhoch sozusagen, in dem er jetzt gerne Musik gehört hätte. Er dachte an *Jawbox*. Die verhaltene Wucht seines Lieblingsstücks *Green Glass* wäre genau das gewesen, was ihm jetzt gefallen hätte. »Zwischenhoch« bedeutete nicht, dass es ihm gut ging. Der fatalistischen Abgeklärtheit von eben folgte plötzliches Herzrasen. Er versuchte seine zitternden Hände unter Kontrolle zu bringen, indem er sie unter die Achseln klemmte. »Rechenschaft«, das klang so sachlich. Aber es bedeutete, dass er im Arsch war. Ein rückfälliger, drogensüchtiger Bulle, der grundlos einen jungen Arab fertiggemacht hatte. Jetzt würden sie *ihn* fertigmachen. Sie, die Arabs, die Polizei, seine Vorgesetzten und vielleicht auch Diller. Auf die eine oder andere Art würde Kessel dran glauben müssen, das stand ihm mit einem Mal in aller Deutlichkeit vor Augen. Und es war alles andere als eine angenehme Vorstellung.

»Hast du was von dem Arab gehört?«, fragte er.

»Ich dachte schon, du würdest niemals fragen. Ja, er lebt.«

Kessel war erleichtert, obwohl er wusste, dass dies seine Gnadenfrist vermutlich stark verkürzen würde.

»Wer vernimmt ihn?«

»Im Augenblick niemand. Er liegt im Koma. Das heißt: Heute Morgen lag er im Koma. Wenn er aufwacht und sich erinnert, sind wir geliefert.«

Ein beleibter älterer Polizist schob mit einem Wägelchen, auf dem er einen mit Aktenordnern gefüllten Waschkorb transportierte, die angelehnte Tür zu Dillers Dienstzimmer auf und fragte: »Wohin damit?«

Mit einer Kopfbewegung wies Diller in die Ecke des Zimmers, in der schon zwei weitere Körbe standen. Es handelte sich um eine kleine Demonstration von Strauch, deren Bedeutung Diller nicht ganz klar war und die ihn auch nicht sonderlich interessierte. Er hatte sich am Computer die wichtigsten Quellen über die Wohnung in der Geroltstraße zusammengesucht und übte sich nun im Entwerfen möglichst origineller Theorien.

Kessel saß auf dem Zweiersofa ihm gegenüber und wärmte seine Hände an der Kaffeetasse, die ihm Wally gebracht hatte. Dabei hatte er ihn einen »Observationshelden« genannt. Auf dem Bildschirm vor sich hatte Diller den Farbscan eines Kontoeröffnungsformulars.

»Sieh dir das hier an«, sagte er zu Kessel.

Muss ich wirklich aufstehen?, fragte sich Kessel, quälte sich hoch und ging zu Diller hinüber. »Ein Bankwisch. Und?«

»Jemand hatte vor, bei der Stadtsparkasse München ein Konto zu eröffnen.«

»Aber er hat seinen Namen nicht hingeschrieben.«

»Gar nichts, außer einer Adresse: Geroltstraße 28,

80339 München. Da waren wir gestern, falls du dich erinnerst.«

Sarkasmus war eine zuverlässige Methode, um Kessel aufzumuntern, das wusste Diller.

Kessel richtete sich auf und sah Diller ins Gesicht. »Du glaubst wirklich, wir kommen mit dieser Geschichte durch?«

Kessel wollte also reden? Das konnte er haben. »Ich glaube überhaupt nichts«, sagte Diller, »aber ich muss sehen, dass ich meinen Job behalte, damit ich meine Familie ernähren kann. Das mag dir spießig vorkommen, aber es ist meine Aufgabe, und die nehme ich ernst. Ich habe zwei Jahre lang daran gearbeitet, dass du vom Schreibtisch wieder zurück auf die Straße kommst, und dann baust du so eine Scheiße! Also tu mir bitte den Gefallen, und erklär mir nicht, was ich glauben soll und was nicht.«

Kessel sah nicht so aus, als gäbe er sich mit dieser Erklärung zufrieden. »Was hältst du davon, wenn ich mich stelle? Ich würde sagen: ›Seht her, ich hab's vermasselt. Diller hat nichts damit zu tun.‹«

»Glaubst du wirklich, dass du damit durchkommst? Die würden uns beide vom Dienst suspendieren. Dich ... zumindest, weil du ohne jeden Grund einen Mann über den Haufen gefahren hast, und mich, weil ich es nicht verhindert habe. Glaub mir, es gibt nichts Besseres, als unsere Beförderung dazu zu nutzen, die Sache so gut es geht aus der Welt zu schaffen.«

Diller drängte es, jetzt auch noch mit Kessels Drogenproblem anzufangen, aber er verkniff es sich, weil er dann wieder nur Lügen zu hören bekäme und sie gerade immerhin ein paar aufrichtige Worte miteinander gesprochen hatten. Wenn Diller seinen Job behalten wollte, musste er dafür sorgen, dass Kessel wieder in die Spur kam und endlich anfing, etwas Nützliches zu tun, wie zum Beispiel, bei den Ermittlungen zu helfen. Außerdem würde das gut ins Bild passen: der auf die schiefe Bahn geratene, jetzt aber geläuterte Polizist, der wieder erstklassige Arbeit leistete.

Diller kotzte die ganze Situation an. Aber würde es irgendetwas besser machen, wenn sie jetzt die Hände hoben und riefen: »Hallo, wir waren's!«?

Er nahm sich vor, nach dem Jungen zu sehen, den sie überfahren hatten. Vielleicht auch mit seinen Eltern zu sprechen. Sicher ließ sich das irgendwie in ihre Ermittlungen einbauen. Aber jetzt ging es erst mal um dieses Kontoeröffnungsformular hier.

»Pass auf, Kessel, ich will, dass du mit mir zusammenarbeitest. Dann finden wir einen Weg hinaus. Aber dazu ist nötig, dass du deine Arbeit machst und mir hilfst. Wir haben nicht viel Zeit, um den Präsidenten davon zu überzeugen, dass es richtig war, mich an Strauchs Stelle zu setzen. Lass es uns tun. Und …«

»Und …?«

»Bekomm dein Problem in den Griff, was immer es auch ist.«

Kessel nickte. »Also, was ist so spannend an diesem Formular?«, fragte er und deutete auf den Bildschirm.

Diller nahm das als Absichtserklärung, dass Kessel vorhatte zu kooperieren.

»Strauch boykottiert uns. Daten und Akten kann er uns nicht vorenthalten, aber er sagt uns nicht, was er herausgefunden hat. Er will unsere Arbeit nicht beeinflussen, sagt er.«

»Er war immer schon eine Ratte.«

»Er denkt, *wir* sind die Ratten.«

»Wieso das denn?«

»Alle verdeckt ermittelnden Polizisten seiner Einheit wurden vom Mob entlarvt – alle außer uns. Er denkt, wenn wir auf unserem Posten gewesen wären, wären wir auch aufgeflogen. ›Wieso das denn?‹«

Sogar für Kessel schien es ungewohnt, sich als Teil des Problems zu sehen, was Diller als Beweis dafür nahm, dass die Bereitschaft zur Selbsttäuschung bei ihm nicht weniger groß war als beim Rest der Menschheit – ihn selbst natürlich eingeschlossen. Die Schwierigkeit bestand ja gerade darin, dass man es niemals merkte, wenn man sich wirklich etwas vormachte.

»Hier, was wir bisher haben: Der Bundesgrenzschutz hat vorgestern Abend am Flughafen München einen Mann verhaftet. Alter Ende dreißig, schlank, groß, eher der arabische Typ, westlich gekleidet. Bei der Ausweiskontrolle legte er ein Lufthansa-Ticket nach Mombasa und einen deutschen Reisepass vor, beides auf den Namen Salem Yusuf. Der Computer hat die hundertprozentige Übereinstimmung seiner biometrischen Daten mit einer anderen Person gemeldet: Idris Maher. Weißt du, wer das ist?«

»Vermutlich irgendein brandgefährlicher Topterrorist, hinter dem wir her sind.«

Es hatte Zeiten gegeben, in denen Diller Kessels Sarkasmus geistreich fand. Jetzt war er ihm nur ein Stirnrunzeln wert. »Vermutlich. Aber bisher ist Idris Maher nicht mehr als ein Name und ein Passfoto, dessen biometrische Daten mit denen von Salem Yusufs Foto übereinstimmen. Sieh her.«

Mit ein paar Mausklicks holte Diller zwei Passfotos auf

den Bildschirm, die unterschiedlicher kaum sein konnten. Links Idris Maher, ein Mann mit dunkelbrauner Haut, schwarzem Vollbart und weißem Kufihut. Rechts Salem Yusuf, glatt rasiert, kurze Seitenscheitelfrisur, keine Kopfbedeckung.

Kessel grinste: »Salem Yusuf, Idris Maher, wo ist der Unterschied?«

»Der Unterschied ist, dass Salem Yusuf bisher nicht in den Datenbanken des Bundesgrenzschutzes auftauchte. Idris Maher schon.«

»Jemand, der in der Lage ist, einen Ausweis so perfekt zu fälschen, wird auch biometrische Daten verändern können«, sagte Kessel.

»Möglich. Wenn er es will. Vielleicht ist Maher aber auch in eine Falle gegangen.«

»Eine Falle?«

»Warum nicht?«

Kessel zuckte die Achseln. »Was brachte Idris Maher denn auf die Fahndungsliste?«

»Ein Hinweis der pakistanischen Polizei.«

»Das ist nicht dein Ernst, oder?«

Diller erwiderte, vor einigen Wochen habe das Gemeinsame Terrorismusabwehrzentrum in Berlin-Treptow alle Dienststellen von einem Hinweis der pakistanischen Polizei unterrichtet, sagte Diller, ein Mann namens Idris Maher sei auf dem Weg nach Deutschland. Er sei »von den USA« in Afghanistan festgehalten worden, aber unter ungeklärten Umständen nach Pakistan entkommen. Nicht näher genannten Quellen zufolge habe er den Auftrag, nach seiner Ankunft einen Anschlag zu verüben. Hohe US-Beamte stuften die Drohung als »glaubhaft« ein.

»Pfff«, machte Kessel. »Von solchen ›Hinweisen‹ bekommen wir doch jeden Tag zwei Dutzend. Wie heißt es in den öffentlichen Statements immer? ›Wir nehmen alle diese Hinweise sehr, sehr ernst.‹«

»Klar. Interessant daran ist nur, dass binnen kurzer Zeit zweimal der Name Idris Maher auftaucht. Einmal in diesem Hinweis. Das zweite Mal gestern Abend am Flughafen.«

»Das erklärt noch nicht, wie seine biometrischen Daten in den Computer kommen.«

»Vor drei Jahren erstattete eine Frau in Berlin-Dahlem Anzeige gegen ihren Mann wegen Körperverletzung und beantragte Personenschutz. Die Frau hieß Gertrud Maher. Ihr Mann Idris.«

»In Berlin-Dahlem? Feine Gegend.«

»Die Frau hatte Geld. Sie hat Maher ein paar Jahre zuvor auf Djerba im Urlaub kennengelernt. Er arbeitete dort als Animateur in einem Hotel. Sie nahm ihn mit nach Berlin und heiratete ihn. Es gelang ihm nicht, wirklich Fuß zu fassen. Er entdeckte eine neue Seite an sich und wurde religiös. Von seiner Frau verlangte er das Gleiche. Sie widersetzte sich, er verprügelte sie. Sie beantragte Personenschutz. Er verließ das Land Richtung Afghanistan, um sich dem Kampf gegen die Ungläubigen anzuschließen.«

»Also lassen wir die Frau einfliegen. Sie wird ihren Exmann wiedererkennen!«

»Leider nein.«

»Warum denn nicht?«

»Bevor Idris Maher das Land verließ, ging die Wohnung seiner Frau in Berlin-Dahlem in Flammen auf. Sie erstickte darin. Von außen eingeschlossen in ihrem Badezimmer.«

»Von ihm?«

»So wie es aussieht, ja. Zuerst sperrte er sie ein. Dann trug er alle Gegenstände zusammen, die Hinweise auf seine Person geben konnten: Fotoalben, Kameras, Bücher, Kleidungsstücke, Briefe, Postkarten, übergoss sie mit Brennspiritus und zündete sie an.«

»Niemand hat die Frau schreien hören?«

»Nicht mit einem Frotteehandtuch im Mund.«

»Wie ging es weiter?«

»Als der Brand bemerkt wurde, saß Idris Maher bereits in einer Maschine der Egypt Air nach Kairo. Unter seinem richtigen Namen übrigens. Das Ticket ist die letzte Spur, die wir von ihm haben. Von Kairo aus muss er auf dem Landweg weitergereist sein. Keine weitere Buchung. Es wurde ein internationaler Haftbefehl gegen ihn erlassen, und das war's. Es gibt niemanden, der bezeugen könnte, dass Idris Maher und Salem Yusuf dieselbe Person sind. Man hat versucht, in Tunesien Familienangehörige von Idris Maher aufzutreiben. Du kannst dir vorstellen, wie weit man damit gekommen ist. Außer dem Passfoto existiert keine Aufnahme von ihm. Es ist buchstäblich alles, was wir gegen ihn in der Hand haben.«

Es hatte Kessel einige Kraft gekostet, sich auf das Gespräch zu konzentrieren. Nun beobachtete er, wie Diller sich wieder seiner Arbeit zuwandte. Es war zu bewundern, wie er sich den ganzen Vormittag über mit ungeheurer Energie immer tiefer in die Akten vergrub und dabei offenbar weitergehende Zusammenhänge und Querverbindungen herstellte. Diller ging ganz und gar auf in dieser Beschäftigung. Ab und zu gab er Laute des Erstaunens oder der Erkenntnis von sich und wies Kessel auf eine neue Entdeckung, ein weiteres Detail hin.

»Im Mietvertrag steht der Name Ahmed Mohammed. Die Mietkaution wurde bar eingezahlt, es existiert nur die Fotokopie einer Quittung mit einer arabischen Unterschrift. Die Schriftsachverständigen des BKA haben sie als ›Abdullah Habib‹ entziffert. Sowohl Ahmed Mohammed als auch Abdullah Habib sind sehr gebräuchliche arabische Namen. ›Ähnlich wie Hans Müller oder Peter Meier‹, heißt es hier. ›Wir haben keinerlei Anhaltspunkte, welche realen Personen sich dahinter verbergen.‹«

Kessel hingegen erinnerte sich an die Langeweile und Verzweiflung, die er so oft in der Schule empfunden hatte, wenn sich die anderen eifrig über ihre Hefte beugten, die Wangen vor Eifer gerötet, und er einfach nicht wusste, was man von ihm wollte. Es fiel ihm zusehends schwerer, sich an Dillers Arbeit, die auch seine hätte sein sollen, zu beteiligen. Er schweifte ab, dachte an andere Dinge. Warum genau noch mal befand er sich augenblicklich gerade hier an diesem Ort? Was war seine Funktion? Planet Erde, Europa, Deutschland, München, Polizeipräsidium. Höhere Mächte haben aus mir, dem Außerirdischen, einen Polizeibeamten gemacht ... Es war die Stimme eines Irren, die da in ihm sprach. Sie klang wie seine eigene, aber er hatte keine Kontrolle über sie. Er wühlte wahllos in irgendwelchen Papieren.

Diller merkte natürlich, dass Kessel nichts beizusteuern hatte. Ihm genügte es, ihn hier zu haben, damit er anderswo keinen Mist baute. Genau dies, diese fürsorgliche Art, kontrolliert zu werden, machte Kessel noch fahriger. Es arbeitete in ihm.

Okay, er war rückfällig geworden, schon vor Längerem. Weil so viel auf dem Spiel stand, hatte er dafür gesorgt, dass es nicht rauskam. Er wusste Dillers Engagement für ihn zu schätzen, und er hatte auch vor, wieder clean zu werden. Er würde das schaffen, wenn sich die richtige Situation ergab. Aber jetzt war er noch nicht so weit. Im Übrigen, wer konnte wissen, ob die letzte Nacht besser gelaufen wäre, wenn er nicht drauf gewesen wäre? Mag sein, er wäre dann vielleicht nicht auf die Typen unter dem Basketballkorb losgegangen, um ihnen Stoff abzunehmen – aber woher wollte man wissen, dass kein Unglück passiert wäre, wenn ihre Deckung aufgeflogen wäre und sie plötzlich mit dem Mob konfrontiert gewesen wären?

Natürlich wusste er, dass man das alles sehr wohl auch anders sehen konnte. Aber das war nicht entscheidend. Die letzten Wochen waren schwierig gewesen. Er war finanziell in einer angespannten Lage. Es war eine Augenblicksentscheidung gewesen. Er hatte gedacht, er könnte den Jungs einfach die paar Gramm abnehmen, die sie bei sich hatten, und das hatte ja, mehr oder weniger, auch funktioniert.

Die eigentliche Katastrophe hatte sich, wie ihm jetzt klar wurde, heute Morgen ereignet, als er unter der Dusche stand und Diller draußen auf ihn wartete. In einem Anfall völlig unbegründeter Panik spülte er alles, was von dem Stoff noch da war, in den Ausguss. Er hatte erwartet, Diller würde hartnäckiger danach suchen, als er es letztlich tat. Und jetzt war das beste Zeug, das er überhaupt je besessen hatte, in der Kanalisation verschwunden.

Der einzige Weg, der ihm jetzt noch offenstand, war der zur Methadonausgabe. Er würde dort auch nicht einfach so etwas bekommen, aber er besaß noch ein Rezept, das er sich einmal bei einer Razzia in einer Arztpraxis organisiert hatte.

Kessel spürte jenes Ziehen in den Armen, das unangenehmeren Zuständen vorausging. Noch war Zeit, etwas dagegen zu unternehmen. Er rieb sich die Unterarme so auffällig, dass Diller schließlich zu ihm aufsah.

»Ich sollte gehen«, sagte Kessel. »Ich muss zum Arzt.«

Dillers Blick wich nicht von ihm. »Mach nur«, sagte er.

»Wir sehen uns morgen«, sagte Kessel, stand auf und ging hinaus.

Schließlich war es viel leichter gewesen, als er es sich vorgestellt hatte. Diller hatte ihn nicht zurückgehalten, und schon wandelte er durch die Gänge des Präsidiums wie ein freier Mann. Beamte gingen geschäftig von hier nach dort, redeten, hatten zu tun. Der Betrieb lief. Ein paar Augenblicke lang genoss es Kessel, einer von ihnen zu sein, erwiderte Blicke, grüßte, indem er die Brauen hochzog oder jemandem zunickte, beschleunigte seine Schritte, so als sei er unterwegs zu einem Ziel. Doch schon im nächsten Moment langweilte ihn das kleine Theater. Er wollte nur noch raus hier. Es war wichtig, wieder in die Spur zu kommen, dachte er, und dazu war eine Dosis ärztlich dosiertes Methadon genau das Richtige. Kessel holte seine Geldbörse hervor, in der er das Rezept bewahrte. Auf dem Weg in den Innenhof des Präsidiums begutachtete er es kurz und stellte besorgt fest, dass es ziemlich gelitten hatte. Sei's drum, es wird schon gehen.

Kessel war viel zu dünn angezogen, es hatte um die null Grad, und er trug nur ein Polohemd und ein Sakko. Er ging zur Fahrbereitschaft und holte sich einen zivilen Wagen, einen Honda Civic. Der Fahrdienstleiter beanstandete, Kessel sei für keinen Wagen eingeteilt, aber der schlug vor, gemeinsam bei Diller anzurufen, um nachzufragen, ob die Ermittlungen auf diese Weise behindert werden sollten. Kessel bekam das Auto und fuhr damit los, ohne schon ganz genau zu wissen, wohin. Erst als er sich die Route vergegenwärtigte, wurde ihm klar, dass sich die Praxis des Methadonarztes, an den er gedacht hatte, im Westend befand, nur wenige Hundert Meter von der Stelle entfernt, an der sie gestern im Wagen gesessen hatten. Er durfte sicher sein, dass es gefährlich für ihn war, heute dort aufzukreuzen. Aber insgeheim hoffte er, dem Großen von letzter Nacht wieder über den Weg zu laufen, um neuen Stoff von ihm zu bekommen. Er wusste, wenn er ihm und seinen Typen wirklich begegnen sollte, würden sie ihn wahrscheinlich erschlagen, und doch sah er schon vor sich, wie ihm der Große wieder zwei dieser Röhrchen mit roten Verschlüssen geben würde. Und diesmal würde er besser darauf aufpassen.

Der Arzt hatte seine Praxis in einem Haus, das noch schlimmer aussah als das, in dem Kessel wohnte. Lift gab es keinen, die Wände im Treppenaufgang waren mit Tags und Gekritzel beschmiert. Es roch nach vielen Menschen, mangelnder Körperpflege und Medizin. Als Kessel das voll besetzte Wartezimmer betrat, versuchte er, so wenig aufzufallen wie möglich. Das war nicht so einfach, denn er war viel älter als all die anderen hier, und er sah nicht aus wie ein typischer Junkie.

Vom Wartezimmer aus führte keine Tür in die Arztpraxis. Es gab nur eine mit Panzerglas gesicherte Durchreiche wie an einem Bankschalter, nur dass hier die Scheibe bis auf einen schmalen Sehschlitz abgeklebt war. Die meisten waren ohnehin nur wegen des Methadons hier.

Es dauerte lange, bis der Nächste durch einen kleinen Lautsprecher an den Schalter gerufen wurde und sich sein Fläschchen abholen durfte. Kessel spürte, dass er mehr und mehr Aufmerksamkeit auf sich zog, je länger er dasaß. Aber niemand sagte etwas.

Es vergingen über zwanzig Minuten, in denen er ganze vier Positionen aufrückte, bevor ein hübscher Junge mit langen blonden Locken, der ihn nicht aus den Augen gelassen hatte, das Schweigen brach.

»Der is'n Bulle«, sagte er ganz ruhig, beinahe feierlich, als sei er sich jetzt ganz sicher. Jeder wusste sofort, wer gemeint war, und Kessel schoss das Blut in den Kopf. Der Blonde sah es und freute sich, dass er einen Treffer gelandet hatte. »Bist du auch drauf?«, fragte er.

Kessel verzichtete darauf zu antworten.

»Hey, entschuldige? Keine Antwort?« Der Blonde blieb hartnäckig. Ihm war langweilig, und der Entzug machte ihn aggressiv.

»Lass den in Ruhe, der kann uns egal sein«, schaltete sich der neben ihm ein, offenbar sein Kumpel.

Kessel schwieg. Er dachte an letzte Nacht. Er konnte sich nicht erlauben, schon wieder in eine schwierige Lage zu geraten. Wenn seine Kollegen erfuhren, dass er hier war, während seiner Dienstzeit, was konnte er dann sagen? Welche Ermittlungen, von denen niemand wusste, hatten ihn hierher geführt? Es würde vielleicht merkwürdig erscheinen, aber es war vermutlich das Beste für ihn, einfach aufzustehen und zu gehen. Sie würden ein wenig über ihn lachen und ihn im nächsten Moment vergessen.

Kessel stand langsam auf und ging hinaus.

»Auf Wiedersehen, Herr Wachtmeister!«

Kessel zeigte keinerlei Reaktion. Er war an diesem Tag

schon einmal einfach gegangen, und wieder fiel es ihm leichter als befürchtet.

Er war nicht weit entfernt von der Geroltstraße, nicht weit entfernt von dem Basketballfeld. Er überlegte, ob er einfach hingehen sollte, um nach den Typen von gestern Ausschau zu halten. Notfalls konnte er sich das Zeug ein weiteres Mal mit vorgehaltener Waffe holen. Doch das war ein Irrsinnsplan. Er konnte ihn sich genau ausmalen, aber er war noch nicht bereit, den Preis zu bezahlen, auch wenn er kaum weniger fürchtete, was ihm stattdessen bevorstand.

Einige Stunden später, zurück in seiner Wohnung, krümmte er sich zitternd und schwitzend auf seinem zerwühlten Bett und wusste, dass dies nur das Vorspiel des kalten Entzugs war, der ihm in der kommenden Nacht bevorstand. Er fluchte, weil er sich einbildete, es klingle jemand mit absurder Hartnäckigkeit an der Tür, und er fluchte noch mehr, als er begriff, dass dieses Klingeln Wirklichkeit war. Es musste Diller sein, und seine Wut gegen diesen selbst ernannten Aufpasser wuchs, bis ihm einfiel, dass Diller vorher höchstwahrscheinlich angerufen hätte. Der Hausmeister, falls es einen gab, hatte sich noch nie bei ihm sehen lassen. Ein Postbote, der etwas für einen Nachbarn abgeben wollte. Irgendein Penner jedenfalls. Jemand, der so klingelt, ist gefährlich, dachte er und sei es nur wegen seiner Aufdringlichkeit.

Kessel quälte sich in die Senkrechte, tastete nach seiner Waffe und ging auf Zehenspitzen an die Tür, die dummerweise keinen Spion hatte. Er stellte sich neben den Türrahmen, damit ihn durchschlagende Geschosse nicht treffen konnten, dann rief er: »Wer ist denn da?«

Keine Antwort. Klingeln.

Das wiederholte sich ein paarmal, bis es Kessel zu dumm wurde. Er hängte die Kette ein und öffnete die Tür einen Spaltbreit. Als er sah, wer ihn besuchte, richtete er seine Waffe sofort auf dessen Kopf.

»Verpiss dich, oder ich knall dich ab!«, fauchte er und versuchte die Tür wieder zuzuschlagen, doch der Besucher stellte seinen Fuß dazwischen. In diesem Augenblick dachte Kessel, es könnte passieren, dass er wirklich schießen muss. Der Besucher lächelte. Merkwürdigerweise sah er wirklich offen und freundlich aus, nicht feindselig oder finster. Kessel fragte sich wieder und wieder, aber das war wirklich der Typ, der ihm gestern die Drogen gegeben hatte. Der Große unter dem Basketballkorb. Er hatte Kessel ausfindig gemacht. Welchen anderen Zweck konnte sein Besuch haben, als den Pitbull zu rächen? Und was konnte Kessel anderes tun, als sich selbst zu helfen? Eine Streife konnte er schlecht rufen. Der Große musste nur bezeugen, dass er und seine Kumpels gesehen hatten, wie Kessel ihren Freund über den Haufen gefahren hatte, und er war geliefert. Notwehr, dachte Kessel, ich werde sagen, ich habe ihn in Notwehr abgeknallt.

»Ich bin allein hier. Ich will nur reden.«

»Ich wüsste nicht, worüber wir zu reden hätten.«

»Darüber?«

Der Große hielt ein durchsichtiges kleines Plastiksäckchen in den Türspalt, in der etwa zwanzig Röhrchen mit roten Verschlusskappen klapperten, wie er sie gestern kennengelernt hatte. Kessel sah unschlüssig auf das Säckchen. Sollte er es dem Typen einfach abnehmen? Wenn er ihn abknallte, hätte er damit auch gleich den gefährlichsten Zeugen beseitigt. Aber wohin würde er die Leiche schaffen?

»Wie heißt du?«, fragte er den Arab.

»Gani Kartal«, war die Antwort, so freimütig, dass Kessel sie glaubte.

Trotzdem sagte er: »Zeig mir deinen Ausweis.«

Gani lächelte, er hielt das für einen Scherz.

»Gib mir deinen Ausweis. Aber zuerst, dreh deine Taschen um, und zeig mir deinen Hosenbund. Dreh dich um.«

Gani lächelte noch immer, tat aber, was Kessel von ihm verlangte. Er war unbewaffnet.

»Jetzt den Ausweis.«

Gani reichte ihn durch den Türspalt. Falls er echt war, hieß sein Besitzer Gani Kartal. Kessel gab ihn zurück.

Solange er Gani vor sich hatte, kontrollierte er die Situation. Er richtete die Pistole wieder auf Ganis Gesicht.

»Du trittst jetzt einen Schritt zurück und nimmst die Hände hinter den Kopf. Wenn du das getan hast, nehm ich die Kette weg, und du kannst reinkommen. Wenn du allein bist und tust, was ich dir sage, passiert nichts.«

Gani wirkte völlig entspannt und tat, was Kessel ihm sagte. Dem kam es vor, als habe er das alles schon einmal in einem seiner Albträume gesehen. Er deutete mit dem Lauf der Pistole auf den Drehstuhl mit dem speckigen senfgelben Schaumgummiüberzug. Eine von zwei Sitzgelegenheiten in seiner Wohnung.

»Mach die Tür zu und setz dich hin.«

Gani warf das Plastiktütchen auf den Couchtisch, dann ließ er sich nieder. Seine Hände lagen auf den Knien.

Ohne ihn aus den Augen zu lassen, nahm Kessel ein paar Meter von ihm entfernt Platz. Gani wartete auf ein Zeichen. Kessel lauschte eine Weile, ob sich draußen etwas tat. Wenn sie durch die Tür schossen, würden sie Gani treffen, nicht ihn. Er hörte nichts.

»Wie hast du herausgefunden, wo ich wohne?«

»Meine Leute haben dich heute bei uns im Viertel gesehen. Sie sind dir gefolgt.«

»Also, was willst du?«

»Der Junge, den du überfahren hast, heißt Amir, Amir Aslan. Ich war heute Morgen bei seinen Eltern. Alican und Aygün Aslan. Sie haben einen Friseursalon, keine hundert Meter weg von der Unfallstelle. Amir ist ihr einziger Sohn. Er liegt im Koma. Sie hoffen so sehr, dass er bald aufwacht, um ihnen zu erzählen, was geschehen ist.«

Gani legte eine Pause ein. Kessel sollte wohl verstehen, dass er erpressbar war. Schön, aber Gani musste verstehen, dass er sich das nicht zu einfach vorstellen durfte.

»Ich kann niemanden daran hindern zu erzählen, was immer er erzählen will.«

Das war billiger Bluff, und Gani wusste es.

»Vielleicht ist dir egal, was mit *dir* passiert. Aber es ist dir nicht egal, was mit deinem Kollegen und seiner Familie passiert.«

Was wusste Gani von Diller und seiner Familie? Nichts wahrscheinlich. Aber es hatte ihn ziemlich wenig Mühe gekostet, Kessel in seiner Wohnung aufzuspüren. Vielleicht hatte er auch das eine oder andere über Diller in Erfahrung gebracht.

»Also gut. Was könnte ich tun, um zu verhindern, dass Amir etwas erzählt?«

»Du könntest dafür sorgen, dass er und seine Familie genug Geld haben für die Behandlung und all das. Sein Vater muss jemanden einstellen, der ihm im Laden hilft, so wie Amir das bisher gemacht hat. Amir war ein fleißiger Junge.«

»Und was, wenn ich kein Geld habe? Ich meine, wirklich, kein Witz, ich bin vollkommen abgebrannt. Ich habe gar nichts. Du kannst meine Kontoauszüge sehen.«

Gani machte ein verächtliches Gesicht. »Ich weiß, dass du kein Geld hast. Das sieht man dir an.«

Er machte eine Kunstpause und nickte seinen Worten hinterher.

»Das ist der Grund, warum ich dir was mitgebracht habe.« Er deutete mit einer Kopfbewegung auf das Plastiktütchen. »Verkauf es. Das Päckchen ist gut für zwanzigtausend. Behalt die Hälfte, die andere Hälfte gibst du mir. Wenn du es gut machst, bekommst du mehr.«

Kessel wurde wütend. Der Scheißkerl marschierte hier rein und glaubte, ihn einfach so zu seinem Handlanger machen zu können.

»Alles klar«, sagte er, »das hast du dir fein ausgedacht, hm? Aber so läuft das nicht! Los, hau ab. Nimm deinen Krempel mit und hau ab.« Es klang seltsam unsicher.

Gani lächelte spöttisch, stand langsam auf und ging zur Tür. Das Plastiktütchen ließ er liegen.

»Hey, bleib stehen! Nimm das mit!«, rief Kessel.

Gani reagierte nicht darauf, ging hinaus und zog die Tür hinter sich zu.

Kessel sprang aus seinem Sessel und trat hinter ihm gegen die geschlossene Tür, dann lief er mit der Waffe in der Hand in seiner Wohnung auf und ab. Was sollte er tun? Was erforderte die Situation? Wo war Hilfe?

Ein paar Stunden später lag er mit einer Nadel im Unterarm auf seinem Bett.

Etwa zur gleichen Zeit studierte Diller die Protokolle der zwei Vernehmungen des Mannes, der sich Salem Yusuf nannte und vor zwei Tagen am Flughafen verhaftet worden war. Das erste Protokoll hatten zwei Beamte des Bundesgrenzschutzes geführt, das zweite Strauch. Beide Male hatte der Mann zwar geredet, sich aber geweigert, die Mitschriften seiner Aussage zu unterschreiben. Es handelte sich dabei nicht um Wortprotokolle, sondern um Zusammenfassungen der Vernehmungsbeamten. Diller hatte genug von den Akten. Er wollte sich selbst ein Bild machen, und dafür war genau jetzt der günstigste Zeitpunkt. Kein Anwalt, keine Staatsanwälte, keine anderen Ermittler würden ihn stören. In einem Gespräch unter vier Augen würde Diller mehr über die Identität dieses Mannes erfahren als aus Waschkörben voller Ermittlungsunterlagen.

Ein Streifenwagen setzte Diller vor dem von Suchscheinwerfern erleuchteten Eingangstor der Justizvollzugsanstalt Stadelheim ab. Um diese Zeit kamen normalerweise keine Besucher mehr, und das Wachpersonal schob ruhigen Nachtdienst, das Gefängnis wirkte beinahe menschenleer. Obwohl er angekündigt war, musste er erst läuten, bevor ihm geöffnet wurde.

Auch ohne niedergeschlagene oder verzweifelte Familienangehörige, wie sie tagsüber in langen Schlangen im Eingangsbereich warteten, ergriff Diller sofort die zutiefst deprimierende Atmosphäre dieses Ortes. Einer der Schließer führte Diller in einen Verhörraum. Er musste nicht lange warten, bis ihm Salem Yusuf vorgeführt wurde. Ein großer, schlanker, gut aussehender Mann mit gepflegten, kurz geschnittenen schwarzen Haaren. Er trug Anstaltskleidung aus grober blauer Baumwolle. Bei seiner Verhaftung war es ein feiner grauer Geschäftsanzug gewesen. Da er als gewalttätig eingestuft wurde, ketteten die Beamten seine Hände links und rechts an Schienen auf der Tischplatte, sodass er Diller mit offenen Armen gegenübersaß. Man musste kein Hellseher sein, um zu erkennen, dass diese Haltung seinem Gemütszustand am allerwenigsten entsprach.

Vielleicht hatte Diller einen Augenblick irritiert ausgesehen, der Mann jedenfalls nahm sofort darauf Bezug.

»Es ist erniedrigend, Ihnen so gegenübersitzen zu müssen, das finden Sie auch, nicht wahr? Ich heiße Salem Yusuf und wer sind Sie?« Sein Deutsch war gewandt und absolut akzentfrei. Er klang unerschrocken und entschlossen.

»Markus Diller, Kriminalhauptkommissar. Ich bin mit den Ermittlungen in Ihrem Fall beauftragt.«

»Ah, man hat Ihren Kollegen abgezogen? Wie hieß er noch? Strauch, ja, Strauch. Er hat sich nicht besonders geschickt angestellt.«

Diller war überrascht. Er hatte mit vielen Menschen während ihrer ersten Tage in Haft zu tun gehabt. Selbst auf hartgesottene Verbrecher hatte sie üblicherweise eine demoralisierende Wirkung. Falls das auch bei diesem Mann der Fall war, wusste er es sehr gut zu verbergen. Diller war ihm keine Rechenschaft über Strauchs Rolle bei den Ermittlungen schuldig, und er wollte ihm keine Antwort geben, die es ihm erlaubte, Zusammenhänge zu erkennen.

»Ich kenne keinen Strauch. Da müssen Sie etwas verwechselt haben.«

Der Mann lächelte zornig. »Sie und Ihre Kollegen, Sie lügen, wenn Sie den Mund aufmachen.«

»Sie haben versucht, mit einem gefälschten Reisepass auf den Namen Salem Yusuf ins Ausland zu reisen. Das ist auch nicht besonders ehrlich.«

Wenigstens zum Schein musste Diller ein wenig auf das eingehen, was der Mann sagte, um mit ihm in ein Gespräch zu kommen.

»Wie kommen Sie auf die Idee, dass mein Reisepass gefälscht ist? Ich bin Salem Yusuf. Ich besitze einen gültigen Reisepass, ordnungsgemäß ausgestellt von einer deutschen Behörde.«

Der Mann brüllte ihn regelrecht an. Sofort rasselte das Schloss in der Tür, und zwei bewaffnete Justizbeamte erschienen. Diller dankte ihnen und sagte, es sei alles in Ordnung. Nachdem sie die Tür wieder geschlossen hatten, redete er betont kühl weiter.

»Die biometrischen Daten, die auf Ihrem Reisepass gespeichert sind, stimmen eindeutig mit denen eines Mannes überein, den wir suchen.«

Der Mann schloss die Augen und lächelte bitter.

»Ich weiß, das hat mir Ihr Kollege gestern schon erklärt. Versetzen Sie sich für einen Augenblick in meine Lage. Stellen Sie sich vor, Sie wollen ins Ausland fliegen. Sie bereiten alles vor, erscheinen rechtzeitig am Flughafen, checken ein, passieren die Sicherheitskontrollen, alles läuft wie immer. Und plötzlich, bei der Passkontrolle, heißt es, einen Augenblick bitte, und der Ausdruck auf den Gesichtern verändert sich, und zwanzig Sekunden später werden Sie in Handschellen abgeführt, vor den Augen der Leute, mit denen Sie eigentlich nach Mombasa hätten fliegen sollen. Und Ihre Erklärung für all das lautet, meine *biometrischen Daten* seien nicht in Ordnung?« Er schnaubte verächtlich und sah Diller wütend an. »Ich fürchte, ich habe nur sehr unklare Vorstellungen davon, worum es sich dabei überhaupt handelt. Ist es ein Verbrechen, dass meine ›Daten‹, was immer das heißen soll, mit denen eines anderen übereinstimmen? Geht mich das etwas an?«

Diller wollte nicht glauben, dass der Mann so unschuldig war, wie er tat. Aber er verhielt sich geschickt, das stand fest. Mit der Klärung seiner Identität würden sie jedenfalls heute nicht weiterkommen, das spürte er. Diller musste andere Wege einschlagen.

»Fein, also, *Salem Yusuf*. Was hatten Sie in Mombasa vor?«

Ein verächtlicher Blick traf Diller. »Ich glaube nicht, dass Sie das etwas angeht.«

»Es gibt doch sicher eine ganz einfache Erklärung dafür, oder etwa nicht?«

»Seit wann braucht man eine Erklärung, um irgendwohin zu reisen? Ich bin Geschäftsmann. Ich habe geschäftlich in Mombasa zu tun. Ich muss Ihnen das nicht erklären.«

»Falls das alles wirklich ein riesiges Missverständnis ist – dann helfen Sie mir doch mit Folgendem: Für wen, der in der Geroltstraße 28 hier in München wohnt, wollten Sie ein Konto eröffnen?«

»Ich weiß nicht, wovon Sie reden.«

»Kommen Sie, ein Kontoeröffnungsformular der Stadtsparkasse München. Es war in Ihrer Reisetasche.«

Diller hatte die Information, dass das Formular bei Yusufs Sachen gefunden wurde, lediglich aus den Akten. Er hoffte, es gab jemanden, der das bezeugen konnte.

»Davon weiß ich nichts.«

»Gut, dann war's das erst mal von meiner Seite«, sagte

er. Er war nicht weit gekommen, aber immerhin wusste er jetzt, mit welchem Kaliber er es zu tun hatte.

Als er sich erhob, zischte Yusuf ihn an. »Ich stehe nicht ohne Verbindungen da, Herr Kriminalhauptkommissar. Meine Anwälte bereiten einen Haftprüfungstermin vor. Ich möchte nicht in Ihrer Haut stecken.«

Es beeindruckte Diller nicht sonderlich, was der Mann sagte, aber es beschäftigte ihn doch, während er das Gefängnis verließ und sich auf den Nachhauseweg machte. Salem Yusuf gab ein einigermaßen selbstbewusstes Bild ab, vor allem angesichts der misslichen Lage, in der er sich befand. Idris Maher hingegen war den Unterlagen nach eher der unsichere, jähzornige Typ. Konnte es sein, dass tatsächlich eine Verwechslung vorlag? Jedenfalls war es ihm gelungen, Zweifel in Diller zu wecken, und so sehr er sich auch dagegen wehrte, sie waren nun in der Welt.

Freitag, 18. Januar

Kessel wachte gegen halb acht auf. Sein Dienst begann um acht Uhr, sodass er gegen halb neun im Präsidium sein konnte, für seine Verhältnisse beinahe pünktlich. Die bessere Nachricht aber war, dass sich sein Körper ein wenig erholt hatte. Er hatte sich am gestrigen Abend nach den Erfahrungen zuvor eine sehr viel geringere Dosis gespritzt und sie offenkundig gut vertragen. Beim Duschen, gerade als er begann, euphorisch zu werden, überfiel ihn eine plötzliche Übelkeit. Der Würgereiz entlud sich in zwei kläffenden Hustern, und das war's auch schon. Kessel verzichtete auf Kaffee, weil er im Küchenschrank noch einen Beutel Schwarztee fand, mit dem sein Magen sicher besser zurechtkäme, dazu zwei Scheiben ungetoastetes Weißbrot.

Er saß an dem kleinen Resopaltisch vor der Küchenzeile und schaltete für noch mehr Gemütlichkeit das Radio ein. In den Achtuhrnachrichten kam, dass es auch am Vorabend wieder Ausschreitungen im Westend gegeben habe. Jugendliche hätten sich versammelt, um an der Unfallstelle des am Mittwochabend verunglückten jungen Mannes zu gedenken, der seither im Koma liege. Kessel versuchte, die Erinnerung nicht an sich heranzulassen, aber es gelang ihm nicht. Er sah wieder das Gesicht des

Jungen vor sich, das Entsetzen kurz vor dem Aufprall, wie so oft, seitdem es geschehen war.

In der nächsten Meldung wurde der Innenminister mit der Aussage zitiert, die Sicherheitsbehörden rechneten für die nähere Zukunft mit verschiedenen Anschlagsszenarien. »Wir bereiten uns im Wesentlichen darauf vor, dass Terroristen ins Land kommen und ohne Vorwarnung in einem Gebäude oder an einem sichtbaren Platz einen Anschlag begehen, von dem sie wissen, dass sie ihn im Zweifelsfall nicht überleben werden«, sagte der Minister.

Kessel machte das Radio aus, beendete sein Frühstück und beschloss, zu Hause zu bleiben.

Er rief Wally an, der seine Nummer auf dem Display erkannte: »Kessel, Mensch. Sag bloß, du bist schon wieder krank!«

»Ja, Wally, schlechtes Timing, ich weiß, aber ich möchte sichergehen, dass ich voll auf dem Damm bin, bevor ich wieder reinkomme.«

»Geht klar, Mann, ich gebe Diller Bescheid, oder willst du selbst ...«

»Nein, nein, ich wäre dir dankbar, wenn du das machst. Ich muss mich wieder hinlegen, ciao.«

Kessel drückte das Gespräch weg und schaltete dann das Handy ganz aus. Es musste ausgeschlossen sein, dass man es orten konnte, dort, wo er jetzt hinging.

Das Kommissariat K 45, »Politisch motivierte Kriminalität Ausländer«, hielt sein morgendliches Briefing ab. Strauch und Diller waren da, Wally und alle anderen außer Kessel. Diller fühlte sich dafür auf eine unklare Weise verantwortlich, es ärgerte ihn, und Strauch bemerkte das.

»GTAZ hat gemeldet, dass fünf oder sechs Attentäter

mit islamistischem Hintergrund auf dem Weg nach München sind. Ihr wahrscheinlichstes Anschlagsziel ist die Sicherheitskonferenz am zweiten Februarwochenende. Ich denke, das wird uns die nächsten Wochen beschäftigen«, berichtete Strauch.

»Woher kommt diese Information?«, fragte Diller etwas überrascht.

»Vom Gemeinsamen Terrorismusabwehrzentrum, Berlin-Treptow«, sagte Strauch, als landeten sämtliche Nachrichten von dort immer zuerst bei ihm.

»Hast du mitgeteilt, dass du die Ermittlungen nicht mehr leitest?«

»Nein, habe ich nicht.«

Das klang selbstbewusst genug, um Diller aus der Reserve zu locken.

»Solltest du das vielleicht tun?«, fragte er mühsam beherrscht.

»Ich glaube nicht. Du hast die Ermittlungen gegen Idris Maher übertragen bekommen. Nicht die Abteilung. Außerdem betrifft diese Information alle.«

»Ich habe die Nachrichten gehört«, sagte Wally in die feindselige Stille zwischen Strauch und Diller hinein. »Der Bundesinnenminister hat vor Anschlägen gewarnt. Und im Bundestag wird gerade über den Etat der Bundespolizei verhandelt. Ein bisschen Terrorangst kann da nur helfen, glaube ich.«

»Alle paar Wochen kommen Meldungen über Attentäter, die Anlass geben für mehr oder weniger umfangreiche Ermittlungen. Gibt es irgendetwas Konkretes?«, fragte Zimmer, ein jüngerer Beamter, der kein Hehl daraus machte, dass er mit Diller mehr anfangen konnte als mit Strauch.

»Etwas sehr Konkretes«, antwortete Strauch. »Ich darf Polizeipräsident März mit den Worten zitieren, die er heute Morgen in einem Gespräch unter vier Augen verwendet hat: ›In drei Wochen findet hier die Sicherheitskonferenz statt. Ich will, dass wir jede noch so geringe Wahrscheinlichkeit ausschließen, dass sie das Ziel für einen Terroranschlag abgibt.‹«

Ein Gespräch am Morgen unter vier Augen also. Strauch hatte nicht lange gebraucht, um die alten Rangverhältnisse wiederherzustellen. Diller war das egal, solange es nicht die Wahrscheinlichkeit erhöhte, dass er und Kessel aufflogen.

Nachdem er die Sitzung beendet hatte, schob sich Strauch beim Hinausgehen in scheinbar versöhnlicher Absicht neben Diller. »Wie läuft's denn so?«

»Ich bin zufrieden«, knurrte Diller.

»Kann ich mir vorstellen.« Es lag feiner, aber unüberhörbar Hohn in seiner Stimme.

Diller blieb stehen und stellte sich vor Strauch auf. »Sag einfach, was du von mir willst, okay?«

Strauch nickte, als hielte er das für einen durchaus überlegenswerten Vorschlag. »Sicher. Sagt dir der Name Didem Osmanoglu etwas?«

»Nein, sollte er?«

»Denke schon, ja. So heißt die Staatsanwältin, mit der ich vor dem Briefing telefoniert habe.«

»Und was wollte sie?«

»Wissen, was am Mittwochabend los war. Ich habe ihre Fragen beantwortet, so gut ich konnte. Irgendwann fiel dabei natürlich auch dein Name.«

»Was soll das heißen?«

»Sie hat gesagt, sie wird sich demnächst bei dir melden. Ich schätze, eher früher als später. Sieh dich vor.«

Diller wollte noch etwas erwidern, aber Strauch ließ ihn einfach stehen. Diller sah sich nach den anderen Kollegen um, die seinem Blick auswichen.

Kessel stieg an der U-Bahn-Haltestelle Olympiazentrum aus. Er machte sich auf den kurzen Fußweg zu den Hochhäusern, die, als sie vor ein paar Jahrzehnten gebaut wurden, als Prunkstücke zukunftsfroher Städteplanung gegolten hatten. Heute war es nicht besonders empfehlenswert, sich ohne Grund in dieser Gegend aufzuhalten. Der Morgen war kalt, trist und feucht, niemand, der nicht unbedingt musste, ging auf die Straße. Hier lebten Menschen, deren Schicksal es war, nichts Bestimmtes zu sein oder zu tun. Die meisten von ihnen lagen noch im Koma ihrer Räusche in ihren kahlen Wohnungen. Kessel wollte wieder weg sein, wenn sie erwachten.

Joeys Adresse hatte er aus dem Polizeicomputer. Er hatte sie sich schon vor einiger Zeit besorgt, ohne eigentlich genau zu wissen, wofür. Heute kam es ihm so vor, als wäre das eine der vielen kleinen Vorbereitungshandlungen gewesen, die ihm sein Suchtgedächtnis für einen späteren Rückfall aufgetragen hatte, so beiläufig, dass er sich vormachen konnte, er sei nicht in Gefahr.

Joeys Name stand mit Bleistift neben der Klingel auf das Metall gekritzelt.

Nachdem Kessel dreimal geläutet und heftig geklopft hatte, hörte er Joeys Stimme hinter der Tür. »Wer ist da?«

»Erich. Erich Kessel.«

Eine Frauenstimme sprach gepresst, Joey antwortete

ihr, es folgten ein Wortwechsel, der schnell laut wurde, und dann ein Aufschrei der Frau. Joey schrie: »Ich tu, was ich will, du blöde Fotze!« Er öffnete die Tür einen Spaltbreit. Sie war mit einer Kette gesichert. Joey erkannte Erich Kessel sofort. Er wusste, dass Kessel ein Bulle war, deshalb hielt sich seine Wiedersehensfreude in Grenzen.

»Hi, Erich. Was willst du denn hier? Ich hab nichts ausgefressen.«

»Ich muss mit dir sprechen. Kann ich reinkommen?«

Joey schien nicht gerade glücklich über diese Bitte, sah sich unentschlossen um, löste dann aber die Sicherheitskette. »Also gut.«

Kessel sah, dass Joey etwas in einer Kommodenschublade verschwinden ließ. Vermutlich eine Knarre. Joey war also offensichtlich immer noch im Geschäft. Sie gingen in die Küche. Kessel hatte ihn nie danach gefragt, aber irgendwann musste Joey fleißig ins Studio gegangen sein, seine Arm- und Nackenmuskeln sahen danach aus. Er trug nur ein Unterhemd, Kessel entdeckte jede Menge neuer Tattoos. Das war immer schon Joeys größtes Hobby und sein ganzer Stolz gewesen. Er entwarf die Vorlagen dafür selbst. Joeys fast schwarze Augenringe sprachen dafür, dass er aktuell in kein Entwöhnungsprogramm eingebunden war.

Sie setzten sich an den Küchentisch.

»Schön, dich zu sehen«, sagte Kessel.

»Pff«, machte Joey. »Wenn du keinen Ärger mitbringst, was dann? Willst du mich vor irgendwas warnen? Ich stecke in überhaupt gar nichts drin, was dich interessieren könnte. Seit wann bist du überhaupt wieder bei den Giftlern?«

Giftler, den Ausdruck hatte Kessel lange nicht gehört.

Als er jung war, verwendete man ihn für Leute, die Drogen nahmen, später dann für Drogenfahnder.

»Warum denn so negativ? Ich will dir nur was zeigen.«

Kessel griff in die Seitentasche seines Jacketts, holte die Röhrchen heraus, die ihm Gani gegeben hatte, und hielt sie ihm unter die Nase. Joey betrachtete sie gierig und skeptisch zugleich. Er war lange genug im Geschäft, um zu wissen, dass niemand einfach so zu ihm nach Hause kam, um ihm Stoff zu liefern.

Kessel konnte sich nicht helfen, er musste lächeln, als er Joey beim Denken zusah. Aber Joey schien zu keinem befriedigenden Ergebnis zu kommen.

»Woher hast du das?«, fragte er.

»Willst du's dir nicht ansehen?«

Joey lachte ungläubig. »Gehst du jetzt unter die Dealer, oder was?« Joey nahm eines der Röhrchen zwischen Daumen und Zeigefinger, als wäre er Chemiker. »Du bist doch noch bei den Bullen, oder?«

»Sicher, da hat sich nichts geändert.«

Es machte Kessel fast Spaß, ihn im Ungewissen zu lassen. Vielleicht würde es auch seine Verhandlungsposition verbessern.

Abrupt legte Joey das Röhrchen auf den Küchentisch. »Sag schon, woher hast du das? Und was willst du von mir?«, fragte er.

Joey war ein schlechter Schauspieler. Kessel sah ihm an, dass er das Zeug bereits so dringend haben wollte wie nichts anderes auf dieser Welt. In diesem Moment kam Joeys Mitbewohnerin in die Küche, deren Stimme er zuvor schon durch die Tür gehört hatte. Sie war groß und dunkelblond, vielleicht Ende zwanzig. Wahrscheinlich war sie einmal ganz hübsch gewesen, doch jetzt sah sie unendlich müde aus. Ihre Augenringe glichen denen von Joey. Sie machen die beiden zum Paar, dachte Kessel. Sie beachtete Kessel gar nicht, als sie hereinkam.

»Sie schläft«, sagte sie zu Joey.

Der nickte, dann wies er mit einer Kopfbewegung auf Kessel. »Das ist Erich Kessel, ein Kumpel von mir, ein Drogenbulle.«

Das war nicht richtig, aber Kessel wollte sich nicht mit langatmigen Erklärungen aufhalten, also ließ er Joey einfach reden.

»Er kommt hier rein, legt mir ein Röhrchen auf den Tisch und sagt, er will mir das einfach mal zeigen.«

Joey und die Frau sahen sich an. Es war ein Moment tiefer Niedergeschlagenheit, so als stünden sie vor etwas Unausweichlichem.

»Also noch mal: Vanessa, Erich, Erich, Vanessa.«

Kessel nickte ihr mit einem knappen Lächeln zu. Sie erwiderte es nicht.

»Joey ist auf Bewährung draußen. Aber das wissen Sie ja sicher. Als sein *Freund* und als *Drogenbulle.*«

»Was soll das sein? Der armselige Versuch, einen früheren Kumpel ans Messer zu liefern?«

Wenn sie ihn wirklich hätten loshaben wollen, dachte Kessel, würden sie ihn hinauswerfen, ohne Fragen zu stellen. Aber das wollten sie nicht. Sie wollten den Stoff und wollten herausfinden, wie groß das Risiko war, das sie eingingen, wenn sie ihn nahmen.

Zeit, ihnen ihre Bedenken zu nehmen.

»Es geht hier nicht um Joey und seine Vorstrafen. Ich schlage euch ein Geschäft vor. Ich liefere euch diesen Stoff hier. Nehmt euch Zeit, prüft ihn. Was ich höre, ist er ausgezeichnet. Ich kriege mehr davon, wenn ich will. Ihr verkauft ihn, wir teilen uns die Einnahmen. Allein, dass ich euch das vorschlage, kann mich in den Knast bringen. Vertrauen gegen Vertrauen, okay?«

Joey sah Vanessa an, als fühle er sich in der Meinung bestätigt, Kessel sei ein feiner Kerl.

»Nehmen wir an, es läuft so, wie du sagst, Erich. Warum willst du das Zeug verkaufen, und warum machst du's nicht einfach selbst?«

»Ich schulde das jemandem. Du willst darüber nicht mehr wissen, glaub mir. Ich bin Bulle, ich kann es schlecht selbst an der nächsten Straßenecke verticken. Du bist im Geschäft, du kennst die Leute und die Wohnungen, in denen das läuft.«

Joey sah immer noch düster drein, aber Kessel spürte, dass er sich geschmeichelt fühlte.

»Also gut, angenommen, wir würden das machen: Woher weiß ich, dass der Stoff okay ist?«

Kessel zögerte mit der Antwort, weil sie ihm schwerfiel. »Von mir.«

»Wie, von dir?«

»Von mir eben.«

Sie sahen sich an, und Joeys skeptische Miene verwandelte sich langsam in ein Lächeln, auch die von Vanessa entspannte sich.

»Hey, ich dachte, du bist runter. Na, umso besser, wenn nicht«, sagte er und klopfte Kessel ein paarmal auf die Schulter.

Kessel nickte etwas betreten.

Vanessa warf ihre Haare zurück und setzte sich mit an den Tisch und griff mit ihrer blauroten, verfroren aussehenden Hand nach dem Röhrchen.

Die Wohnung in der Geroltstraße wurde seit Mittwoch Tag und Nacht observiert, ohne jedes Ergebnis. Niemand ging in die Wohnung, niemand kam heraus. Diller hoffte, dass, was immer darin vorging oder sich befand, Aufschluss über die wahre Identität des Gefangenen geben konnte, doch er wollte den Zugriff so lange wie möglich hinauszögern. Gegen Salem Yusuf war eine Kontaktsperre verhängt, er konnte niemanden warnen, außer durch seinen Verteidiger, der es sich sehr genau überlegen würde, ob er sich zum Komplizen eines Terrorverdächtigen machen wollte. Es bestand also die gute Chance, dass sich früher oder später irgendein ahnungsloser Helfer vor oder in der Wohnung blicken ließ, der sie auf eine weitere Spur führen konnte. Außerdem kämpfte Diller gegen die Zweifel an, die ihm gekommen waren. Waren der selbstbewusste Salem Yusuf und der jähzornige, impulsive Idris Maher tatsächlich ein und dieselbe Person? Diller brauchte Augenzeugen, Menschen, die Idris Maher gekannt hatten, und er musste sie davon überzeugen, dass es richtig war, gegen ihn auszusagen.

Die Zentrale stellte einen Anruf zu ihm durch, ohne ihm zu sagen, wer es war. Er meldete sich nur mit einem knappen »Ja«.

»Didem Osmanoglu hier, Staatsanwaltschaft München I. Spreche ich mit Kriminalhauptkommissar Markus Diller?«

Es war eine junge, freundliche Stimme, aber sie berührte Diller extrem unangenehm, so als habe er trotz Strauchs gehässiger Warnung gehofft, der Anruf würde nicht kommen.

»Ja, Diller hier«, antwortete er, beinahe feindselig.

»Ich nehme an, Sie sind sehr beschäftigt mit Ihrer

Festnahme von letzter Woche. Mir wurde gesagt, Ihnen sind die Ermittlungen in der Sache übertragen worden, stimmt das?«

Mir wurde gesagt, wiederholte Diller im Stillen. Er konnte sich vorstellen, wer ihr das gesagt hatte.

»Ja, das stimmt«, antwortete Diller so neutral wie möglich.

»Aber am Mittwochabend hatten Sie noch nichts mit den Ermittlungen zu tun?«

Die Art, wie sie die Frage stellte, beunruhigte Diller. Sie musste wissen, dass er zusammen mit Kessel unter Strauchs Kommando dabei gewesen war. Sie hatte mit Strauch gesprochen. Wollte sie ihn aufs Kreuz legen, noch bevor er überhaupt verstand, worum es ging?

»Natürlich. Ich war daran beteiligt. Ich und Erich Kessel. Herr Strauch muss Ihnen doch davon berichtet haben?«

Seine Frage irritierte sie, das spürte er. Doch sie ging nicht darauf ein.

»Es ist doch merkwürdig. Da passiert so ein Unfall: Ein junger Mann wird überfahren, nachts, doch auf einer belebten Straße, und es sind dort ein Dutzend verdeckter Ermittler im Einsatz, und trotzdem: Niemand bemerkt den Unfall, niemand beobachtet etwas, es gibt keine Zeugen, und die Polizei tappt völlig im Dunkeln.«

Diller hatte dieses schwebende Gefühl in der Magengegend, einen Vorboten der Angst. Dabei war doch ganz klar, dass sie überhaupt nichts wissen *konnte.*

»Was wollen Sie damit sagen?«

»Ich will damit sagen, dass ich dankbar wäre für jeden noch so kleinen Hinweis. Sie und Ihr Kollege Kessel sind die einzigen Beamten, die bei den Krawallen am späteren

Abend nicht aufgeflogen sind. Ich interessiere mich dafür, wie Ihnen das gelungen ist.«

Diller hätte sie gerne dazu gebracht, ihren Verdacht auszusprechen, wenn sie denn einen hegte. Aber es war ihm zu riskant, sie danach zu fragen. »Wir waren in unserem Dienstwagen.«

»Ja, ich weiß, ich habe Ihren Bericht gelesen.«

Der hatte also schon den Weg auf ihren Schreibtisch gefunden. Strauchs Eifer war bemerkenswert.

»Ich würde mich freuen, wenn Sie mir helfen könnten, damit meine Arbeit mehr sein kann als nur ein Alibi.«

Diller nickte, als stünde er ihr gegenüber. »Ja, sicher. Ich werde Ihnen helfen, so gut ich kann.« Er rief in der Autowerkstatt an, sofort nachdem er aufgelegt hatte, und fragte, ob der Wagen schon fertig sei.

Er hatte Eicher, den Chef der Werkstatt, am Telefon. »Wer hat gesagt, dass das so eilig ist?«

»Niemand, ich rufe nur aus Interesse an.«

»Aus Interesse, wie? Scheint ja überhaupt ein interessantes Auto zu sein. Heute Morgen waren zwei Beamte von der Spurensicherung hier, wolltest du mit denen auch reden?«

Das blanke Entsetzen packte Diller. »Nein, aber wie weit bist du denn jetzt?«

»Fertig. Motorhaube ausgewuchtet, Kühlergrill neu, Frontschürze neu. Die alte haben deine Kollegen mitgenommen.«

»Klar, danke.«

»Holt jemand von euch den Wagen ab?«

»Ja, sicher, selbstverständlich.«

Diller legte auf. Diese Ratte, dachte er. Noch vor ihrem Anruf hatte sie die Spurensicherung losgeschickt. Alles, was er je über Unfallanalytik gehört und gelernt hatte, ging ihm in Sekundenbruchteilen durch den Kopf. Die Leute, die sich mit diesem Thema beschäftigten, brachten die unglaublichsten Dinge zum Vorschein. Es war ihnen ohne Weiteres zuzutrauen, dass sie aus den Kratzern und Verformungen an einer Frontschürze und den Prellungen und Hämatomen an den Unterschenkeln eines Arabs eine Geschichte machten, die gut genug für eine Staatsanwältin war, um Anklage zu erheben. Er wusste aber auch, dass er jetzt die Nerven behalten musste. Die Angst, überführt zu werden, brachte mehr Leute ins Gefängnis als die raffiniertesten Ermittlungsmethoden. Diller überlegte, ob er Kessel anrufen sollte, um ihn zu warnen. Doch es konnte sein, dass Frau Osmanoglu sich für seine Telefone genauso interessierte wie für die Frontschürze. Er hörte die Staatsanwältin in ihrer schwarzen Robe mit ihrer hellen, sachlichen Stimme eine Anklageschrift verlesen: »Unmittelbar nach dem Gespräch mit der Staatsanwaltschaft und einer telefonischen Nachfrage in der Autowerkstatt, bei der er erfuhr, dass Fahrzeugteile von der Spurensicherung sichergestellt worden waren, informierte er den Mitangeklagten Erich Kessel, um ihn zu warnen. Er führte das Gespräch über sein privates Handy, dessen Einzelverbindungsnachweise gespeichert werden konnten.«

Am Nachmittag veranstaltete Diller ein Briefing mit mehreren technischen Einheiten. Sie bekamen den Auftrag, getarnt als Mitarbeiter der Telekom und der Stadtwerke, in der Geroltstraße Infrarotkameras und Richtmikrofone in Bäumen und an Straßenlaternen zu installieren, Nachbarwohnungen zu verwanzen und das ganze Wochenende über vom Keller bis zum Speicher jede Bewegung der Hausbewohner zu observieren. Diller setzte eine Frist. Falls bis Montagmorgen um fünf Uhr weiterhin niemand die Wohnung betrat oder verließ, würde sie von einem Spezialeinsatzkommando unter seiner Leitung gestürmt werden.

Beim Abendessen mit Maren und Luis versuchte Diller einen aufgeräumten Eindruck zu machen. Am Samstagmittag würde Mona am Flughafen ankommen, und sie würden am Abend gemeinsam die Schulaufführung von *Mockinpott* besuchen. Den Abend verbrachte Maren lesend in ihrem Arbeitszimmer und Luis vor seinem Computer, während Diller sich vor dem Fernseher betrank. Gegen elf versuchte Maren, ihn ins Bett zu lotsen, aber Diller wollte nicht. Immer wieder ging er in Gedanken durch, was in den vergangenen drei Tagen geschehen war, und er fürchtete, dass Maren ihn zur Rede stellen würde. Sie war zu klug, als dass er ihr lange etwas vormachen konnte. Sein Verhalten seit Mittwoch, seine Abwesenheit, seine Nervosität konnten nur bedeuten, dass etwas schiefgegangen war. Sie wusste lediglich noch nicht, was genau.

Gegen halb zwölf, als Maren und Luis bereits schliefen, öffnete Diller eine weitere Flasche Wein und schaltete Luis' X-Box ein, um *Call of Duty* zu spielen. Bis in den frühen Morgen killte er Nazizombies in den Katakomben des Weißen Hauses.

Samstag, 19. Januar

Am nächsten Abend stand Diller mit Maren, Luis und Mona in der Aula des Romano-Guardini-Gymnasiums. Es war ihm nicht unangenehm, dass sie den anderen Familien um sie herum ähnlich sahen. Seit zwei Jahren waren er und Maren ein Beamtenehepaar, das mit seinen Kindern ein Reihenhaus in der Vorstadt bezogen hatte und über den Kauf dieses Reihenhauses nachdachte. Ihre finanziellen Möglichkeiten ließen das plötzlich zu, nachdem Maren spät in ihrem Leben, eigentlich zum spätestmöglichen Zeitpunkt, doch noch einen Ruf bekommen hatte und so von einer de facto arbeitslosen, sinnloserweise habilitierten Germanistin, die neben ihrer Hausarbeit lächerlich schlecht bezahlte wissenschaftliche Artikel schrieb, von einem Tag auf den anderen einen hoch angesehenen Beruf ausübte.

Sie passten hinein, sie gehörten dazu, kein Zweifel. Und doch fühlte Diller sich in seiner neuen Umgebung wie ein Schauspieler, und das, obwohl er den ganzen Tag über nur Dinge getan hatte, wie Vorstadtbewohner sie tun. Vormittags war er Einkaufen gewesen im »Le Paradis«, dem geradezu mondänen Supermarkt in ihrer Nähe, und hatte ein weiteres Mal versucht, sich an die beinahe irritierende Freundlichkeit der Angestellten mit rot-weiß gestreiften Schiffchenmützen und Schürzen zu gewöhnen, die einem frisch und enthusiastisch die Einkäufe bis zum Auto brachten und in den Kofferraum packten. Früher, als er noch im Penny-Markt eingekauft hatte, zogen osteuropäische Frauen die Sachen wortlos über den Warenscanner und niemand lachte.

Am Nachmittag hatte er Mona vom Flughafen abgeholt. Sie studierte in Hamburg und wollte den größten Teil der Semesterferien bei ihrer Mutter verbringen. Dass Diller sie nicht mit der S-Bahn fahren ließ, sollte ein versöhnliches Zeichen sein, und so wurde es von ihr auch aufgefasst. Ihre Begrüßung fiel beinahe herzlich aus. Doch schon auf der Rückfahrt verstrickten sie sich in eine ihrer Diskussionen über das, was Mona beharrlich »den Aufstand« nannte. Es ging ihm auf die Nerven, dass sie dem, was sie in den Medien darüber erfahren hatte, mehr Glauben schenkte als seiner Einschätzung. »Glaubst du, es ist Zufall, dass nach so einer Polizeiaktion der Volkszorn losbricht?«, fragte sie ihn angriffslustig.

»Das ist kein ›Volkszorn‹. Wie kommst du überhaupt auf dieses Wort? Das ist der Mob. Der braucht keinen Grund, um alles kurz und klein zu schlagen. Und in diesem Fall gefährdet er auch gleich noch die nationale Sicherheit!«

Ihr Hohnlachen darauf und sein schlechtes Gewissen machten ihn so wütend, dass er am liebsten angehalten und sie an die Luft gesetzt hätte. Aber er beherrschte sich. Er hatte Ärger genug. Als sie zu Hause ankamen, überließ er Mona Luis und Maren, die sich über Monas Ankunft freuten. Er zog sich in sein Arbeitszimmer zurück und versuchte, seiner Frau aus dem Weg zu gehen.

Aber sie ließ sich nicht täuschen: »Du wirkst ziemlich angespannt. Was ist los?«

Diller wusste, es hatte wenig Sinn, Maren etwas vormachen zu wollen. Sie war eine ausgezeichnete Beobachterin. Er schwieg.

»Wie lief es mit Erich?«, hakte sie nach.

Sie kannte Kessel gut, sehr gut sogar. Länger als Diller.

»Wir sind noch nicht zum Reden gekommen, stimmt's?«, sagte er.

»Stimmt. Was ist schiefgelaufen?«

Sie hatte recht, er brauchte keine Zeit damit zu verschwenden, ihr etwas vorzumachen. Trotzdem erschien es ihm unmöglich, ihr zu berichten, was wirklich geschehen war.

»Erich ist nicht so fit gewesen, wie ich gehofft hatte.«

»Fit? Du meinst, er war nicht so clean, wie du gehofft hattest.«

Sie wechselten Blicke.

»Ich weiß nicht«, sagte er ausweichend.

Sie nickte langsam. »Ich glaube, ich ruf ihn mal an und frage, wie es ihm geht«, sagte sie.

»Ja, sicher, ruf ihn an, er wird sich freuen. Ich bin mir sicher, er wird wieder der Alte.«

Es klang gekünstelt und gelogen. Aber was hätte er sonst sagen sollen? Hauptsache, Kessel riss sich bei dem Gespräch zusammen.

Den ganzen Tag zwang er sich, nicht daran zu denken, was geschah, falls der Pitbull aus dem Koma erwachte und gegen Kessel und ihn aussagte. Er widerstand auch dem Impuls, seinen Laptop anzuwerfen und sich damit zu beschäftigen, was an der Frontschürze des BMW 316i noch von der Kollision mit dem Pitbull zu sehen sein würde.

Am späten Nachmittag bereiteten sie sich auf den Theaterabend in der Schule vor.

Mit einer Mischung aus Rührung und Wohlwollen betrachtete er Luis. Er hatte sich schick gemacht für diesen Abend, an dem Marc, sein bester Freund, seinen großen Auftritt hatte. Er trug ein weißes Hemd und ein Sakko mit hochgestelltem Kragen, und er bewegte sich wie jemand, der in ungewohnten Kleidern steckte. Diller wusste, wie er sich fühlte.

Luis hatte sich in den ersten vier Jahren seiner Schulzeit nicht gerade leichtgetan. Nachdem Maren ihre Professur angetreten hatte, war Luis viel allein gewesen. Er hatte eine vernünftige Nachmittagsbetreuung gebraucht und jemanden, der ihn bei seinen Hausaufgaben unterstützte. Es reichte nicht aus, dass er bis fünf einfach irgendwo untergebracht war, da waren Maren und er sich einig. Am Ende hatten tausend Gründe dafür gesprochen, den Jungen an dieser Schule anzumelden, einer katholischen Privatschule.

Als Diller am Tag der Einschreibung aus dem alten Golf Kombi der Familie auf dem Schulparkplatz ausstieg und sich umsah, verstand er, dass hier kein Schüler jemals mit so einem Auto vorfahren würde. Maren und er konnten sich die monatlichen Raten für diese Schule leisten, wenn sie vernünftig haushalteten. Verglichen mit den meisten anderen Menschen aber, die ihre Kinder hierher schickten, waren sie arm. Sie wollten natürlich nicht, dass Luis darunter litt. Und die Schulleitung und der Schulpfarrer wurden auch nicht müde zu betonen, dass nur die wahren Werte zählten und nicht das Geld. Diller und Maren misstrauten diesen Behauptungen aus einem Gefühl heraus, das sie nicht genau benennen konnten. Als zum Abschluss der Aufnahmeformalitäten der Pfarrer Luis in sein Amtszimmer bat, um unter vier Augen mit ihm zu sprechen, fragte sich Diller sogar, ob er einschreiten müsse.

Immerhin, die Schule förderte wirklich das Schöne, Wahre, Gute. Diller, Maren und auch Mona hatten Marc, der heute den *Mockinpott* spielte, noch nicht kennengelernt. Die Aufführung fand im Theatersaal statt, der sich allmählich füllte.

Maren hatte ihnen Nachhilfe gegeben. Mit für Diller unüberhörbar sarkastischem Unterton in seine Richtung hatte sie unterwegs im Auto aus dem Programmheft vorgelesen: »Herr Mockinpott sitzt ungeduldig im Gefängnis, seine Frau schläft mit einem anderen, sein Arbeitgeber jagt ihn weg, eine Herzoperation erleichtert ihn kaum. Schließlich sagt er dem lieben Gott seine Meinung, danach scheint es ihm besser zu gehen. Amüsant und mit viel Hintersinn erzählt Peter Weiss die Hanswurstiade eines gequälten Mannes, der es nicht unterlassen kann, sich und seine Welt zu be- und hinterfragen.«

Sie fanden annehmbare Plätze in der Mitte des Saales. Die Luft flimmerte vor Lampenfieber. Wie lange war es her, dass er eine Schultheateraufführung miterlebt hatte?

Eine Lehrerin sprach einige einführende Worte, verließ die Bühne. Der Vorhang ging auf. Gleißendes Licht. Marc, als Mockinpott in einem weißen Overall. Ein hübscher Junge, seine rosa Haut mit einem Schnauzbart bemalt. Er lag auf einer Pritsche in einer Gefängniszelle. Ein Wärter trieb ihn aus dem Bett.

»Was ist denn heute für ein Tag?«

»Freitag ist den ganzen Tag.«

»Freitag, werd ich da endlich frei?«

»Fängt der schon wieder an mit dem Geschrei!«

Marc alias Mockinpott faltete seine Decke zusammen und legte sie auf die Pritsche.

»Gibt es denn keine Gerechtigkeit? Hab nie begangen keine Schlechtigkeit. Lass' mich nie mit niemand ein, weil ich will in Frieden sein, halt mich immer ganz bescheiden, weil ich will Missverständnisse vermeiden, und da wird man einfach aus seinem Leben gerissen und mir nichts, dir nichts ins Gefängnis geschmissen.«

Marc beherrschte seine Rolle und gewann von Szene zu Szene an Sicherheit. Diller sah ab und zu zu Luis hinüber. Zu seiner Überraschung schien er den Text zu kennen. Manche Passagen sprach er sogar lautlos mit.

Während Diller sich aufrichtig bemühte, den Enthusiasmus seines Sohnes zu teilen, kämpfte er zugleich mit dem Schlaf. Er war früh am Morgen aufgewacht, merkwürdigerweise ohne jeden Kater, aber mit dem Gefühl, keine Sekunde geschlafen zu haben.

Er schreckte hoch, als das Publikum sich beim Schlussapplaus von den Sitzen erhob. Mona und Maren warfen ihm ärgerliche Seitenblicke zu. Luis hatte nur Augen für die Bühne, für seinen Freund, und war voller Bewunderung für ihn.

Auf dem Heimweg im Auto unterhielten sich die drei geradezu enthusiastisch über das Stück. Diller hätte an der einen oder anderen Stelle gerne etwas gesagt, aber er spürte, dass ihm das Feuer fehlte, das die anderen miteinander teilten. Als sie in die Makartstraße einbogen, sah er, dass der Wagen der Sicherheitsfirma am anderen Ende der Straße parkte. Auf dem Fahrersitz saß Schneider. Er lächelte ihnen zu, als sie ausstiegen. Diller hätte in der Nachbarschaft gerne angeregt, den Sicherheitsdienst zu wechseln, aber er hätte erklären müssen, was ihm an dem hier nicht gefiel. »Schneiders Lächeln« hätte da als Begründung wohl kaum ausgereicht.

Montag, 21. Januar

Markus Diller träumte von einem Bienenkorb. Das Volk, das ihn bewohnte, war in Aufruhr. Er beobachtete den Korb aus gefährlich geringer Distanz, wie ein Forscher, der etwas riskiert, um dem Gegenstand seiner Arbeit möglichst nah zu sein. Ein andauerndes Geräusch drang daraus hervor und erfüllte die Luft, aber es war nicht das Summen von Bienen. Es klang eher technisch, so als stehe eine Leitung oder ein Behälter unter Hochdruck, kurz davor, zu bersten. Es kam aus dem Heizungskeller. Schlaftrunken stand er auf, schlüpfte in seine Hausschuhe und schlich aus dem Schlafzimmer. Er machte kein Licht, obwohl es stockdunkel war. Langsam tastete er sich die Treppe hinunter ins Erdgeschoss und weiter in den Keller. Ab und zu hielt er inne und lauschte. Er war immer noch nicht ganz wach. Einen Augenblick lang spürte er einen Anflug von Angst. Das Geräusch wurde lauter, je näher er dem Keller kam, und klang jetzt wie ein heißes Fauchen. Blind tastete er sich vorwärts bis zur Klinke der stählernen Brandschutztür. Als er sie erreichte, ging das Flurlicht an. Diller stieß die Tür zu und drehte sich um.

Maren stand mit verwuschelten Haaren und zugekniffenen Augen im Schlafanzug auf der Treppe: »Was machst du denn hier unten?«

»Ich dachte, ich hätte was gehört. Ein undichtes Ventil oder so.«

Sie lauschten einen Moment lang gemeinsam. Es war nichts zu hören.

Keine zehn Minuten später verließ Diller das Haus. Sein Handy klingelte.

»Wir sind so weit.«

»Bin gleich da.«

Er fuhr mit seinem Golf Kombi Richtung Westend. Es war kalt und dunkel, kein Schnee, nur wenige Autos auf den Straßen. Er erinnerte sich, dass das die Momente waren, in denen er seinen Job geliebt hatte. In der alten Zeitrechnung, als er noch das Gefühl gehabt hatte dazuzugehören. Sie galt bis letzten Mittwoch. Seither galt eine neue, in der es nur noch darum ging, nicht aufzufliegen. Die Chancen darauf wurden von Tag zu Tag geringer. Jeden Morgen, wenn ihm der Pitbull einfiel, glaubte er ein bisschen weniger daran, dass es lange so weitergehen konnte. Auch wenn er keine besonderen Sympathien für Leute wie ihn empfand, dealende Schläger, tat er ihm leid. In einer Zeitung hatte er ein Interview mit den Eltern gelesen. Er war ihr einziger Sohn, und sie schworen, dass er ein guter Junge war, der bald ihren Friseursalon übernehmen sollte.

»Ooooch!«, war alles, was Diller von Kessel dazu hörte, als er ihm davon erzählte. Kessel hatte offenbar keine Lust, sich schuldig zu fühlen. Es würde nichts ändern, behauptete er. Diller verstand ihn nicht. Einig waren sie sich lediglich darin, dass sie an dieser Sache nicht scheitern durften.

Diller parkte seinen Wagen in der Kazmairstraße, nicht

weit entfernt von der Geroltstraße. Hinter einer hohen Hecke, auf dem Asphaltplatz vor einem Schulgebäude, traf er auf einen Polizeioffizier namens Karcher. Der Mann, der ihn auf dem Handy angerufen hatte. In seinem Gefolge zwölf Mann in voller Ausrüstung.

Diller kannte Karcher nicht, aber sie stellten in wenigen Sätzen professionelle Übereinstimmung her. Diller stieg in den Transporter und briefte die Männer, die in kugelsicheren schwarzen Kampfanzügen seine Befehle entgegennahmen:

»Wir greifen auf eine Wohnung zu, in der sich möglicherweise Terrorverdächtige befinden. Wir wissen nicht, was uns erwartet, wenn wir da reingehen. Der Name des Mieters lautet Ahmed Mohammed. Wir haben keinerlei Hinweise auf die Identität oder Existenz dieses Mannes. Wen oder was auch immer wir in der Wohnung vorfinden: Die Aktion muss so lautlos und gewaltlos wie möglich über die Bühne gehen. Falls wir einen Fang machen, verlassen wir die Szenerie auf dem schnellsten Weg, sobald wir fertig sind. Wir haben nur diesen einen Schlag. Wenn wir die Wohnung hochgenommen haben, weiß unser Gegner Bescheid. Wir machen also besser keine Fehler. Viel Glück.«

Diller übergab an Karcher, der seinen Männern befahl, ihre Helme aufzusetzen und Waffen und Gerät aufzunehmen. In der Dunkelheit huschten zwölf bewaffnete Nahkampfspezialisten von dem Schulgelände auf die andere Straßenseite und an den Hauswänden entlang, bis zum Eingang des Hauses in der Geroltstraße. Diller folgte ihnen mit etwas Abstand. Karcher leitete den Einsatz vom Transporter aus. Er stand mit jedem seiner Männer über Funk und Helmkamera in Verbindung. Sie sammelten sich vor dem Hauseingang der Geroltstraße 28. Geräuschlos öffneten sie das Schloss, und ohne einen Laut rannten sie die Treppe hoch. Diller blieb ein Stockwerk unter ihnen und beobachtete durch die Geländerstäbe, wie sie mit geübten Handgriffen ein Bolzenschussgerät am Türschloss aufsetzten und es blitzschnell entfernten. Es gab ein Geräusch wie beim Entkorken einer Sektflasche. Die Männer stürmten die Wohnung nach einem zuvor genau festgelegten Plan. Jeder Schritt in jedes Zimmer, jeder Blick in jede Nische war vorbesprochen. Diller horchte gespannt, doch es war absolut nichts zu hören. Endlich kam einer der Männer ins Treppenhaus und winkte ihn herauf. Es befand sich kein einziges Möbelstück in der Wohnung, kein einziger Gegenstand. Die Wände waren frisch gestrichen, der Parkettboden poliert, das Bad blank geputzt.

»Alles leer hier, Herr Hauptkommissar«, sagte einer der Männer durch seine Schutzmaske gedämpft.

»Danke für den Hinweis«, sagte Diller.

Diller kam gegen acht Uhr ins Präsidium. Niemand außer dem Präsidenten und ihm wusste bisher von dem Zugriff, und er verspürte auch kein besonderes Bedürfnis, irgendeinen Dritten einzuweihen. Umso unbegreiflicher war es, dass Wally gegen Viertel nach acht zu ihm ins Zimmer kam.

»Großer SEK-Einsatz in der Geroltstraße, wie? Nur leider die Jagd auf ein Phantom, so wie es aussieht.«

Wieso erfuhr ausgerechnet dieser Mensch immer als Erster von Dingen, die ihn nichts angingen? Diller schloss die Augen und griff sich an die Stirn, als habe er starke Kopfschmerzen.

»Wally, wovon redest du?«

»Dieselbe Frage habe ich dem Mann von der *Abendzeitung* gestellt, den ich eben in der Leitung hatte. Er hat mir meine Ahnungslosigkeit nicht abgekauft.«

»Okay, wie heißt der Mann?«

»Wölk. Ein Lokalreporter, der Artikel über die Unruhen im Westend schreibt. Er sagt, er muss darüber berichten, unter der Überschrift ›Terrorwahn im Westend‹.«

»Das hat er gesagt?«

»Das hat er gesagt.«

»Besorg mir seine Nummer, Wally, ich ruf ihn an.«

»Er wird sich nicht einschüchtern lassen, hat er auch schon gesagt.«

»Scheiß drauf! Besorg mir seine Nummer!«

Diller brüllte jetzt, aber Wally war ungerührt. Er verzog sein Gesicht zu einem amüsierten Lächeln, nickte kurz und ging.

Als dann das Telefon klingelte, war es nicht Wally, sondern die Sekretärin des Präsidenten.

»Der Herr Präsident wartet auf Sie«, sagte sie, als wollte sie Diller an ein Versäumnis erinnern.

Als er dessen Büro betrat, war er überrascht. Eine junge Frau in einem nachtblauen Kostüm saß dem Präsidenten an seinem Schreibtisch gegenüber. Sie trug ein seidenes Kopftuch in der gleichen Farbe. Obwohl er sie noch nie gesehen hatte, wusste Diller sofort, wer sie war.

Der Präsident stand auf, um ihm die Hand zu schütteln. Wenn sie unter sich waren, verzichtete er auf solche Förmlichkeiten. Jetzt wirkte er etwas übertrieben verbindlich.

»Da kommt Hauptkommissar Diller! Herr Diller, setzen Sie sich, wir haben Besuch. Das hier ist Frau Staatsanwältin Osmin…«

»Osmanoglu.«

»Entschuldigen Sie bitte.« Er räusperte sich. »Frau Osmanoglu hat mir erzählt, Sie hätten schon miteinander telefoniert.«

»Ja, wir haben telefoniert, das stimmt«, sagte Diller. Er gab ihr die Hand, sie schüttelte sie flüchtig mit den Fingerspitzen, blieb aber sitzen. Dillers falsches Lächeln erwiderte sie nicht. Er setzte sich neben sie und versuchte, die Situation zu verstehen.

Der Präsident fuhr in seiner entschlossenen Liebenswürdigkeit fort: »Herr Diller leitet die Ermittlungen gegen Salem Yusuf. Wenn Sie dazu irgendwelche Fragen haben …«

»Damit habe ich nichts zu tun. Ich hatte Ihnen bereits gesagt, dass ich hier bin, um mit Ihnen über die Ermittlungen in Sachen Amir Aslan zu sprechen.«

»Geht es da um die Fahrerflucht?«, fragte Diller.

Die Staatsanwältin sah ihn scharf an. »Herr Diller, damit auch Sie im Bilde sind: Es geht hier nicht um Fahrerflucht, sondern um Mord.«

»Um Mord?«, wiederholte Diller ungläubig. »Soweit ich weiß, ist der Junge am Leben.«

»Er liegt auf der Intensivstation und schwebt in Lebensgefahr. Es ist keineswegs sicher, dass er durchkommt. Und wenn, bleibt die Tatsache bestehen, dass jemand versucht hat, ihn umzubringen.«

Diller hob die Hände. »Wunderbar, ich bin kein Jurist. Jemand hat ihn auf die Hörner genommen. Ich bin ein bisschen überrascht, dass in Ihren Augen ein versuchter

Mord daraus wird, verzeihen Sie. Wie kann ich Ihnen jetzt helfen?«

Der Staatsanwältin war Dillers Ton offensichtlich zu ironisch und zu selbstsicher. Er selbst glaubte, dass er am meisten für sich und Kessel tun konnte, wenn er sich so unbeeindruckt wie möglich zeigte.

»Herr Präsident, ist das der Geist, in dem Sie Ihre Leute führen?«

Der liebenswürdige Ausdruck auf März' Gesicht verschwand schlagartig. »Ich weiß mir Ihren feindseligen Ton nicht so ganz zu erklären, Frau Os... Frau Staatsanwältin.«

Ihr Gesichtsausdruck verfinsterte sich. Sie schien anzunehmen, dass März das mit ihrem Namen absichtlich machte. Was auch sonst?

»Ich habe die Ermittlungsakte gelesen«, sagte sie. »Alle Anzeichen sprechen dafür, dass der junge Mann – oder nein, nennen wir ihn bei seinem Namen. Sie können ja versuchen, ihn sich zu merken: Amir Aslan. Alle Anzeichen sprechen dafür, dass Amir Aslan absichtlich, wie Sie sagen, Herr Diller, ›auf die Hörner genommen wurde‹.«

Der Präsident sah Diller an.

»Was für Anzeichen wären das?«, fragte Diller. Er hätte die Frage lieber nicht gestellt, aber er wusste, dass der Präsident sie von ihm erwartete.

»Die Verletzungen an den Beinen Amir Aslans lassen den Schluss zu, dass der Fahrer ihn absichtlich anfuhr.«

Es überraschte Diller nicht, dass die Staatsanwältin das sagte, auch wenn er gehofft hatte, niemand würde in diese Richtung denken. Es gab unfallanalytische Gutachten, die aus der Höhe des Aufpralls der Stoßstange an den Schienbeinen nachwiesen, ob der Fahrer gebremst hatte oder nicht. Bei einem bremsenden Fahrzeug traf die Stoßstange weiter unten auf, bei einem, das beschleunigte, weiter oben.

»Was wollen Sie tun?«, fragte der Präsident. »Alle Autos in der ganzen Stadt untersuchen lassen?«

»Warum nicht?«, fragte die Staatsanwältin. Es klang trotzig. Und entschlossen.

»Sie sind jung. Sie müssen lernen, Ihren Ehrgeiz zu zügeln.«

Diller war sich nicht sicher, ob diese Bemerkung so klug war. Sie schien Osmanoglu jedenfalls anzustacheln.

»Warum sagen Sie das? Es ist doch merkwürdig. Da passiert so ein Unfall, und niemand bemerkt ihn, niemand beobachtet etwas, und noch nicht einmal der Polizeipräsident scheint sonderlich darauf erpicht, die Sache aufzuklären. Wollen Sie mich davon abhalten, meine Arbeit zu tun?«

Mit diesem Satz kam eine neue Schärfe in das Gespräch.

»Ganz und gar nicht. Ich will, dass Sie das Richtige tun. Wir haben einen Mann festgenommen, der im Verdacht steht, ein international gesuchter Terrorist zu sein. In ein paar Wochen findet in dieser Stadt die Internationale Sicherheitskonferenz statt. Regierungsmitglieder aller G8-Staaten werden hier sein. Etwas direkter gesagt: Wir haben es hier mit internationalem Terrorismus zu tun. Das ist etwas völlig anderes, als wenn nach einer Pöbelei auf der Straße irgendein Arab unter die Räder kommt.«

Nach Dillers Gefühl hätte März diesen Satz besser nicht gesagt. Aber er schien auch klarmachen zu wollen, was für ihn auf dem Spiel stand.

»So sehen Sie das?«, sagte die Staatsanwältin.

»Ich habe nicht gesagt, dass ich das so sehe. Ich habe gesagt, dass es so ist. Haben Sie sich vielleicht schon gefragt, warum man ausgerechnet eine junge Türkin mit diesen Ermittlungen beschäftigt?«

»Ich bin Deutsche. Aber bitte, erklären Sie's mir!«

»Es geht darum, die Leute zu beruhigen. Die böse Polizei bringt die armen Arabs im Westend derart gegen sich auf, dass sie sich nicht mehr anders zu helfen wissen, als Molotowcocktails zu werfen. Da kommt die gute, junge, brillante Staatsanwältin mit dem Kopftuch und nimmt die Ermittlungen in die Hand. Die armen Arabs beruhigen sich. Die Ermittlungen verlaufen im Sande. Es herrscht wieder Ruhe. Ende der Geschichte.«

»Nicht gerade das, was man einen Karrierefall nennt«, sagte Didem Osmanoglu gezielt provokant und sah März in die Augen.

»Wir helfen Ihnen bei Ihren Ermittlungen, wo wir können. Aber übertreiben Sie es nicht. Wie Sie sehen, haben wir nicht nur diesen einen Fall.«

»Wir werden sämtliche Einsatzfahrzeuge, die am Mittwoch im Westend vor Ort waren, untersuchen«, sagte Didem Osmanoglu angriffslustig.

»Das heißt, Sie gehen schon jetzt davon aus, dass die Polizei in diesen Unfall verwickelt ist«, erwiderte der Präsident trocken, als nehme er eine Kriegserklärung entgegen.

»Keineswegs. Es handelt sich um eine reine Routineuntersuchung. Wenn es sein muss, werde ich jedes Auto in dieser Stadt untersuchen lassen. Ganz wie Sie sagten. Und mit den Einsatzfahrzeugen von letztem Mittwoch fange ich an. Haben Sie Einwände dagegen?«

»Tun Sie, was Sie wollen«, sagte der Präsident. Er sah Diller an. »Herr Diller?«

Der zuckte die Achseln. »Kein Problem. Was auch immer.«

Didem Osmanoglu stand abrupt auf und streckte dem Präsidenten die Hand über den Schreibtisch entgegen. Etwas überrumpelt schraubte sich März aus seinem Stuhl hoch. Die Staatsanwältin verabschiedete sich von ihm und Diller mit kräftigem Handschlag und verließ das Zimmer. Stehend sahen März und Diller ihr hinterher.

»Die will uns Ärger machen. Ich hoffe, Sie geben ihr keine Gelegenheit dazu. Oder haben Sie schon?«

»Natürlich nicht.«

»Ich erwarte spätestens heute Nachmittag Ihren Bericht über Salem Yusuf. Sie begleiten mich auf die Pressekonferenz. Ich will erzählen können, dass uns ein international gesuchter Terrorist ins Netz gegangen ist – und nicht, dass wir bedauerlicherweise jemanden verwechselt haben.«

Diller verließ März' Büro in einer Art Schockzustand. Von der Pressekonferenz hatte er zum ersten Mal gehört. Er sollte den Präsidenten dorthin »begleiten«, was nur heißen konnte, dass der ihm nach einer kurzen allgemeinen Einführung die Aufgabe übertragen würde, über den Stand der Ermittlungen Auskunft zu geben. Schwierig, wenn man so gut wie gar nichts vorzuweisen hatte. Die Nachricht ließ Diller die Begegnung mit der Staatsanwältin plötzlich nebensächlich erscheinen. Noch hatte sie nichts gegen ihn in der Hand. Der Präsident schien auf seiner Seite, aber er würde ihn sofort fallen lassen, sollte Diller auch nur den Hauch einer Gefahr für ihn darstellen. Allein, dass März sich nach dem Besuch der Staatsanwältin nun diese Frage stellen musste, konnte ihm nicht gefallen.

Die Einzige, die sich nach diesem Termin gut fühlen konnte, war Didem Osmanoglu. Ihr Blick zum Abschied hatte Diller beunruhigt. Sie hatte Witterung aufgenommen. Wusste sie schon etwas Konkretes, oder war das nur das wilde Anfangsgefuchtel einer jungen Karrieristin, das ihm mehr Angst machte als nötig? Schwer zu sagen, ob sie gespürt hatte, dass ihr mit der Idee, den Fuhrpark untersuchen zu lassen, ein Zufallstreffer gelungen war. Aber vielleicht war das alles schon viel zu weit gedacht.

Es wäre hilfreich gewesen, über diese Dinge mit Kessel reden zu können. Aber es war offenbar schon schwierig genug, ihn überhaupt zu erreichen. Wie üblich ging er nicht ran, weder zu Hause noch im Büro und auch nicht an sein Handy. Als sich die Mailbox einschaltete, fluchte Diller. Aber wahrscheinlich war es gut, dass er ihn nicht erreichte. Je weniger sie miteinander redeten, desto besser. Jedes Gespräch, jeder Hinweis, jede Begegnung waren eine neue Spur für Osmanoglu. Was ihn aber fast genauso beschäftigte wie die Staatsanwältin und ihr Eifer, war Kessels Gleichgültigkeit, so als habe er sich seinem Schicksal längst ergeben. Welches Schicksal das auch immer sein mochte.

Jetzt musste er sich auf die Pressekonferenz konzentrieren. Diller musste sich so gut wie möglich vorbereiten. Solange er etwas unternahm, hatte er wenigstens das Gefühl, dem Unvermeidlichen entgegen zu arbeiten.

»Er sagt, er heißt Joey. Er behauptet, er kennt Sie.«

Der Streifenpolizist sagte das, als könne einer wie Joey überhaupt nichts Zutreffendes von sich geben. Trotzdem war er in Kessels Büro gekommen, um ihn zu holen. Kessel ließ sofort alles stehen und liegen und kam mit. Auf dem Weg zu den U-Haft-Zellen im ersten Untergeschoss klingelte sein Handy. Auf dem Display sah er, dass es Diller war. Er drückte ihn weg. Sie hatten vereinbart, nur in dringenden Notfällen miteinander zu sprechen. Entweder hielt sich Diller also nicht an die Vereinbarung, oder es gab tatsächlich einen Notfall. Kessel hatte so oder so keine Zeit für Palaver, denn wenn es einen Notfall gab, fand er hier bei ihm statt. Sie hatten Joey erwischt, diesen Schwachkopf, der offensichtlich schon so hinüber war, dass er sich bei der ersten Gelegenheit hopsnehmen ließ. Kessels größte Sorge war, sein dealender Freund könnte nun auch gleich *ihn* hinhängen, womöglich in der blödsinnigen Hoffnung, dadurch etwas für sich herauszuholen. Genau davon musste Kessel ihn abhalten, bevor die Kollegen ihn in die Finger bekamen.

»Wie lange ist er schon im Haus?«, fragte Kessel den Streifenbeamten.

»Wir haben ihn gerade eben hereingebracht. Er hat im Wagen die ganze Zeit von Ihnen geredet. Sie waren früher bei der Drogenfahndung?«

»Ja, daher kenne ich ihn.«

»Das hat er gesagt. Sie haben offensichtlich großen Eindruck auf ihn gemacht. Er hat sich sofort an Ihren Namen erinnert und ist fest davon überzeugt, dass Sie ihm ›helfen‹ werden.«

»Das werd ich, darauf kann er sich verlassen. Sonst schon jemanden informiert?«

»Drogen. Die haben gesagt, sie schicken wen.«

Hoffentlich haben sie's noch nicht getan, lag Kessel auf der Zunge.

»Wer ist jetzt bei ihm?«, fragte er.

»Er sitzt in einer der Verhörzellen. Mein Kollege ist bei ihm.«

Sie gingen schweigend ihrem Ziel entgegen. Kessel hoffte inständig, sie würden vor den zuständigen Kollegen da sein, das würde ihm die paar Minuten Zeit geben, die er brauchte. Das schnelle Gehen und in gewisser Weise auch die Überraschung hatten Kessel gutgetan, er fühlte sich plötzlich bestens in Form.

Als sie die Zelle betraten, erschrak er. Joey sah fürchterlich aus. Die ganze linke Gesichtshälfte war dick angeschwollen, das Auge vollständig hinter einer blauschwarzen Wulst verschwunden.

Kessel sah den neben ihm stehenden Streifenbeamten offenbar so bestürzt an, dass der sich sofort rechtfertigte: »Der Mann sah schon so aus, als wir ihn verhaftet haben.«

»Was hat er getan?«

»Wir haben ihn bei sich zu Hause festgenommen und das da gefunden.«

Der Beamte zeigte Kessel eine Plastiktüte mit den Röhrchen, die er Joey vor drei Tagen gegeben hatte.

»Und woher hat er die?«, fragte Kessel. Er spürte das Blut in seinen Schläfen pochen.

»Das sagt er nicht.«

»Und wer hat ihn so zugerichtet?«

»Sagt er auch nicht.«

»Schön, dann werde ich ihm mal ein bisschen auf den Zahn fühlen.«

Kessel machte zwei Schritte auf Joey zu, der instinktiv auf seinem Stuhl zurückwich.

»Komm, steh auf! Wir gehen anderswohin, um uns ein bisschen zu unterhalten.«

Kessel zog Joey am Arm hoch. In den Augen des Streifenbeamten sah er die Frage, ob er nicht lieber warten wolle, bis die zuständigen Kollegen des Drogendezernats eintrafen.

Bevor er sie stellen konnte, herrschte Kessel ihn an: »Mach die Tür auf. Wir gehen in den Beichtstuhl.«

Kessel zerrte Joey zum Ende des Kellergangs und schob ihn in die Verhörzelle, die der, aus der sie eben gekommen waren, vollkommen glich, nur war sie im Unterschied zu allen anderen Zellen nicht mit Kameras und Mikrofonen bestückt. Gefangener und Polizist waren in diesem Raum ganz allein, wie in einem Beichtstuhl.

Kessel warf die Tür ins Schloss und schob Joey auf einen Stuhl.

»Hier drin gibt es keine Kameras und keine Mikrofone«, sagte er.

»Was machst du jetzt?«, fragte Joey ängstlich.

Kessel setzte sich ihm gegenüber und beugte sich vor.

»Nicht das, was ich gerne tun würde.«

Er ballte seine rechte Faust und ließ sie in Zeitlupe auf Joeys zugeschwollenes Auge zufliegen. Dann sagte er: »Ich will jetzt ganz genau wissen, was du getan hast und was passiert ist. Und dann sage ich dir, was du tun wirst. Ich kann dafür sorgen, dass du hier ungeschoren rauskommst, aber nur, wenn ich ganz genau weiß, was Sache ist, kapiert?«

Joey sank noch weiter in sich zusammen. Kessel fasste es nicht, dass er es für eine gute Idee gehalten hatte, dieses unfähige Würstchen zu seinem Komplizen zu machen, von dem nun sein Schicksal abhing. Seines und leider auch das von seinem Kumpel Diller. Aber finde mal einen zuverlässigen Junkie, dachte er und schüttelte bitter lächelnd den Kopf.

»Warum lachst du?«, fragte Joey.

»Ich lach nicht! Jetzt erzähl endlich, was passiert ist.«

»Nachdem du bei mir warst, bin ich gleich am selben Abend los. Ich wollte das Zeug an der Isar verticken, an der Thalkirchner Brücke.«

Den Platz kannte Kessel. Jeder Polizist in der Stadt kannte ihn. Hunderte von Schülern, Punks, Dropouts, Drogenabhängigen, Arab-Gangs, Spannern, Partyleuten und schrägen Vögeln jeder Art hingen dort Nacht für Nacht ab, im Sommer wie im Winter, machten Lagerfeuer, tranken Bier, hörten Musik.

»Warum ausgerechnet dort? Es wimmelt dort nur so von Zivilbullen.«

»Ich kenn mich da ganz gut aus. Es waren jede Menge Feuer am Ufer. Eine gute Nacht, um Geschäfte zu machen. Jede Menge Kundschaft.«

»Also gut, weiter. Wer hat dich so zugerichtet?«

»Das war eine Bande Araber oder Türken, weiß nicht genau. Sie müssen mich beobachtet haben. Die Typen schnauzten mich an: ›Mach, dass du wegkommst. Pass bloß auf, dass wir dich nicht dabei erwischen, wenn du das Zeug an unsere Brüder verkaufst.‹ Ich habe versucht, ihnen aus dem Weg zu gehen, aber irgendeinem von ihnen bin ich immer wieder vor die Füße gelaufen, so als hätten sie es auf mich abgesehen. Irgendwann ging es nicht mehr, sie schrien wieder herum, ›er hat was an einen Bruder verkauft!‹, und dann stürzten sie sich auf mich. ›Woher hast du das Zeug‹, schrien sie, ›woher hast du das Zeug?‹«

»Aber du hast ihnen nicht gesagt, woher du es hast?«

Joey sah ihn an, seine Lippen bebten. Sein zugeschwollenes Auge verlieh ihm einen grotesken Gesichtsausdruck.

»Ich musste es ihnen sagen. Die wollten mich umbringen.«

»Was hast du ihnen über mich gesagt?«

Joey brachte es nicht heraus.

Kessel schrie ihn an: »Dein scheiß schlechtes Gewissen kannst du dir schenken! Sag mir, was du ihnen gesagt hast!«

»Wie du heißt.«

»Und? Noch was?«

»Wo du wohnst.«

»Ich fass es nicht. Warum hast du nicht einfach einen falschen Namen genannt, eine falsche Adresse?«

»Sie haben sich meinen Ausweis angesehen. Sie haben mir gesagt, wenn ich sie anlüge, bringen sie mich um.«

Schlimmer hatte es nicht kommen können.

»Hast du ihnen gesagt, wer ich bin?«

»Ein Bulle, meinst du?«

Kessel nickte.

Joey schüttelte den Kopf. »Nein, habe ich nicht«, sagte er.

Das konnte gelogen sein, aber Kessel genügte es einstweilen. Was für einen Grund hätten die Arabs haben sollen, Joeys Lieferanten für einen Bullen zu halten? Trotzdem, er hatte die Typen am Hals, sie hatten seinen Namen und seine Adresse. Früher oder später würde er

Besuch von ein paar Arabs bekommen, die ihn für einen Drogendealer hielten.

»Sie haben mich verdroschen und mir das Zeug abgenommen. Dann haben sie mich liegen lassen und sind weggegangen.«

Kessel sah Joey prüfend an, so als müsse der selbst darauf kommen, dass das, was er sagte, nicht stimmen konnte.

»Ehrlich, so war's«, sagte Joey.

»Wie kommst du dann hierher? Warum stand die Polizei plötzlich bei dir in der Wohnung?«

»Ich habe keine Ahnung, ehrlich.«

»Versuch nicht, mich anzulügen, Joey. Wenn dir die Typen das Zeug abgenommen haben, wie kann es dann sein, dass es die Bullen bei dir zu Hause gefunden haben?«

Am Rande fiel Kessel auf, wie selbstverständlich ihm »die Bullen« über die Lippen kam, als hätte er völlig vergessen, dass er selbst einer war.

Joey sah zu Boden, er wollte nicht antworten.

»Sag schon. Ich will's hören.«

Joey räumte es widerwillig ein. »Ja, ich hab's gestreckt.«

»Womit?«

»Backpulver.«

»Du Vollidiot. Wenn die merken, dass das Zeug auch noch gepanscht ist, bringen sie dich wirklich um.«

Tatsächlich wusste er natürlich nicht, ob die Typen, die Joey das Zeug abgenommen hatten, auch nur die geringste Ahnung davon hatten, was reiner Stoff war und was nicht, geschweige denn, was sie tun würden, falls sie es herausfänden. Aber Joey war weit jenseits davon, klar denken zu können. Es genügte, um ihm noch mehr Angst zu machen, als er schon hatte.

Kessel legte nach: »Und hier drin? Hast du mich hier auch schon verpfiffen?«

Joey schüttelte den Kopf. Er war völlig am Boden.

»Pass auf, Joey, ich bin der Einzige, der dich hier rausholen kann. Wenn du mich verpfeifst, sitzen wir beide und haben keine Chance mehr. Du sagst niemandem ein Wort, woher das Zeug stammt.«

Joey nickte.

»Was soll ich dann aber sagen?«, fragte er verzweifelt.

»Wo haben die Bullen das Zeug bei dir gefunden?«

»In meiner Jackentasche.«

»Gut. Du sagst, du weißt es nicht. Vielleicht haben es dir die Typen an der Isar untergejubelt, um dich bei der Polizei hinzuhängen.«

»Warum hätten sie das tun sollen?«

»Du bist an der Isar überfallen und ausgeraubt worden. Dabei müssen sie dir die Röhrchen zugesteckt haben.«

»Das ergibt doch keinen Sinn.«

»Es ist vollkommen egal, ob es einen Sinn ergibt. Es ist eine Geschichte, bei der du bleiben kannst, die du wieder und wieder erzählen kannst. Das ist besser, als die Aussage zu verweigern. Und noch etwas: Du nimmst dir keinen Anwalt, verstehst du? Unter keinen Umständen!«

Die Tür flog auf, und es kamen drei Beamte in Zivil herein. Kessel kannte sie nicht, sie waren zwanzig, vielleicht sogar fünfundzwanzig Jahre jünger als er und Joey. Im Großen und Ganzen sahen sie so aus wie Joey, als er jung war, dachte Kessel. Sie konnten ebenso gut Dealer oder Junkies oder einfach nur irgendwelche Gestalten aus der Klubszene sein, aber sie waren Fachkräfte des Drogendezernats.

Kessel wollte das Gespräch mit ihnen so kurz wie möglich halten und ergriff deshalb sofort die Initiative: »Da seid ihr ja. Wir sind hier nicht weit gekommen.«

Einer der drei, ein durchtrainierter Arab mit einem weißen Du-Rag auf dem Kopf, deutete auf Joeys Verletzungen im Gesicht.

»Das war nicht ich, keiner von uns. Lasst es euch von ihm selbst erzählen. Ich bin raus.«

Noch ehe weitere Fragen aufkommen konnten, verließ Kessel den Beichtstuhl und verspürte einen Augenblick lang Erleichterung, als er die Metalltür ins Schloss fallen hörte.

Im nächsten Moment fragte er sich, wie er das, was er gerade gehört hatte, Gani erklären sollte. Wenn der es nicht schon wusste.

Am Tag nach dem Beginn der Unruhen im Westend hatte das Präsidialbüro eine Meldung abgesetzt, die in allen Medien zitiert wurde. Polizeipräsident März erklärte darin, die Lage sei unter Kontrolle, aber nach wie vor explosiv, und mahnte unter Berufung auf die Eltern Amir Aslans, des in Lebensgefahr schwebenden Unfallopfers, zur Ruhe.

Sicher, er war erst seit Kurzem im Amt, und es war alles andere als einfach, gleich mit einer völlig neuartigen Situation konfrontiert zu werden, aber nach einigen Tagen der Besinnung durfte von ihm mehr erwartet werden als nur ein beschwichtigendes Statement, dachte Diller.

Ein paar Minuten vor Beginn der Konferenz, gegen fünf, als er sich gerade auf den Weg machen wollte, klingelte das Telefon auf seinem Schreibtisch. Es war März' Sekretärin. Sie meldete sich nicht mit ihrem Namen, sondern mit »Präsidialbüro«, und teilte mit, dass man aufgrund des starken Presseandrangs in einen größeren Saal wechseln werde. Viele Journalisten fragten ausdrücklich nach, ob und inwieweit auch auf die Aufklärung des Unfalls von Amir Aslan eingegangen werde, der zum Ausbruch der Unruhen geführt habe.

Diller bedankte sich für die Auskunft. Zum ersten Mal hatte sie nicht schnippisch, sondern beinahe besorgt geklungen.

Er verstand, warum, als er wenig später den Konferenzsaal betrat. Das Scheinwerferlicht der Fernsehteams, die verbrauchte Luft, das angeregte Gemurmel der Journalisten, die auch in diesem größten Raum des Hauses nicht alle einen Sitzplatz gefunden hatten, dies alles schien darauf hinzudeuten, dass in Kürze Bedeutendes geschehen würde.

Dillers Magen verkrampfte sich, als er zum Podium ging. Die Sekretärin hatte ihm ausgerichtet, der Präsident würde unmittelbar vor Beginn erscheinen. Er wünschte offenbar keinerlei Absprache mit Diller, den er wohl nicht als jemanden sah, mit dem er sich beraten konnte. Diller war ein ausführendes Organ, das über seine Tätigkeit berichten sollte, mehr nicht. Er war damit übrigens mehr als einverstanden. Aufmerksamkeit von März war etwas, das er fürchtete, nicht erhoffte. Er wartete am Aufgang zum Podium, auf dem der Tisch mit den Mikrofonen bereitstand, bis der Präsident erschien. Dessen Gefolge bestand aus mehreren Männern in Anzügen und Uniformen. Den einen oder anderen kannte Diller, es waren Leute vom LKA dabei, ein Sprecher der Staatsanwaltschaft, aber auch zwei, die er noch nie gesehen hatte. Ihrem Auftreten nach hielt er sie für Geheimdienstler, MAD, Bundesamt für Verfassungsschutz oder BND. Sie nahmen alle auf dem Podium Platz, Diller einige Plätze vom Präsidenten entfernt. Die Mikrofone wurden getestet, der Präsident nahm sofort Kontakt zum Publikum auf, machte ein paar kleine Scherze, zeigte sich vom ersten Augenblick an umgänglich, souverän und in Redelaune.

»Ich will mir erlauben, zunächst einige Worte zur Situation zu sagen. Anschließend stehen ich und meine Kollegen hier für all ihre Fragen zur Verfügung.«

Während der Präsident sprach, suchte Diller unter den Zuhörern nach bekannten Gesichtern. Didem Osmanoglu saß unter den Journalisten und schien darauf gewartet zu haben, dass ihre Blicke sich treffen würden. Sie schien zuversichtlich.

Ruhe war eingekehrt.

Der Präsident begann: »Meine Damen und Herren, am Ende des Zweiten Weltkriegs war die Stadt München zu neunzig Prozent zerstört. Diese Tatsache überrascht viele Touristen, denn anders als in den meisten anderen deutschen Städten entschied man sich dafür, viele Gebäude im historischen Stil wieder zu errichten. Nicht nur dem oberflächlichen Betrachter erscheint die Innenstadt deshalb als Idylle, die friedlich die Jahrhunderte überdauert hat. Spätestens seit den Olympischen Spielen 1972 konnte sich die Stadt aus ihrer wirtschaftlichen Randständigkeit befreien. Die meisten Menschen assoziieren heutzutage mit München Saturiertheit und Wohlstand, und wer sich in der Innenstadt aufhält, auf dem Marienplatz, in der Maximilianstraße, der Theatinerstraße, in der

Residenzstraße oder am Odeonsplatz, wird kaum einen anderen Eindruck gewinnen können. Weniger bekannt ist hingegen die Tatsache, dass, nach Anteilen gemessen, in München mehr Ausländer leben als in jeder anderen deutschen Stadt. Über sechsunddreißig Prozent der Münchner haben einen Migrationshintergrund. Im Westend, dem Viertel, das an die Theresienwiese angrenzt, sind es knapp fünfzig Prozent. Die weitaus meisten von ihnen sind Türken, Griechen und Menschen arabischer Herkunft. Wie in jeder Großstadt gibt es auch in unserer Stadt soziale und ethnische Konflikte, die an der Oberfläche nicht immer sichtbar sind. Wir bemühen uns, diese Konflikte zu lösen. Dennoch nimmt eine gewisse Verunsicherung zu. Es gibt Viertel in der Stadt, in denen zu wohnen immer weniger attraktiv erscheint. In anderen nimmt das Engagement privater Wach- und Sicherheitsdienste zu. Zwar wurden die Waffengesetze, wie Sie alle wissen, in den letzten Jahren massiv verschärft, doch zugleich müssen wir feststellen, dass im selben Zeitraum ein schwer zu kontrollierender Schwarzmarkt für Handfeuerwaffen entstanden ist. Auch die Aufhebung des Ladenschlussgesetzes mag damit in Verbindung stehen. Doch nach wie vor können wir, anderslautenden Gerüchten zum Trotz, jedem Bürger dieser Stadt persönliche Sicherheit garantieren. Natürlich gibt es außerdem jedes Jahr auch etliche Polizeieinsätze bei Demonstrationen und Großveranstaltungen. Aber es ist mehr als fünfzig Jahre her, dass es in München zu einer spontanen Erhebung aus der Bevölkerung gegen Polizeikräfte auf der Straße gekommen ist. Ich spreche von den Schwabinger Krawallen, zu deren Eskalation das ungeschickte Eingreifen einer für solche Fälle nicht ausgebildeten Polizei beigetragen hat. Heute ist das anders. Unser Personal ist auch für solche Situationen bestens geschult und ausgerüstet. Es ist deshalb Aufgabe vor allem der Politik, aber auch der Gesellschaft, herauszufinden, welche Ursachen diese überraschenden Entwicklungen haben. Vor diesem Hintergrund gewinnen auch die Ermittlungen gegen eine terroristische Bedrohung akute Bedeutung. In wenigen Wochen wird München Schauplatz der alljährlich stattfindenden Internationalen Sicherheitskonferenz sein. Wir sind uns dieser Verantwortung bewusst, und wir sind ihr gewachsen. Und nun bitte ich um Ihre Fragen.«

Während März' Sekretärin die Meldungen für die Frageliste aufnahm und die Reihenfolge festlegte, wurde ein Beamer eingeschaltet, der die biometrischen Passbilder von Idris Maher und Salem Yusuf an die Rückwand des Podiums projizierte, gleichsam um dem Thema die gewünschte Richtung zu geben. Das linke Bild zeigte einen Mann mit schwarzem Vollbart, dunkelbrauner Haut und weißem Kufihut; das rechte einen glatt rasierten mit kurzem Haupthaar, der westlich, freundlich, harmlos wirkte. Die Bilder waren bisher nicht veröffentlicht. Sie stellten gewissermaßen Präsident März' Geschenk an seine Gäste dar. Eine Zierde jeder Titelseite, des Studiohintergrunds jeder Sondersendung. Die Journalisten stürzten sich darauf. Sie selbst und alle ihre Leser oder Zuschauer waren nun eingeladen mitzurätseln. Gehörten die beiden Gesichter ein und demselben Mann oder nicht?

»Herr Präsident, wir sind bisher davon ausgegangen, dass die Übereinstimmung biometrischer Daten eindeutige Beweise dafür liefert, dass es sich also um ein und dieselbe Person handelt. Ist das nun doch nicht so?«, fragte gleich der erste Journalist, der an die Reihe kam.

»Das hat der Minister gesagt, der in den Aufsichtsräten der Firmen sitzt, die die Dinger herstellen!«, rief einer dazwischen.

Einige lachten, andere zischten. März machte durch seine Mimik klar, dass er auf diesen Zwischenruf nicht einzugehen gedachte. Kühl sagte er: »Unsere Arbeit ist natürlich nicht damit getan, die Identität des Mannes festzustellen, der sich Salem Yusuf nennt. Wir müssen herausfinden, was er vorhatte.«

»Und wie weit sind Sie damit schon gekommen?«

Diese direkte Nachfrage verstieß gegen das Protokoll, aber da sie den Kern der Sache betraf, wäre es unklug gewesen, ihr auszuweichen, noch dazu unter Hinweis auf Formalien.

Der Präsident wählte einen anderen Weg. »Sie gestatten, dass ich diese Frage, wie überhaupt alle Fragen zu den konkreten Ereignissen, an Kriminalhauptkommissar Diller weitergebe, der die Ermittlungen leitet.«

Diller hatte nicht ernsthaft geglaubt, um diese Aufgabe herumzukommen. Das war der Grund, warum März keinen besonderen Wert darauf gelegt hatte, die »Strategie« dieser Pressekonferenz zu besprechen. Denn sie bestand darin, sich hinter Diller zu verstecken.

Diller räusperte sich ins Mikro, bevor er zu sprechen begann und dabei den Fragesteller ansah, einen jungen Mann, keine dreißig, mit Nerdbrille. »Wir verfolgen viele Spuren, wir schließen nichts aus. Die Ermittlungen stehen ganz am Anfang.«

»Mit anderen Worten, Sie tappen völlig im Dunkeln.«

Diller lächelte, als wolle er den Frager in diesem Glauben lassen. Es war reiner Bluff. »Ich erinnere mich an einen alten Kollegen, der zu sagen pflegte, ›es gibt keine schlechtere Identifizierungsmöglichkeit als das Gesicht‹. Haben Sie bitte Verständnis dafür, dass wir zu den laufenden Ermittlungen nicht viel sagen können, wenn wir das Ergebnis nicht gefährden wollen.«

Das Bonmot brachte ihm einige Lacher, aber er sah, dass sich um den jungen Mann eine kleine Schar seiner Kollegen gebildet hatte, die einen sehr unzufriedenen Eindruck machten.

Einer von ihnen, ein junger Untersetzter mit militärischem Haarschnitt, einer der wenigen mit Krawatte, sprach als Nächster: »Martin Gerland, *Deutsche Nachrichten*. Ich verstehe, dass Sie über die Ermittlungen gegen Salem Yusuf im Augenblick nicht viel sagen können. Kommen wir deshalb zu Amir Aslan. Können Sie ausschließen, dass die Polizei in diesen Unfall verwickelt war?«

»Ich würde nicht von einem Unfall sprechen wollen, solange nicht bekannt ist, unter welchen Umständen Amir Aslan verletzt wurde.«

»Es mag sein, dass sich die Menschen im Westend zurückhalten, wenn sie von der Polizei befragt werden. Den *Deutschen Nachrichten* liegen Aussagen vor, nach denen es ein Polizeiauto gewesen sei, das Amir Aslan angefahren hat. Die Schilderungen sind ziemlich präzise.«

Wie wäre es damit, auf der Stelle tot umzufallen, dachte Diller. Einen Augenblick rechnete er damit, auf offener Bühne überführt zu werden, aber dieser Mann da unten wusste gar nichts. Dennoch kam er sich vor wie ein nordkoreanischer Politkommissar, als er sagte: »Wir kennen diese Gerüchte. Es hieß von Anfang an, die Polizei habe die Zusammenstöße – und auch Amir Aslans Verletzung – zu verantworten oder sogar herbeigeführt. Es ist verständlich, dass in aufgeheizten Situationen wie dieser derartige Geschichten kursieren.«

»Aha, es ist also keine Spur, die Sie weiterverfolgen?«

»Wir verfolgen alle Spuren weiter. Sie würden uns sehr weiterhelfen, indem Sie uns mit Ihren Informanten in Kontakt bringen.«

»Wir haben zugesagt, das nicht zu tun.«

»Das überrascht mich nicht. Wir können aber leider nur Zeugen berücksichtigen, die zu ihren Aussagen stehen.«

Diller fühlte sich, als habe er sich mit einer Körpertäuschung aus einem Klammergriff befreit. Ein Gefühl, das nicht lange anhielt. Als er nach der Pressekonferenz den Saal verließ, sah er, wie Didem Osmanoglu Martin Gerland ansprach.

Erich Kessel trank in der frühen Dunkelheit dieses Abends einen Tee in einem türkischen Stehimbiss in der Goethestraße und beobachtete den Hauseingang gegenüber. Er stand nun schon länger als eine Stunde hier und hatte die *Deutschen Nachrichten* vor ihm mindestens drei Mal durchgelesen. Es war der Hauseingang zu seiner eigenen Wohnung, den er beobachtete. Nicht nur Gani und seine Leute wussten, wo sie sich befand, sondern jetzt auch die Irren, die Joey aufgemischt hatten. Wenn es sich dabei überhaupt um zwei verschiedene Gangs handelte. Es gab jedenfalls genügend Leute, die ihn besuchen kommen könnten. Kessel wollte das Risiko verringern, sie anzutreffen, und deshalb wartete er hier und beobachtete die Haustür. Seit er das tat, war niemand hineingegangen oder herausgekommen, den er für verdächtig hielt. Sollten sie sich tatsächlich so viel Zeit lassen für einen Besuch? Oder saß bereits ein Empfangskomitee in der Wohnung, das, wenn es sein musste, die ganze Nacht auf ihn warten würde?

Immer öfter dachte Kessel an das Loch hinter der Badezimmerfliese, in dem sein eiserner Vorrat versteckt lag. In den letzten Tagen hatte er viel über die Dosierung des Zeugs gelernt und ein hübsches Gleichgewicht ausgependelt, das ihm half, besser zu funktionieren. Wenn er jetzt wieder auf Turkey kam, war die Gefahr groß, dass er sich beim nächsten Mal eine zu hohe Dosis schoss. Es war also dringend nötig, bald hinüberzugehen. Keinesfalls konnte er die ganze Nacht warten, genau genommen eigentlich keine Minute länger. Und was würde schon besser werden, wenn er wartete? Gar nichts!

Er bezahlte seinen Tee und verließ den Imbiss.

Er hatte die Fäuste in der Jackentasche vergraben, obwohl es nicht besonders kalt war. In der rechten hielt er seine HK. Er war darauf vorbereitet zu schießen. Im Hauseingang und im Treppenhaus begegnete ihm niemand. Er stieg so leise wie möglich Stockwerk um Stockwerk hoch, aber die durchgetretenen hölzernen Stufen knarrten unter seinen Schritten, auch wenn er sie noch so behutsam setzte.

Als er auf seine Wohnungstür zuging, gab es keine Anzeichen, die auf Eindringlinge schließen ließen. Trotzdem zog er die Pistole. Für einen Augenblick kam ihm die ganze Absurdität seiner Lage zu Bewusstsein. Er versuchte, nicht nachzudenken, sondern nahm Deckung neben der Tür und sperrte sie vorsichtig auf. Er konnte keine Beschädigungen am Schloss erkennen, aber das musste nichts heißen. Es war ganz still, kein Laut der Überraschung, kein von irgendeiner Bewegung herrührendes Geräusch. Wenn sie in seiner Wohnung waren, waren sie auch längst gewarnt. Sie hatten ihn kommen hören und sich Verstecke gesucht, hinter der Tür, im Badezimmer, vielleicht sogar hinter der aufgestellten Matratze. Einen Augenblick wägte er ab, ob es das Risiko wert war, wirklich hineinzugehen. Aber die Möglichkeit, jetzt abzuhauen, gab es einfach nicht. Er warf sich der Länge nach in den Flur, die Pistole in beiden Händen vor sich. Kein Schuss löste sich aus seiner Waffe, als er auf dem Boden aufprallte, und niemand schoss auf ihn. Er blieb so lange reglos liegen, bis er sicher war, dass niemand in der Wohnung war.

Als er sich wieder aufrichtete, schmerzte sein Brustkorb. Er sah sich um und suchte nach Zeichen, dass jemand seine Sachen durchwühlt hatte. Die Wohnung war alles andere als aufgeräumt, aber Kessel kannte seinen Saustall doch ziemlich genau und hätte Veränderungen bemerkt. Er machte einen Schritt aufs Badezimmer zu, doch dann entschloss er sich anders und griff sich die alte Sporttasche auf dem Flurschrank und stopfte so viele Klamotten hinein, wie hineinpassten. Er ging ans Bücherregal und sah nach dem Bargeld, das er dort im Umschlag eines vollgeschriebenen Tagebuchs versteckt hatte. Es war alles da, ein paar Hundert Euro, die eiserne Reserve. Sie hatten es nicht gesucht und nicht gefunden. Mit dem Geld konnte er sich ein paar Tage über Wasser halten. Aber noch wichtiger war, den Stoff zu retten. Die Kachel im Badezimmer hinter dem Spülkasten sah aus wie immer. Er war jetzt voll ungeduldiger Vorfreude, löste sie vorsichtig aus den Fugen und klappte sie auf. Doch da war nichts. Weil er nichts sah, tastete er ungläubig das Loch im Putz ab. Da war wirklich nichts. War er schon so durchgedreht, dass er alles aufgebraucht hatte und es nicht mehr wusste? Nein, er war sich sicher, er hatte alles hinter dieser Kachel versteckt. Ganz sicher, oder? Ja, ganz sicher! Also waren sie da gewesen. Sie waren hier eingedrungen und hatten in aller Ruhe sein Versteck geplündert. Sie besaßen einen Schlüssel zu seiner Wohnung, wussten, wo er seine Drogen versteckte, und konnten jederzeit wiederkommen. Sie hatten es gar nicht nötig, ihn hochgehen zu lassen. Sie ließen sich Zeit damit.

Er ließ die Kachel fallen, die auf dem Badezimmerboden zersprang, griff im Hinausrennen nach der Sporttasche, schlug die Wohnungstür zu, rannte das Treppenhaus hinunter und hinaus auf die Straße. Dann rannte er einfach weiter, ohne sich umzusehen.

Es fühlte sich an, als würde er nie mehr in seine Wohnung zurückkehren.

Nach der Pressekonferenz fuhr Diller mit der U-Bahn nach Hause. Es war Rushhour, und er war umgeben von Männern und Frauen, die aus den Büros und Geschäften der Innenstadt in ihre Stadtviertel und zu den Park-and-Ride-Parkplätzen an der Peripherie hinausfuhren. In der Innenstadt herrschte großer Andrang, die Geschäftsleute, die kleineren und mittleren Angestellten, auffällig gestylte Jugendliche, asiatische, arabische und nordamerikanische Touristenkolonnen, kleinere Gruppen von Italienern, Spaniern, Skandinaviern. Dann erreichte die U-Bahn die ans Zentrum grenzenden Viertel. Hier wohnten junge Familien mit eher wenig Geld und viel Geschmack zur Miete in überteuerten Altbauwohnungen. Mitdreißiger, von denen viele, ihrer jugendlichen Kleidung nach zu schließen, in sogenannten kreativen Berufen tätig waren, stiegen aus. Danach wurde es von Station zu Station trostloser. Über ihnen türmten sich nun Wohnsilos aus den Sechziger-, Siebziger- und Achtzigerjahren des vergangenen Jahrhunderts, in denen die Normalos lebten. Diller war fast zwanzig Jahre selbst einer von ihnen gewesen. Jetzt durfte er mit den Wohlsituierten sitzen bleiben, die im sogenannten Speckgürtel der Stadt oder noch weiter draußen wohnten. Bevor sie den aber erreichten, hatten sie noch die Haltestelle zu passieren, an der fast alle Jugendlichen ausstiegen. Sie zogen ans Isarufer an die Thalkirchner Brücke, wo Dutzende Feuer brannten, an denen zu scheppernden Gettoblastern eine andauernde Party gefeiert wurde, in der es immer um die gleichen Dinge ging: War man alt genug, um mitmachen zu dürfen? War man alt genug, um Alkohol trinken zu dürfen? War man cool genug, um an Drogen zu kommen? War man zu dicht, um nach Hause zu finden? Wurde man von den Bullen aufgegabelt oder nicht? Als Diller zusammen mit Kessel bei der Drogenfahndung angefangen hatte, war er jung genug gewesen, um sich hier unters Volk mischen zu können ohne aufzufallen.

Diller stieg schließlich an der Aidenbachstraße aus, zusammen mit Leuten, die ihre Wagen auf dem Park-and-Ride-Deck abgestellt hatten, und denen, die mit dem Bus weiter nach Süden in ihre Vorstadthäuschen fuhren. Einige von ihnen kannte er vom Sehen. Vermutlich arbeiteten sie in irgendwelchen gehobenen Bürojobs als Ingenieure, Redakteure, Spezialisten für dies oder jenes. Auch er war ein Spezialist, dachte er, wenn es darum ging, seine Mitbewohner hier in den Siedlungen am Stadtrand gut schlafen zu lassen.

Auf dem Weg von der U-Bahn-Station zur Makartstraße kam er an einem Eckhaus vorbei, das gerade renoviert wurde. Davor hatte sich ein Häuflein Demonstranten versammelt. Dem Aussehen nach anständige ältere Bürger aus der Mittelschicht. Sie trugen Sandwichplakate – »Hamburger raus!«, »Fettgestank macht Menschen krank«, »Bürger gegen Burger« und dergleichen. Diller staunte über diesen seltenen Anblick und darüber, wie leicht es offensichtlich war, einen öffentlichen Protest in Gang zu setzen. Man musste nur ein Burgerrestaurant an der falschen Straßenecke eröffnen wollen.

Zwei Querstraßen weiter bog er in die Makartstraße ein, öffnete das Gartentürchen, schlängelte sich an den Fahrrädern vorbei und tauchte bereitwillig in das sichere Paralleluniversum seines bürgerlichen Zuhauses ein, das sich hier gebildet hatte, ohne dass er recht verstanden hatte, wie.

Es war etwa sieben Uhr, Maren hatte an diesem Tag zu Hause gearbeitet und saß, wie er durch die geriffelte Wohnzimmerglastür mehr ahnen als erkennen konnte, gerade mit Mona vor dem Fernseher.

Er sparte sich ein gekünsteltes Ankunftshallo, blieb im Flur stehen und lauschte ein wenig. Aus dem ersten Stock kamen Hip-Hop-Beats in Zimmerlautstärke. Luis war zu Hause. Dann klopfte er an die angelehnte Wohnzimmertür und schob sie auf. Maren, Mona und Luis saßen vor dem Fernseher. Ein Lokalsender brachte die Liveaufzeichnung seiner Pressekonferenz.

»Hi«, sagte er.

»Hi«, sagte Maren.

Mona fakte ein Lächeln, ohne ihn wirklich anzusehen, Luis winkte ihm lässig zu.

»Sieh mal, du bist im Fernsehen«, sagte Maren nach einer kurzen Pause. Sie sah so aus, als habe sie sich über das, was sie da sah, noch keine Meinung gebildet. Diller wäre am liebsten hingegangen und hätte den Apparat ausgeschaltet.

»Scheiße«, sagte er stattdessen, ging hoch in den ersten Stock und drehte die Musik, die aus Luis' PC kam, leiser. Weil sich gerade die Gelegenheit dazu ergab, öffnete er den Verlauf seines Webbrowsers, um zu sehen, welche Seiten er besucht hatte. Aber der Junge hatte ihn so eingestellt, dass die besuchten Seiten nicht angezeigt wurden. Schlaues Kerlchen, dachte Diller, ging in sein Zimmer und zog sich Freizeitklamotten an.

Er hatte gehofft, das Programm würde sich geändert haben, als er wieder runterkam, doch die Pressekonferenz lief noch. Er dachte an Didem Osmanoglu und den Journalisten. Die beiden hatten sich unterdessen sicher schon über die »Zeugen des Unfalls« verständigt. Waren es echte Zeugen, würden sie erzählen, dass es kein Unfall war, sondern eine Amokfahrt. Und sie wären vielleicht auch in der Lage, den BMW zu beschreiben oder sich sogar an dessen Kennzeichen zu erinnern. Er sah sich selbst auf dem Podium sitzen, neben März. März sah gut aus, scharf geschnittenes Gesicht, trotz des vollen, grauen Haars. Er hingegen wirkte seltsam teigig und gequält. Diller war peinlich, dass ihm offenbar jedermann ansehen konnte, wie unwohl er sich in seiner Rolle fühlte. Es lag ihm auf der Zunge, die anderen zu fragen, ob er sich das nur einbildete, aber es war wohl besser, sich zurückzuhalten. »Mit anderen Worten, Sie tappen völlig im Dunkeln«, hörte er den unangenehmen Journalisten mit der Nerdbrille sagen. Live war ihm entgangen, wie viele Lacher er für diese Bemerkung bekommen hatte. Dillers Lächeln wirkte gekünstelt, als wolle er sich nicht anmerken lassen, einen Treffer kassiert zu haben.

»Ich erinnere mich an einen alten Kollegen, der zu sagen pflegte, ›es gibt keine schlechtere Identifizierungsmöglichkeit als das Gesicht‹. Haben Sie bitte Verständnis dafür, dass wir zu den laufenden Ermittlungen nicht viel sagen können, wenn wir das Ergebnis nicht gefährden wollen.«

Mona rollte die Augen und seufzte, es war eindeutig als Kommentar zu Dillers Statement gemeint. Diller sah Maren an, die neben ihm saß. Sie erwiderte den Blick kurz, sah wieder auf den Fernseher und griff nach seiner Hand. Er war Maren unendlich dankbar dafür und drückte ihre Hand.

»Martin Gerland, *Deutsche Nachrichten*. Ich verstehe, dass Sie über die Ermittlungen gegen Salem Yusuf im Augenblick nicht viel sagen können. Kommen wir deshalb zu Amir Aslan. Können Sie ausschließen, dass die Polizei in diesen Unfall verwickelt war?«

»Ich würde nicht von einem Unfall sprechen wollen, solange nicht bekannt ist, unter welchen Umständen Amir Aslan verletzt wurde.«

Es wurde Diller buchstäblich schlecht, als er sich das sagen hörte. Er ließ Marens Hand los und rieb sich die Handflächen an den Oberschenkeln.

»Es mag sein, dass sich die Menschen im Westend zurückhalten, wenn sie von der Polizei befragt werden. Den *Deutschen Nachrichten* liegen Aussagen vor, nach denen es ein Polizeiauto gewesen sei, das Amir Aslan angefahren hat. Die Schilderungen sind ziemlich präzise.«

Diller beobachtete den unverhohlenen Triumph in Monas Gesicht. Jemand, der zu hören bekam, was er hören wollte. Sie wusste nicht, wie weit ihre kühnsten Vorstellungen von der Wirklichkeit übertroffen wurden.

»Wir kennen diese Gerüchte. Es hieß von Anfang an, die Polizei habe die Zusammenstöße – und auch Amir Aslans Verletzung – zu verantworten oder sogar herbeigeführt ...«

Diller hörte sich reden und reden und beobachtete dabei seine Familie. Am liebsten hätte er geschrien, ob es wirklich nötig sei, sich diese verlogene Scheiße anzuschauen, und doch kam ihm kein Wort über die Lippen.

Als die Sendung zu Ende war, und ein schnittiger Moderator ins Bild kam, stand Luis auf und verließ wortlos das Wohnzimmer. Auch Mona erhob sich, ging zum Fernseher und sagte: »Will noch jemand was sehen?«

Noch während sie fragte, schaltete Mona den Fernseher aus und kam dann zu Diller und Maren zurück an den Wohnzimmertisch. Mona war nicht besonders groß, und sie hatte nie eine besondere Leidenschaft für Sport entwickelt. Trotzdem hatte sie eine sportliche Figur. Sie hätte eine Schwimmerin sein können. Diller erkannte darin die Statur ihres Vaters wieder, von ihm hatte sie wohl auch das Vergnügen daran, sich vor anderen aufzubauen, um etwas Provozierendes loszuwerden. Diller ahnte, wohin bei ihr die Reise gehen würde.

Sie deutete auf einen kleinen Stapel Bücher und einen Collegeblock mit handschriftlichen Notizen. »Wir haben freie Themenwahl für den Grundlagenschein in Rechtsphilosophie. Ich habe mir gedacht, ich schreibe etwas über den Aufstand. Mama kann mir ein bisschen dabei helfen, und du bist sozusagen mein Studienobjekt.«

Diller schnaubte unfroh und nahm sich die Bücher vor, lauter schmale Bändchen: Ernst Jünger, *Der Waldgang*, Unsichtbares Komitee, *Der kommende Aufstand*, Tiqqun, *Kybernetik und Revolte*, Carl Schmitt, *Theorie des Partisanen*. Er ließ sie zurück auf den Collegeblock fallen. Daher wehte also der Wind.

»Die Revolution, wie? Der Aufstand gegen die herrschenden Verhältnisse, gewürzt mit ein bisschen rechtem Obskurantismus. Nicht schlecht fürs erste Semester.«

Diller hatte vier Semester Philosophie studiert, bevor er zur Polizei gegangen war. Er wusste genau, wie man aus den richtigen Zutaten eine schicke Theorie zusammenrühren konnte, die zumindest für eine acht- bis zehnseitige Seminararbeit haltbar genug war. Seine Schärfe brachte ihm einen tadelnden Blick von Maren ein. Sie wusste nicht, dass Diller und Mona sich über das Thema schon gestritten hatten, als sie kaum ein paar Minuten zusammen auf der Fahrt vom Flughafen im Auto gesessen hatten. Dennoch, warum nicht einmal offener an die Sache herangehen?

»Also schön«, sagte er und signalisierte, dass er echtes Interesse an einem Gespräch hatte. »Was hältst du davon?«, fragte er und nickte in Richtung Fernseher.

Mona zögerte einen Moment, bevor sie sagte: »Surprise, surprise, the government lies ...«

Sie wollte cool klingen, aber Diller hörte ihre gekränkte Wut.

»Was soll das heißen?«

Es war eine ehrliche Frage, er wollte ihre Meinung hören.

»Ihr habt euch doch ganz bestimmt genau zurechtgelegt, was und wie viel ihr heute rauslasst. Das hübsche Terroristenfoto zum Beispiel. Botschaft: Der Terrorist muss nicht immer einen Turban tragen. Er kann auch aussehen wie einer von uns.«

Diller nickte.

»Ich kann verstehen, dass dir das so vorkommt. Aber es ist nicht so, dass bei Dingen wie diesen immer alles geplant ist. Du wirst es nicht glauben, aber ich hatte keine Ahnung, dass diese Fotos heute veröffentlicht würden.«

»Du als Leiter der Ermittlungen?«

»Ja.«

Er genoss es so offensichtlich, endlich einmal uneingeschränkt die Wahrheit sagen zu können. Aber Mona wechselte das Thema.

»Ich weiß nicht. Ich finde es richtig, wenn sich die Presse nicht damit zufriedengibt, dass man eben nicht weiß, wer Amir Aslan über den Haufen gefahren hat.«

Diller musste sich zwingen, ruhig zu bleiben. »Die Leute, die jetzt diesen Amir Aslan beweinen, sind dieselben, die zuvor Jagd auf unsere verdeckten Ermittler gemacht haben. Das sind keine unbescholtenen Bürger. Die haben Polizisten angegriffen in der Meinung, *sie* würden beschattet.«

»Davon hast du auf dem Podium aber nichts gesagt.«

»Weil das die Lage nur verschärft hätte.«

»Kannst du nicht verstehen, dass sich die Leute schlecht behandelt fühlen, wenn sie mitkriegen, was wir von ihnen halten? Wie wir sie abfällig ›Arabs‹ nennen?«

Wie oft hatten sie solche Diskussionen schon geführt.

In den letzten beiden Jahren ihrer Schulzeit hatte Mona angefangen, sich mit Politik zu beschäftigen, und war bald zu einer Art oberster Wächterin der Familie in allen Fragen politischer Korrektheit geworden. Sie war klug, hatte eine sehr rasche Auffassungsgabe, ein exzellentes Gedächtnis und studierte nun auch noch Jura. Natürlich fühlte sie sich in die Lage versetzt, alles, unter anderem Diller und seine Arbeit, von höherer Warte aus beurteilen zu können. Unterstützt wurde sie dabei von ihrer Mutter, der Wissenschaftlerin, die ihr begeistert davon berichtete, welche Vorzüge es hat, als Frau nicht nur klug zu sein, sondern auch als klug zu gelten. Diller hatte gegen all das selbstverständlich nicht das Geringste einzuwenden. Nur jetzt, da seine Existenz dabei war, sich vor seinen Augen aufzulösen, war ihm das alles ein bisschen zu viel.

»Und was hast du nun vor?«

»Ich werde eine Arbeit über das Thema schreiben, und ich werde bei den Demonstrationen gegen die Polizei im Westend mitmachen.«

Sie meinte damit: bei den Demonstrationen gegen ihn. Gerne hätte er es ihr einfach verboten, aber den Triumph, diesen zum Scheitern verurteilten Versuch zu unternehmen, wollte er ihr nicht gönnen.

»Bist du immer noch der Meinung, wir erleben hier einen ›Volksaufstand‹?«, fragte er, und an Maren gewandt, sagte er: »Wir hatten nämlich bereits das Vergnügen, über diese Frage zu diskutieren, und ich durfte feststellen, dass meine spärlichen Erfahrungen vor Ort leider nicht in Konkurrenz treten konnten mit dem, was deine Tochter darüber denkt.«

Maren hob die Hände, sie wollte sich raushalten. Diller wechselte das Thema.

»Wenn du unbedingt demonstrieren willst, warum demonstrierst du nicht gegen das Burgerrestaurant an der Ecke?«

»Das ist doch was ganz anderes.«

»Wieso ist das was ganz anderes?« Diller wusste es natürlich, er *wollte* sie nicht verstehen.

»Demonstration ist nicht gleich Demonstration. Ich bin nicht der Ansicht, dass eine Demonstration an sich schon etwas Gutes ist. Fragen wir uns doch mal: Was wollen diese Leute?«

Er nahm ihr pädagogisches Wir mit einer gewissen Bitterkeit zur Kenntnis. »Ich nehme an, du wirst es mir gleich erklären«, sagte er.

»Gerne. Hast du dir diese Demonstranten mal näher angesehen?«

»Ja, sicher. Wohlanständige, besorgte Bürger aus dem Viertel.«

»Genau. Die demonstrieren nicht gegen Hamburger und Frittengestank. Die sind nicht doof. Die demonstrieren gegen den Unterklassepöbel, den so ein Lokal anzieht. In einer feinen Gegend wie unserer ist für so was kein Platz. Das verdirbt die Immobilienpreise, den Charakter der Straße, so ist das.«

Diller hätte gerne gesagt, dass er daran überhaupt nichts Verwerfliches erkennen konnte, aber er wusste, dass er spätestens damit auch Maren gegen sich aufbringen würde.

Es war eine ganz und gar sinnlose Diskussion. Mona war, so kam es ihm zumindest vor, noch nie sein größter Fan gewesen. Sie hatte sehr früh verstanden, dass er nicht ihr leiblicher Vater war, und obwohl er daraus nie ein großes Thema gemacht hatte, war es genau das geworden. All diese Abgrenzungsfragen, die Eltern und ihre Kinder normalerweise in den ersten zwanzig Jahren ihrer gemeinsamen Zeit beschäftigen, wurden zwischen Diller und Mona verschärft ausgetragen, und er bekam die Vaterwürde abwechselnd verliehen und wieder aberkannt. Für diesen Abend hatte er genug davon und fragte, wo Luis sei.

»In seinem Bett, glaube ich«, sagte Maren.

»So früh?«

»Ja, es hat wohl Ärger in der Schule gegeben«, sagte Maren.

»Was denn für Ärger?«

»Er will es nicht sagen, aber es scheint ihn sehr zu bedrücken.«

Diller spürte, wie sein Adrenalinspiegel stieg. Es war wieder eine schlechte Note, was sonst. Seine brillante Stieftochter, die Überfliegerin, demonstrierte auf den Straßen gegen ihn, während sein leiblicher Sohn auf der Schule scheiterte. Seine Gereiztheit war fürchterlich ungerecht, das wusste er schon, während er sie empfand. Auf Luis lastete eine Bürde, mit der Diller ihn eigentlich nie hatte beladen wollen. Luis sollte sich der Herausforderung gewachsen zeigen, auf einem katholischen Privatgymnasium zu bestehen, das strengere Anforderungen stellte als gewöhnliche Schulen. Wo Dillers eigenes Leben gerade aus den Fugen geriet, war dies umso wichtiger für ihn. Für einen Sekundenbruchteil spürte er, welche Erleichterung es für ihn wäre, zumindest Maren zu erzählen, was wirklich vorgefallen war. Aber dann sah er auf den Bildschirm, auf dem er gerade eben noch dreist gelogen hatte, und konnte es nicht.

»Ich gehe hoch und hör mir das mal an«, sagte er und stand auf.

Beide, Maren und Mona, erhoben sich, um ihn aufzuhalten, und in diesem Moment glichen sich ihre Gesichter noch mehr als sonst. Sie waren voller Furcht und Sorge, weil sie einen gefährlichen Mann von seiner nächsten Untat zurückhalten mussten.

Mittwoch, 23. Januar

Der Bulle mit dem Du-Rag, klein und muskulös, dunkelbraune Haut, bis zum Hals tätowiert, klopfte an Kessels halb offen stehende Tür und trat ein, während Kessel damit beschäftigt war, eine Tasse Kaffee an seinen Schreibtisch zu balancieren. Hat Joey mich verpfiffen?, fragte er sich unwillkürlich, doch eher fatalistisch als gespannt. Nachdem er seine Tasse abgestellt hatte, sah er seinem Kollegen ins Gesicht und wusste: Joey hatte nichts gesagt.

»Darf ich stören?«

»Du störst nicht. Komm rein, setz dich. Sag mal, wie heißt du eigentlich?«

»Ja, entschuldige, Ahmed Gül, Kriminalkommissar, Drogendezernat. Sie wissen ja, ich bin da mit Ihrem Freund beschäftigt.«

»Ich heiße Erich. Und bitte, siez mich nicht, ich komme mir so schon alt genug vor.«

»Gerne. Du siehst ein bisschen mitgenommen aus. Der internationale Terrorismus schläft nicht, wie?«

Gül grinste. Kessel hatte überhaupt keine Lust auf Witze und machte ein entsprechend angeödetes Gesicht.

Gül zuckte die Achseln. »Du kannst dir denken, warum ich hier bin.«

»Kann ich mir denken. Und warum *bist* du hier?«

»Wegen Joey, deinem Freund.«

»Ist nicht mein Freund.«

»Er sagt was anderes.«

»Er sagt, was er sagt.«

»Genau. Er sagt, was er sagt. Das Zeug, das wir bei ihm gefunden haben, ist bei der Spurensicherung. Vielleicht kann die uns was zur Herkunft sagen.«

Keine schlechte Idee, dachte Kessel. An den Röhrchen waren auch seine Fingerabdrücke. Kein Problem, er hatte sie im Beichtstuhl in der Hand gehabt. Es regte sich in ihm die Befürchtung, eine Analyse seines Blutes könnte Übereinstimmungen mit dem Stoff in den Röhrchen ergeben. Doch vorerst gab es niemanden, der sich für sein Blut interessierte. Vorerst. Kessel machte zu Gül hin eine fragende Geste.

»Was kann ich für dich tun?«

»Ich weiß nicht, es ist nur so ein Gefühl. Versteh mich nicht falsch, aber dieser Joey redet viel von dir. So viel, dass ich mich schon gefragt habe, ob er nicht noch etwas anderes in dir sieht als nur einen Bullen, den er kennt.«

Hätte Gül auch nur einen Schimmer davon gehabt, wie richtig er mit seiner Vermutung lag, hätte er nicht so vorsichtig gefragt. Kessel schien es nicht klug, seine Beobachtung rundweg zu leugnen.

»Du musst dich nicht entschuldigen, dein Eindruck ist nicht falsch. Du weißt selbst, dass man bei der Drogenfahndung manchmal sehr nah an das Milieu, in dem man ermittelt, herankommt.«

An der Art, wie Gül ihn ansah, erkannte Kessel, dass seine Erklärung nicht der unfreiwilligen Komik entbehrte. Er sah einigermaßen mitgenommen aus, und von seinen toxischen Vorlieben hatte wohl auch schon dieser junge Kollege gehört. Kessel räusperte sich.

»Ich meine damit, dass man Bekanntschaften und sogar Freundschaften schließt. Ich würde nicht sagen, dass Joey jemals ein Freund von mir war. Aber es gab eine Zeit vor fast zwanzig Jahren, als du wahrscheinlich wirklich noch in die Windeln gemacht hast, da hingen Joey und ich und ein paar andere Leute in den gleichen Klubs herum, und damals war noch nicht unbedingt klar, dass ich einmal hinter diesem Schreibtisch landen würde und Joey in einer Zelle.«

Kessel machte eine Pause. Er wusste nicht recht, wie er fortfahren sollte.

»Ihr wart also so was wie gute Bekannte?«

Kessel zuckte die Achseln. »Vor langer Zeit. Vielleicht könnte man es so ausdrücken, ja.«

Er hielt es nicht für klug, mehr zu sagen, denn dann hätte er auch andere Namen nennen müssen, zum Beispiel den von Diller, und das wollte er unter allen Umständen vermeiden.

»Du siehst, dein Gefühl hat dich nicht getäuscht. Gute Arbeit, Ahmed.«

»Ja, sicher, danke.«

Gül stand auf, um zu gehen, er war ein wenig verlegen, aber Kessel war klar, dass er nicht aufhören würde, sich dafür zu interessieren, was Kessel mit Joey verband. Einer mehr, der ihm auf den Fersen war. Warum fragte alle Welt *ihn* etwas. Er wollte auch mal eine Frage stellen. Eine, die ihn wirklich beschäftigte.

»Warte.«

Gül hielt inne und drehte sich um.

»Weißt du, ich hatte lange nichts mehr mit Drogenermittlungen zu tun und kenne mich mit den Codes nicht mehr so richtig aus, und dir kann ich diese Frage stellen, ohne mich zu blamieren. Gibt es Gangs, die darüber wachen, dass ihre Brüder keine Drogen nehmen? Irgendein religiöses Ding oder so?«

Gül machte ein befremdetes Gesicht. »Nicht, dass ich je davon gehört hätte, warum?«

Kessel biss sich auf die Zunge. Warum hatte er das gefragt? Sein Zögern führte prompt dazu, dass Gül misstrauisch wurde. Kessel hatte diese Geschichte von Joey, und Gül würde sie, um nichts unversucht zu lassen, zu Joey zurücktragen und es Joey noch schwerer machen zu schweigen.

»Wie kommst du darauf?«

»Vergiss es, Ahmed, vergiss es!«

»Nein, ich meine, woher hast du das?«

»Ich habe das nur so gehört, ich weiß nicht mehr, wo.«

»Ach so, na, kein Problem. Wenn ich doch noch mal was darüber höre, melde ich mich bei dir.«

»Das ist prima, Ahmed, danke.«

»Nichts zu danken ... Erich.«

Die Art, wie der Kerl seinen Namen aussprach, ließ keinen Zweifel mehr offen. Ab jetzt stand er auf Güls persönlicher Fahndungsliste.

Beim Frühstück kam Diller mit Luis ins Gespräch über ein Computerspiel, das sie beide mochten, und das vorwurfsvolle Schweigen zwischen ihnen nahm ein überraschend unkompliziertes Ende, was Diller sowohl bei Maren als auch bei Mona Sympathien zurückgewinnen ließ. Er und Luis verabredeten sich für den Abend zum Tischtennisspielen im Keller.

Als er im Präsidium ankam, fand er eine Telefonnotiz vor. Um kurz nach acht hatte Staatsanwältin Osmanoglu um Rückruf gebeten. Er hatte das heftige Bedürfnis, ihr ausrichten zu lassen, sie könne ihn am Arsch lecken. Stattdessen nahm er den Hörer zur Hand und wählte ihre Nummer. Sie nahm sofort ab.

»Herr Diller, entschuldigen Sie bitte, dass ich Sie schon wieder belästige. Aber es sind hier ein paar neue Fragen aufgetaucht, die ich gerne mit Ihnen erörtert hätte. Würde es Ihnen etwas ausmachen, in mein Büro im Strafjustizzentrum zu kommen?«

Ihre Höflichkeit hatte nur den Zweck, ihn so sehr wie möglich zu reizen. Wahrscheinlich hoffte sie, dass er dann Fehler machte. Diller versuchte sich zusammenzunehmen.

»Wenn es darum geht, was Ihnen dieser Journalist erzählt hat, dann fühlen Sie sich frei, die Zeugen zu vernehmen, die er Ihnen genannt hat. Ich wüsste nicht, wie ich Ihnen da helfen könnte.«

Sie ließ sich Zeit, bevor sie antwortete. »Ich weiß, wie ich meine Ermittlungen zu führen habe, danke. Ich brauche Sie hier, weil ich Sie mit einem Akteninhalt konfrontieren möchte, den ich für bedeutsam halte. Wie ist es nun? Muss ich Sie förmlich laden, oder kommen Sie, wenn ich Sie darum bitte?«

Der Ton, den sie jetzt anschlug, passte zu Dillers schlimmsten Befürchtungen. Es hatte keinen Zweck, sich mit ihr anzulegen. Er musste die Ermittlungen gegen Salem Yusuf vorantreiben, und er wollte unbedingt Kessel treffen, mit dem er beunruhigend lange nicht gesprochen hatte.

»Und am besten, Sie kommen sofort.«

Diller nahm die U-Bahn. Eine halbe Stunde später stand er in Osmanoglus Dienstzimmer. Ein winziger Raum, in dem sich auf dem Boden, auf Stühlen, in Regalen Türme roter Aktendeckel stapelten. Nur ihr Schreibtisch war bis auf zwei rote Aktendeckel leer. Die eine Akte war schon etwas ausgeblichen und sehr umfangreich. Die andere schien neu zu sein und war noch ziemlich schmal.

Diesmal trug Didem Osmanoglu ein graues Kostüm und ein passendes graues Kopftuch dazu. Sie war, wie immer, perfekt geschminkt und wirkte in dieser Aufmachung absolut unnahbar, was vermutlich der Sinn der Sache war. Sie bot ihm einen Stuhl neben dem Schreibtisch an, sodass er gewissermaßen schutzlos vor ihr saß.

»Entschuldigen Sie die Umstände, aber Sie werden gleich verstehen, warum ich es für besser hielt, Ihnen das hier persönlich zu zeigen.«

Sie deutete auf die dickere, ausgeblichene Akte.

»Wollen Sie sie sich ansehen?«

Diller genügte ein Blick darauf, um zu wissen, worum es sich handelte.

»Haben Sie das alles durchgelesen?«, fragte er.

»Ja, habe ich. Insbesondere die polizeilichen Vernehmungsprotokolle sind ziemlich aufschlussreich. Ich nehme an, ich sage Ihnen da nichts Neues.«

»Ich kenne die Akte nicht, aber ich weiß natürlich, worum es geht.«

»Natürlich. Waren Sie bei dem Mordversuch an Erich Kessel dabei? Ich meine: Waren Sie unmittelbar anwesend?«

»Ich war im selben Lokal, als es passierte.«

»Im *Gore*, stimmt's?« Sie sprach den Namen aus, als hielte sie ihn mit einer Pinzette in die Höhe.

»Ja, so hieß der Klub, in dem wir … verkehrten.«

»Wenn ich es recht verstanden habe, waren Sie damals noch nicht bei der Polizei.«

»Richtig.«

»Sie waren aber schon mit Erich Kessel befreundet und auch mit Richard Teubner?«

»Ja.«

»Erich Kessel war damals schon bei der Polizei. Er arbeitete im Drogendezernat. Wusste Richard Teubner das?«

»Hören Sie, warum fragen Sie mich das? Das steht doch alles in der Akte, die Sie sich besorgt haben. Wollen Sie den Fall noch einmal aufrollen? Richard Teubner ist seit über zwanzig Jahren tot!«

Osmanoglu nickte nachdenklich. Dann unternahm sie einen neuen Anlauf.

»Wissen Sie, was ich glaube? Erich Kessel, Sie und Richard Teubner hat nicht nur eine Freundschaft verbunden, sondern erstens eine Schwäche für Drogen und zweitens die Liebe zu ein und derselben Frau.«

Diller musste unwillkürlich lächeln, dabei war es purer Zorn, der in ihm aufstieg. Wie kam diese Frau dazu, über eine Geschichte zu urteilen, die sie einzig und allein aus einer zwanzig Jahre alten Akte kannte?

»Sie halten das für pure Anmaßung, das kann ich verstehen, aber ich will Ihnen sagen, was ich aus der Akte noch alles herausgelesen habe. Falls es Sie interessiert.«

»Nur zu!«

»An diesem Abend, dem 2. August 1991, waren Sie, Richard Teubner und Erich Kessel im *Gore*. Ich habe die Fotos in der Akte gesehen. Ein Laden, in dem Bier in Stahlhelmen ausgeschenkt wurde, Death-Metal-Bands auftraten und wo auf dem Klo harte Drogen gedealt wurden. Das war der Grund, warum Kessel dort ermittelte. Ich gehe davon aus, dass weder Sie noch Richard Teubner das zu dieser Zeit wussten.«

Diller wollte etwas sagen, aber Osmanoglu schnitt ihm mit einer Handbewegung das Wort ab.

»An diesem Abend«, fuhr sie fort, »war auch eine gewisse Maren im *Gore*. Maren Schlüter, die heutige Frau Diller, wenn ich recht informiert bin.«

Sie war »recht informiert«. Diller zeigte keine Reaktion.

»Ich habe mir erlaubt, die Geburtsdaten Ihrer Familie anzusehen. Mona Schlüter, Ihre Stieftochter, ist am 12. März 1992 geboren. Ich nehme an, dass wir beide davon ausgehen, dass Richard Teubner ihr Vater ist.«

Diller nickte flüchtig. Es war ihm immer noch nicht klar, worauf sie eigentlich hinauswollte.

»Die Zeugenaussagen zum Geschehen im *Gore* am 2. August 1991 sind zahlreich, präzise und übereinstimmend. Das Lokal war voll, und jeder, der dabei stand, hat gesehen, wie Richard Teubner Erich Kessel ein Bierglas ins Gesicht schlug. Wie es dabei zerbrach und er mit dem zerbrochenen Glas ein zweites Mal zuschlug und sogar ein drittes Mal, und wie er dann dem am Boden liegenden Kessel mit seinen eisenbeschlagenen Bikerstiefeln zweimal gegen den Kopf trat, bevor er von Umstehenden zurückgehalten werden konnte. Sie haben von alldem erst etwas mitbekommen, als es vorbei war. Sie standen bei den Kickerkästen im hinteren Teil des Lokals. So genau der äußere Tathergang bekannt ist, so wenig gibt die Akte darüber Aufschluss, was dem Angriff vorausgegangen ist.«

»Ja, und es wurde wegen versuchten Mordes gegen Richard Teubner ermittelt, doch ein paar Monate später starb er an einer Überdosis Heroin, und die Ermittlungen gegen ihn wurden eingestellt. Ende der Geschichte.«

»Nein, ich würde sagen, Ende der Ermittlungsakte. Sie müssen mir nicht antworten, Sie können mir selbstverständlich widersprechen, und ich habe auch keine Beweise für das, was ich jetzt sage, aber ich sehe die Sache folgendermaßen: Erich Kessel und Richard Teubner waren beide in Maren Schlüter verliebt. Erich Kessel war eifersüchtig auf seinen Freund, machte sich aber Hoffnungen, Maren könnte sich vielleicht doch noch für ihn entscheiden. Am Abend des 2. August 1991 rieb ihm Teubner unter die Nase, dass Maren ein Kind von ihm bekomme, was Kessel fürchterlich traf. Er drohte Teubner, ihn wegen seiner Drogengeschichten hinzuhängen. Und Teubner schlug zu. Weil Kessel, Teubner und vielleicht auch Sie selbst mehr mit Drogen zu tun hatten, als gut für sie gewesen wäre, hielten Sie im Ermittlungsverfahren zumindest in diesem Punkt alle drei dicht.«

Diller war fassungslos über diese Ansammlung von Halbwahrheiten und Mutmaßungen. Wirklich bestürzt aber war er darüber, wie nahe Didem Osmanoglu dem kam, was wirklich geschehen war. »Mit dieser Geschichte werden Sie vor keinem Gericht der Welt Glück haben«, sagte er.

»Ich habe nicht vor, diese Geschichte je vor irgendeinem Gericht zu erzählen. Ich wollte sie Ihnen erzählen. Ich wollte Ihnen erzählen, dass ich glaube, dass Sie allen Grund haben, Ihren Kumpel Erich Kessel über jedes vernünftige Maß hinaus in Schutz zu nehmen.«

Diller zuckte die Achseln. »Und wenn es so wäre?«

Didem Osmanoglu klappte die Akte zu, schob sie beiseite und zog die schmale neue zu sich her.

»Wie Sie wissen, beschäftigte ich mich mit der Frage, wer Amir Aslan angefahren haben könnte. Das unfallanalytische Gutachten liegt noch nicht vor, aber es steht wohl schon fest, dass das Fahrzeug, das ihn angefahren hat, nicht gebremst hat. Sie wissen, was das heißt?«

»Ja, darüber hatten wir schon gesprochen. Mich würde interessieren, wie ich Ihnen bei alldem weiterhelfen kann.«

»Ich nehme an, Sie wissen, dass ich sämtliche beschädigten Fahrzeugteile habe sicherstellen lassen, die Sie nach Ihrem kleinen Unfall verschwinden lassen wollten. Wir werden sehen, was die Analysen ergeben. Heute habe ich eigentlich nur eine einzige Frage an Sie.«

Diller zog die Augenbrauen hoch. Und versuchte ruhig zu bleiben.

»Wer saß am Steuer?«

»Ich verstehe nicht.«

Unvermittlelt schlug Osmanoglu mit der flachen Hand auf den Aktendeckel.

»Während Ihres Einsatzes in der Nacht von Mittwoch, dem 16. Januar, auf Donnerstag, dem 17. Januar, als Sie zusammen mit Erich Kessel die Geroltstraße 28 beobachten sollten! Wer von Ihnen beiden saß da am Steuer?«

Alles bisherige Gerede war nur Vorgeplänkel gewesen für diese einfache und naheliegende Frage. Wenn Diller einen Namen nannte, Kessels oder seinen, lieferte er der Staatsanwältin einen wichtigen Baustein für ihre Anklage. Nannte er keinen Namen, hatte sie allen Grund, die Ermittlungen gegen ihn und Kessel offiziell zu machen. Er musste also einen Namen sagen. Seinen oder den von Kessel? Osmanoglu unterbrach seine Grübelei.

»Sie wissen, dass ich Sie als Tatverdächtigen betrachten werde, falls Sie die Frage nicht beantworten. Ich werde dafür sorgen, dass Sie ab sofort vom Dienst suspendiert werden, solange die Ermittlungen gegen Sie laufen.« Diller traf eine Entscheidung.

»Ich, ich saß am Steuer«, sagte er.

»Von Anfang an?«

»Von Anfang an, ja.«

»Sodass alles, was mit diesem Fahrzeug in der Nacht vom 16. auf 17. Januar geschehen ist, in Ihre Verantwortung fällt, richtig?«

»Richtig.«

Mit dieser Aussage machte Diller sich zur Osmanoglus Zielscheibe. Er musste sich einfach darauf verlassen, dass Kessel, wenn es notwendig werden würde, rechtzeitig aussagte, *er* sei am Steuer gesessen. Vielleicht konnten sie durch diese widersprüchlichen Aussagen die Staatsanwaltschaft in Beweisnot bringen. Eine ziemlich schwache Hoffnung.

»Und jetzt?«, fragte er.

»Jetzt warten wir ab, was das unfallanalytische Gutachten bringt. Wenn es so ausfällt, wie ich glaube, sehen wir uns wieder.«

Diller saß einen Augenblick unschlüssig da.

»Sie können gehen, danke.«

»Nichts zu danken«, sagte er und stand abrupt auf.

Diller stieg am Hauptbahnhof aus der U-Bahn und kaufte in einem vietnamesischen Laden ein Einweghandy. Er dürfte ziemlich sicher sein, dass Osmanoglu sein gemeldetes Handy schon seit geraumer Zeit abhören ließ. Dann rief er Maren auf ihrem Handy an. Es bestand natürlich die Gefahr, dass auch ihres abgehört wurde, aber darauf musste er sich einlassen. Es war zumindest sicherer, als auf dem Festnetz zu Hause anzurufen.

Er hatte Glück, Maren ging ran. »Maren, nur ganz kurz, ich war gerade bei der Staatsanwaltschaft. Die alte Geschichte ist wieder hochgekommen.«

Sie schwieg einen Moment.

»Wieso das denn?«

»Jemand will mir damit schaden. Wir dürfen darüber nicht am Telefon reden. Wenn wir uns richtig verhalten, kann nichts passieren, glaub mir. Es ist nur – antworte bitte nicht, falls irgendjemand versucht, mit dir darüber zu reden. Sprich bitte mit niemandem, der versucht, etwas über mich, meine Arbeit oder unsere Geschichte zu erfahren, okay?«

»Ja, okay. Markus? Geht es dir gut? Ist alles in Ordnung?«

»Ja, sicher, es ist alles in Ordnung. Ich muss aufhören. Wir reden heute Abend.«

Zurück im Präsidium, ging er zuerst in Kessels Büro, das leer war, was Diller nicht anders erwartet hatte. Als Nächstes besuchte er Wally und fragte ihn, wo Kessel sei.

»Das fragt mich hier jeder! Bin ich sein Kindermädchen?«

»Hat er sich nicht abgemeldet?«

»Abgemeldet? Kessel? Wenn du mich fragst, der hat schon wieder irgendwas am Laufen. Der steckt mit Sicherheit in irgendwelchen Schwierigkeiten und will nicht darüber reden.«

Diller hatte nicht die Absicht, Wally zu fragen, was ihn zu dieser Annahme veranlasste.

»Du hast also keine Ahnung, wo ich ihn finden könnte?«

»Nein. Was ist denn so dringend? War es bei der Staatsanwältin so aufregend? Heizt sie euch ein? Oder ist es wegen des Haftprüfungstermins am Montag?«

Wally schaffte es immer wieder. Einen Augenblick lang war Diller wirklich platt. Dann fing er sich.

»Nein, da läuft alles, wie es soll.«

»Ah, okay, so entspannt hast du mir gar nicht ausgesehen, als du reinkamst.«

Diller hob die Hand zum Abschied und verließ kommentarlos Wallys Zimmer. Er lief zurück an seinen Schreibtisch, wo er die Ladung vorfand: Am kommenden Montag würde Salem Yusuf dem Haftrichter vorgeführt werden.

»Ks, ks!«

Kessel hatte sich den ganzen Nachmittag über im Polizeipräsidium unsichtbar gemacht. Da in seinem Dienstzimmer unangenehme Begegnungen und böse Überraschungen am wahrscheinlichsten waren, hatte er es vorgezogen, durch die Flure zu geistern und sich schließlich in der Asservatenkammer unter dem Dach zu verstecken. Es gab einen etwas älteren Kollegen, der eine Art Museum ganz besonderer Grausamkeiten eingerichtet hatte. Tatwaffen, Mordwerkzeuge, Abschiedsbriefe, präparierte Knochenfunde und eine Sammlung entsetzlicher Tatortfotos gehörten dazu. Er überließ Kessel die Schlüssel, ohne Fragen zu stellen.

»Alles an seinem Platz lassen, ja?«, sagte er.

Kessel nickte ernst. In einem der hinteren Zimmer war eine mit schwarzem Leder bespannte Liege aufgestellt, die bei einem sadomasochistischen Ritualmord als eine Art Streckbett gedient hatte. Obwohl sie selbstverständlich porentief gereinigt war, bot sie in dem ansonsten kahlen Raum immer noch einen derart deprimierenden Anblick, dass sich niemand freiwillig dorthin begab. Hinter der Liege deponierte Kessel eine Wodkaflasche und trank den Nachmittag über einige Schlucke daraus. Sein eiserner Vorrat an Heroin war nahezu vollständig aufgebraucht. Er war in den vergangenen Tagen sehr sparsam damit umgegangen, weil er wusste, dass er sich keine Fehler mehr erlauben durfte, aber die Sehnsucht danach, sich endlich wieder einmal komplett abzuschießen, wuchs in beängstigender Weise. Nur war ihm nicht klar, wie er an neuen Stoff kommen sollte. Immer wieder erwog er, einfach alles auf eine Karte zu setzen und zu Gani zu gehen, ihm zu beichten, dass man ihn bestohlen hatte. Vielleicht würde er ihm noch eine letzte Chance geben. Aber noch behielt die Vernunft in ihm die Oberhand. Er wusste, dass dieser Besuch schlicht Selbstmord wäre.

»Ks, ks!«

Als er später versuchte, sich daran zu erinnern, wann er diesen Laut zum ersten Mal gehört hatte, war er sich sicher, dass es schon kurz nach dem Verlassen des Polizeipräsidiums, so gegen halb sechs, gewesen war. Kessel hatte seine Wohnung verlassen und sich ein Zimmer in der *Pension Zuhaus'* in der Schwanthalerstraße genommen. Er lief vom Präsidium aus zu Fuß dorthin, was knappe zwanzig Minuten dauerte. So würde er schneller bemerken, falls er verfolgt wurde.

»Ks, ks!«

Wieder dieses Geräusch. Er lief zwischen Hunderten von Leuten an Kinos, Takeaways, Pornoshops, Klubs, Bars, Vierundzwanzigstunden-Elektro-, Klamotten- und Modeschmuckläden vorbei. Dieses »Ks, ks!« konnte von überall herkommen. Die *Pension Zuhaus'* füllte eine Marktlücke als inoffizielles Stundenhotel und Notquartier für Touristen und Leute wie ihn, die kein anständiges Hotelzimmer mehr bekommen hatten oder eine Weile keine bekannte Adresse haben wollten. Die Rezeption bestand aus einem winzigen kugelsicheren Fenster, durch das einem eine Männerhand den Schlüssel reichte, nachdem man das Geld für die Nacht in bar gezahlt hatte.

Kessel hatte sein Zimmer für eine Woche gemietet, länger im Voraus bekam man keines. Als er die Tür aufschließen wollte, hörte er im Flur wieder das »Ks, ks!«. Kessel drehte sich um, und im selben Moment stand ein Mann vor ihm. Er trug eine Sonnenbrille, kurz geschorene Haare, einen glänzenden roten Trainingsanzug und starrte Kessel an, als wollte er ihn verprügeln. Kessel wusste, dass er keine Chance gegen diesen Typen haben würde, aber er ließ den Schlüssel los und ging in Kampfstellung. Es war ein Arab, einer von Ganis Leuten oder einer von denen, die Joey verprügelt hatten. Offensichtlich war es nicht schwer gewesen, ihn zu finden.

Aber der Typ streckte ihm einfach die Hand hin und sagte: »Ich heiße Hassan. Mein Onkel will mit Ihnen reden.«

Kessel nahm die Hand nicht. »Wer sind Sie?«

»Hassan. Mein Onkel will mit Ihnen reden.«

»Wer ist dein Onkel?«

»Er will mit Ihnen reden. Kommen Sie mit mir mit, bitte.«

Er hielt ihm die Hand jetzt beinahe unter die Nase. Kessel blieb gar nichts anderes übrig, als auf Hassans Vorschlag einzugehen. Kessel trug seine Waffe im Schulterhalfter, er war also nicht wehrlos. Aber er würde sich bald, sehr bald einen Schuss setzen müssen, er fühlte bereits dieses Kribbeln im Körper, von dem es zu ernsteren Entzugserscheinungen nicht mehr weit war.

Kessel hob die Hände, als ergebe er sich, und sagte: »Schön, ich werde mitkommen.« Auf einen Händedruck verzichtete er.

»Sie gehen voraus«, sagte Kessel.

Hassan nickte und wandte sich zum Gehen um. Er drehte Kessel den Rücken zu und schien sich seiner Sache sehr sicher zu sein. Kessel hatte ja auch tatsächlich keinen Grund, ihn anzugreifen, auch wenn er ihn gerne losgeworden wäre.

Hassan führte ihn ein paar Straßen weiter zu einem mit Lebensmitteln und Küchenartikeln vollgestopften kleinen Laden, über dem ein Schild mit der Aufschrift *Süleyman Süpermarketler* hing.

Die Ladentür stand offen, sie gingen hinein, blieben im Eingang stehen, und Hassan rief etwas auf Arabisch, erhielt aber keine Antwort. Sie warteten. Kessel sah Hassan fragend an. Hassan schloss die Augen und schob die Unterlippe dabei vor. Er schien zuversichtlich zu sein. Sie standen noch ein paar Minuten herum, bevor ein kleiner, etwas übergewichtiger Mann in Kessels Alter zwischen den Regalen hervorkam. Er begrüßte ihn mit orientalischer Freundlichkeit, fast überschwänglich, als wäre

Kessels Besuch eine besondere Ehre für den Hausherrn. Er bellte Hassan auf Arabisch an. Dann bat er Kessel, ihm zu folgen.

»Es ist schön, dass Sie meiner Einladung gefolgt sind. Wir wollen Tee trinken. Sie trinken Tee? Oder wollen Sie lieber eine Tasse Kaffee? Die Deutschen trinken immer gerne Kaffee. Es ist gut, dass Sie gekommen sind. Ich habe Hassan gesagt, er muss sich Ihnen respektvoll nähern. Sie sind ein würdiger Mann. Ein deutscher Polizist. Jemand, der es gewohnt ist, Befehle zu geben, nicht zu gehorchen.«

Während er redete, bot er Kessel einen winzigen Stuhl an einem ebenso winzigen Tisch an und goss aus einem Samowar zwei Gläser Tee ein.

»Sie nehmen Zucker? Ja?«

Bevor Kessel ablehnen konnte, hatte er schon einen der Zuckerwürfel im Glas, den der Gastgeber mit einer kleinen Zange von einem Unterteller in der Mitte des Tisches nahm. Er schob Kessel sein Glas hin, der nickte lächelnd, er wollte nicht unhöflich sein. Kessel saß mit dem Rücken zum Laden. Er wäre gerne einfach wieder gegangen, aber Hassan hätte das wohl verhindert.

»Bitte entschuldigen Sie meine schlechten Manieren, ich habe mich Ihnen noch gar nicht vorgestellt. Mein Name ist Abdullah Habib, aber alle Welt nennt mich Bobby. Nicht der Name, den ich mir ausgesucht hätte, Bobby, meine ich, aber ich habe viele Jahre in den USA gelebt, und die Amerikaner haben die Angewohnheit, alles, was sie nicht verstehen, zu vereinfachen. Aber was erzähle ich Ihnen da.«

Kessel erinnerte sich sofort daran, wie ihm Diller vorgelesen hatte, dass jemand mit diesem Namen die Quittung für die Mietkaution der Wohnung in der Geroltstraße unterschrieben hatte.

Bobby Habib sah über Kessel hinweg und rief nach Hassan. Als dieser antwortete, sagte Habib etwas auf Arabisch, was wie eine Bitte klang. Dann wandte er sich wieder an Kessel.

»Einen Moment«, sagte er.

Kessel wusste nicht, was einen Moment dauern würde, bis Hassan hinter ihm auftauchte und ihm mit zwei flinken Griffen die Pistole aus dem Schulterhalfter abnahm.

»Hassan! Sei nicht grob mit unserem Besuch!«, herrschte Bobby Habib ihn an. »Sie müssen entschuldigen, Herr Kessel, Hassan ist ein hilfsbereiter und ehrlicher Mensch, aber seine Umgangsformen sind eine Katastrophe. Er ist mein Neffe, seine Eltern sind ums Leben gekommen, ich habe ihn bei mir aufgenommen, bitte entschuldigen Sie.«

»Schon gut. Kann ich jetzt meine Waffe wiederbekommen? Es wird Zeit, dass ich gehe.«

Wie immer diese Leute dazu gekommen waren, ihn hierher zu lotsen, er hatte nicht das geringste Bedürfnis, sich noch mehr Ärger aufzuhalsen.

»Selbstverständlich, Herr Kessel, wir wissen, dass die Zeit eines Polizeioffiziers, wie Sie einer sind, sehr knapp bemessen ist. Es ist auch nicht reine Gastfreundschaft, die mich zu dieser Einladung veranlasst hat. Ich muss zugeben, ich hatte einen nicht ganz uneigennützigen Hintergedanken dabei.«

»Also gut, kommen Sie zum Punkt!«, sagte Kessel.

Bobby Habib lachte, als sei das eine treffende Bemerkung gewesen, der er beipflichtete.

»Zum Punkt, ja, zum Punkt. Der Punkt ist, dass Sie

in ziemlich großen Schwierigkeiten stecken, Herr Kessel. Und damit wir uns recht verstehen: Ich habe nicht die geringste Absicht, Ihnen das Leben noch schwerer zu machen, als es ohnehin schon ist, umstellt von all diesen Verbrechern, diesen ... *Arabs.*«

Kessel wusste nicht, ob Bobby Habib sich über ihn lustig machte.

»Jeder Mensch hat seine Schwächen. Bei mir zum Beispiel ist es der Tee. Ich trinke viel zu viel davon. Und erst mit diesem Zucker dazu. Es ist ein besonderer Zucker. Man könnte sagen: aus meiner Heimat. Er hat sich schon fast ganz aufgelöst. Sie müssen umrühren! Rühren Sie kurz um, und dann trinken Sie!«

Eher widerwillig nahm Kessel das Gläschen zwischen Daumen und Zeigefinger und schlürfte einen kleinen Schluck. Es schmeckte ganz normal. Gezuckerter schwarzer Tee, nichts weiter.

»Trinken Sie, trinken Sie!«, insistierte Bobby Habib.

Kessel trank aus, es waren ohnehin nur wenige Schlucke, und stellte das Glas ab.

»Sie möchten noch eines?«

»Nein, danke, wirklich nicht.«

Bobby Habib setzte ein verschmitztes Lächeln auf. »Auch nicht, wenn ich Ihnen sage, dass das Zuckerstückchen mit Heroin beträufelt war? Sie lieben doch Heroin, nicht wahr?«

Bobby Habib tat so, als habe ihm Kessel widersprochen.

»So bin ich informiert worden!«, sagte er mit gespielter Entrüstung. »Das ist es, was man mir gesagt hat. Der respektable Polizeioffizier hat ein ›Drogenproblem‹, so hieß es. Er ist in Schwierigkeiten, in unübersichtliche

Geschäfte verstrickt. Er hat versucht, über einen alten Freund Heroin zu verkaufen, aber dieser alte Freund war unfähig und machte alles nur noch schlimmer. Und jetzt, so hieß es, kann der Polizeioffizier Kessel nicht einmal mehr in seiner eigenen Wohnung bleiben. Zu viele Leute sind hinter ihm her. Die Leute, die seinen alten Freund verprügelt haben, werden womöglich versuchen, ihn zu erpressen. Und dann ist da noch Gani. Ein talentierter Junge, der weiß, wie man Geschäfte macht. Nicht, dass ich ihn kennen würde, aber ich habe von ihm gehört. Gani ist sicher niemand, der sich an der Nase herumführen lässt. O nein, ganz sicher nicht.«

Bobby Habib verstummte. Er betrachtete das Teeglas vor sich, dann sah er Kessel an, um zu prüfen, welchen Eindruck seine Worte machten.

Kessel fragte sich, ob tatsächlich Heroin auf dem Zuckerstückchen war. Er spürte jedenfalls nichts, aber die Aussicht, bei Bobby Habib an Stoff kommen zu können, trübte seinen Sinn für Gefahr.

»Ich weiß nicht, woher Sie diese Geschichten haben, aber ich kann Ihnen versichern, dass ich zurechtkomme.«

Bobby Habib hob die Hände. »Oh, das bezweifle ich nicht! Ich habe nur gehört, dass Gani sehr wütend ist und auf sein Geld wartet. Er hat so große Hoffnungen in Sie gesetzt! Jeder Tag, der ohne Nachricht von Ihnen verstreicht, muss ihn wütender machen. Er wird das nicht auf sich beruhen lassen, glauben Sie mir.«

»Sie arbeiten für Gani, stimmt's? Sie sollen mir drohen.«

»Ich? Ich bitte Sie! Gani ist ein junger Mann. Ich arbeite nicht für ihn. Ich verfolge meine eigenen Geschäfte.«

Wieder wandte er sich an Hassan, und diesmal klang es nach einem Befehl. Hassan ging in ein Zimmer hinter der Küche und schien etwas zu suchen. Schließlich kam er mit einer arabisch bedruckten kleinen Plastiktüte zurück und legte sie vor Bobby Habib auf den Küchentisch.

»In dieser Tüte sind fünftausend Euro und eine kleine Aufmerksamkeit für Sie.«

»Und die geben Sie mir nun einfach so, damit ich die Probleme, von denen Sie gehört haben, lösen kann.«

»Genau das habe ich vor, ja.«

»Und was, wenn ich Nein sage?«

»Sie sind süchtig, und Sie brauchen dringend Geld, weil Sie sonst fertiggemacht werden. Sie werden nicht Nein sagen.«

»Es ist halb so viel Geld, wie ich brauche, um Gani zufriedenzustellen.«

»Sagen Sie Gani, er wird so viel Geld bekommen, wie er haben will. Erzählen Sie ihm, dass Sie einen neuen Vertriebsweg gefunden haben. Er soll Ihnen noch eine Chance geben. Und so viel Heroin, wie er über Sie verkaufen will. Zu dem Preis, den er Ihnen genannt hat, nehme ich ihm alles ab, was er liefern kann.«

Kessel nickte bedächtig, so als ließe er sich das Angebot durch den Kopf gehen.

»Und was, wenn er mir als Antwort eine Kugel in den Kopf jagt?«, fragte er schließlich.

»Dann haben Sie Pech gehabt.«

Bobby Habib schob die Plastiktüte in die Mitte des Tisches und lehnte sich zurück.

»Das ist alles, was ich Ihnen anbieten kann. Wenn Sie es nicht wollen, bitte. Gehen Sie! Hassan wird Sie zur Tür begleiten.«

Kessel betrachtete die Tüte. Er hatte nicht das Gefühl, eine Entscheidung treffen zu müssen. Sich in der *Pension Zuhaus'* zu verstecken, bis Gani und seine Leute ihn dort abholten, war keine Option. Es gab keine andere außer der, zu tun, was Bobby Habib, sein neuer Chef, den er seit einer halben Stunde kannte, von ihm verlangte.

»Ich will in meine Wohnung zurück. Wäre das möglich?«

Bobby Habib nickte.

»Hassan wird jemanden mit Ihrem Schutz beauftragen. Schlafen Sie sich aus, bereiten Sie sich in Ruhe vor, und gehen Sie zu Gani, um ihm mein Geschäft vorzuschlagen.«

»Ich will nicht mehr in die Pension zurück. Kann Hassan meine Sachen dort holen und mir in die Wohnung bringen?«

»Kein Problem.«

Kessel griff nach der Tüte.

Über Bobby Habibs Gesicht ging ein Strahlen. Er reichte Kessel die Hand und sagte: »Zwei Ehrenmänner!«

Er gab Hassan den Zimmerschlüssel der Pension. Hassan brachte ihn zur Tür und verabschiedete ihn wie einen besonders guten Kunden des *Süpermarketler*. Kessel machte sich zu Fuß zu seiner Wohnung auf. Als er an einem Zeitungskasten vorbeikam, sah er die Fotos von Salem Yusuf und Idris Maher. »Ist das derselbe Mann?«, lautete die Überschrift. Kessel wusste, dass er Diller unbedingt davon berichten musste, einem Mann namens Abdullah Habib begegnet zu sein. Aber wie sollte er das tun, ohne zu verraten, in welche Lage er sich dabei gebracht hatte? Er nahm sich vor, nach einer Lösung des Problems zu suchen. Doch im Augenblick erregte ihn die Aussicht auf einen perfekten Schuss zu sehr. Und Diller hatte selbst gelesen, wie häufig der Name war. Er rief auch nicht jedes Mal an, wenn er einem Hans Müller oder Peter Meier begegnete.

Als Kessel zu Hause ankam, wartete Hassan bereits auf ihn und überreichte ihm die Sporttasche mit seinen Sachen. Als er endlich allein war, verriegelte er die Wohnungstür, leerte die Plastiktüte auf dem Couchtisch aus und freute sich darüber, dass ihn Bobby Habib mit einem vollen Röhrchen Heroin bedacht hatte. Er wusste, es war bescheuert, aber er dachte tatsächlich den Satz: So machen Geschäfte Spaß. Er kochte sich einen Schuss auf, und das war's für diesen Tag.

Als Diller von der Arbeit nach Hause kam, hatte er fest vor, alle Fehler, die er am Vorabend begangen hatte, wiedergutzumachen. Maren und Luis schienen ihm Gelegenheit dazu geben zu wollen. Luis wartete mit dem Tischtennisschläger in der Hand, als er zur Haustür hereinkam, und Maren signalisierte ihm lächelnd, dass ihr Gespräch Zeit habe bis nachts, wenn Luis im Bett wäre.

Sie klappten die Tischtennisplatte aus, und Luis legte auf einer kleinen Boombox Neunzigerjahre-Hip-Hop auf. Es wurde Diller hoch angerechnet, dass er sich damit ein wenig auskannte. Sie spielten nicht um Punkte, denn es ging darum, das Vertrauen wiederzufinden, das für ein Gespräch nötig war. Nachdem sie eine Weile darüber geredet hatten, wie beschissen es sei, dass selbst die besten Rapper heute läppische Popsongs ablieferten, nur um in die Charts zu kommen, wobei Diller zu bedenken gab, dass auch Rapper Rechnungen bezahlen müssen, näherten sie sich dem Schulthema.

Von Beginn des Schuljahrs an waren Luis' Noten schlecht gewesen, und sie wurden immer schlechter. Maren und Diller beknieten und beschimpften ihren Sohn, er solle sich endlich anstrengen, denn sie waren stolz darauf, dass er auf diese Schule ging. Es war eine Garantie für soziale Sicherheit, also wollten sie, dass Luis alles tat, um diese Sicherheit zu behalten. Doch ihn beschäftigten ganz andere Dinge.

Sein neuer Freund, Marc, war in die Klasse gekommen, um das Schuljahr zu wiederholen. Er war fünfzehn und damit zweieinhalb Jahre älter als Luis. Schusswaffen und Computerspiele ab achtzehn waren die Dinge, die ihn neben Theaterspielen am meisten interessierten. Nach allem, was Luis über ihn erzählte, war Marc ein eigensinniger, aufmüpfiger Junge, der gegen Lehrer rebellierte, die auf ihrer Autorität um ihrer selbst willen beharrten. Für Diller klang das ganz und gar nicht unsympathisch, anders als Maren hatte er auch mit der Begeisterung für Waffen und Computerspiele keine Probleme, und doch machte er sich Sorgen um Luis, dessen Faszination für Marc ihm unkritisch, beinahe hilflos vorkam. Immer wieder neue Geschichten von Marc erzählte Luis. Wie er sich gegen Ungerechtigkeiten von Lehrern zur Wehr setzte. Wie er dabei höflich und unbeeindruckt seine Argumente vorbrachte. Wie das bei manchen Lehrern Wutausbrüche auslöste. Wie er sie mit seinem Spezialwissen über automatische und halbautomatische Waffen alarmierte.

Und da war der Theater spielende Marc, der Junge, der ohne Unterstützung der offiziellen Theatergruppe zusammen mit einer Handvoll Getreuen ein Stück von Peter Weiss auf die Bühne brachte, die Hauptrolle darin spielte und von den Schülern dafür gefeiert wurde.

Diller wollte wissen, ob sich an der schwierigen Rolle, die Marc wohl spielte, seit seinem Erfolg etwas geändert habe. Die Lehrer mussten doch seiner Leistung Anerkennung zollen.

Luis war sichtlich froh, dass Diller ihn das gefragt hatte.

»Anerkennung? Heute hat ihn Frau Grünberger sogar vor allen anderen einen ›Trottel‹ genannt.«

Das klang Diller zu drastisch, als dass er es glauben konnte. »Wer ist Frau Grünberger?«

»Unsere Englischlehrerin.«

Frau Grünberger war nicht nur die Englischlehrerin, sondern auch die Leiterin der offiziellen Theatergruppe der Schule.

»Erinnerst du dich an die Frau, die die langweilige Einführungsrede vor dem Stück gehalten hat? Die ist das.«

Diller runzelte die Stirn.

»Es war ihr zu laut in der Klasse«, sagte Luis.

»Waren alle laut?«

»Ja.«

»Du auch?«

»Ja, ich auch. Und Marc. Aber nicht mehr als die anderen. Trotzdem pickte sie sich ihn raus. Sie hat ihn angeschrien: ›Bei deinen Noten kannst du dir das nicht erlauben!‹ Dabei ist Marc in Englisch nicht schlechter als die anderen.«

»Und was hat er dann getan?«

»Gar nichts. Es war mit einem Schlag ruhig in der Klasse. Keiner traute sich was zu sagen, weil die Grünberger eine tickende Zeitbombe ist. Man muss sie einfach machen lassen und abwarten, bis die Stunde vorbei ist.«

Diller bewertete im Stillen dieses Verhalten als klug.

Klüger jedenfalls, als offen gegen die ohnehin schon aus der Fassung geratene Lehrerin zu rebellieren.

Sie spielten einen entspannten, lange andauernden Ballwechsel, der nicht so viel Aufmerksamkeit erforderte, um sich währenddessen nicht unterhalten zu können. Dennoch erwartete Luis, dass sein Vater ausdrücklich nach jeder Fortsetzung der Geschichte verlangte.

»Und was ist dann passiert?«

»Sie hat mit dem Unterricht weitergemacht und Marc gefragt, was ›wardrobe‹ heißt.«

»Die Antwort hat er gewusst, stimmt's?«

»Garderobe, hat er gesagt, und sie hat gefragt: ›Was für eine Garderobe?‹, und er so: ›Die Garderobe, in der sich die Schauspieler vorbereiten‹, und sie: ›Das ist falsch!‹, und er: ›Nein, so steht es im Lösungsbuch!‹, und sie wieder: ›Das interessiert mich nicht, welche Garderobe gibt es denn noch?‹ Sie meinte die für das Publikum, aber Marc wollte das nicht sagen, weil er die richtige Antwort schon gegeben hatte, und als sie merkte, dass er es nicht sagen wollte, hat sie ihn einen Trottel genannt.«

»Einen Trottel?«

Diller war überrascht, dass sie sich wegen so einer Lapalie zu so etwas hatte hinreißen lassen.

»Ja, und dann wurde es wieder ganz still, und alle haben sie gehasst, das hat sie gemerkt, und gleich nach dem Unterricht, als sie sich so schnell wie möglich aus dem Klassenzimmer davonmachen wollte, hat Marc sich ihr in den Weg gestellt und eine Entschuldigung von ihr verlangt. Er war ganz ruhig und hat gesagt: ›Ich möchte, dass Sie sich bei mir dafür entschuldigen, dass Sie mich Trottel genannt haben.‹ Und dann blieb ihr nichts anderes mehr übrig, als sich wirklich zu entschuldigen.«

In Luis' Gesicht stand wilder Triumph, und jetzt wollte er hören, was sein Vater dazu sagte, auf welche Seite er sich schlug. Diller nahm an, Frau Grünberger hätte eine ganz andere Geschichte zu erzählen gehabt. Aber wie konnte er jetzt nicht Luis recht geben? Und er bestärkte ihn darin, sich nicht alles gefallen zu lassen, was immer auch vorausgegangen war, die Beleidigung, die Frau Grünberger ausgesprochen hatte, setzte sie ins Unrecht.

»Aber warum war sie überhaupt so geladen? Irgendwie musstet ihr sie doch so gereizt haben, dass sie aus der Rolle gefallen ist?« Luis hatte sich die Antwort auf diese Frage für den Schluss aufgespart. Frau Grünbergers Problem hatte offenbar darin bestanden, dass ihre mit der offiziellen Theatergruppe einstudierten Sketche beim Publikum nicht ankamen. »Ihr eigenes Stück war ein Reinfall, und Marcs Stück war ein Triumph; dass sie ihn als ›Trottel‹ beschimpfte, war bloß Rache.« Obwohl Diller es noch lieber gesehen hätte, sein Sohn würde für keine Seite Partei ergreifen, sondern einfach zusehen, dass er in der Schule weiterkam, riet er ihm doch, zu seinem Freund zu stehen. Und das, obwohl er diesen Freund gar nicht kannte und zugeben musste, dass er mit seiner Begeisterung für Waffen, Jagd und Ballerspiele den Alarm sämtlicher elterlicher Frühwarnsysteme auslöste.

Als Luis längst schlief, saßen sich Diller und Maren auf ihrem Ehebett in T-Shirts und Shorts gegenüber, und er erzählte ihr von seinem Besuch bei der Staatsanwältin Osmanoglu. Anders als am Telefon bemühte er sich jetzt, einen zwar wachsamen, aber auch gefassten Eindruck zu machen. Maren, die er in den vergangenen Tagen im Dunkeln darüber gelassen hatte, was er tat, war zum

Scherzen aufgelegt, und schien ihm seine Gelassenheit abzunehmen. Sie wollte wissen, ob die Staatsanwältin gut aussah, und Diller bejahte.

»Und ist sie jünger als ich?«

»Viel jünger!«, sagte Diller und grinste.

»Und sie steht auf dich, oder?« Sie meinte es nicht wirklich ernst, aber doch ernst genug, um eine Antwort zu erwarten.

»Darüber habe ich mir, ehrlich gesagt, noch keine Gedanken gemacht. Ich würde sagen, das liegt jenseits jeder Wahrscheinlichkeit.«

»Wieso? Hast du dich so schlecht benommen?«

»Ganz und gar nicht. Ich beantworte ihr alle Fragen, die sie mir stellt. Und jetzt hat sie angefangen, in Erichs Vergangenheit herumzukramen. In meiner Vergangenheit. In unserer Vergangenheit. Sie hat sich die Ermittlungsakte gegen Richard gezogen und weiß von unserer Geschichte.«

Maren zuckte die Achseln. »Was ist daran so schlimm? Das ist abgeschlossen.«

»Ja, das ist es. Aber sie versucht, Erich einen Strick zu drehen. Sie versucht, ihn als unzuverlässiges Drogenwrack hinzustellen.«

Maren nickte nachdenklich. »Damit würde sie ja nicht so falsch liegen vermutlich, oder?«

»Nein, würde sie nicht.« Diller sprach nicht weiter.

Maren wurde ernst und sah ihn an. »Warum sind sie hinter dir her, Markus?«

Er nahm ihre Hände. »Sie will einen Sündenbock finden für die Krawalle im Westend. Sie glaubt, dass sie als Alibi-Ermittlerin eingesetzt wurde, mit deren türkischem Namen man die Leute dort für dumm verkaufen kann.

Deshalb will sie ein echtes Ergebnis liefern. Erich und ich sind die einzigen verdeckten Ermittler gewesen, die an diesem Abend nicht aufgeflogen sind, deshalb versucht sie uns etwas anzuhängen.«

»Und tut sie das zu Recht?«

Diller schüttelte den Kopf. »Nein, tut sie nicht.«

Er schaffte es nicht, es ihr zu sagen. Es gab gute und schlechte Gründe dafür, aber die schlechten überwogen. In der langen Zeit, die sie zusammen waren, war dies das erste Mal, dass er Maren in einer so wichtigen Sache, die auch sie betraf, nicht die Wahrheit sagte, oder zumindest den wesentlichen Teil davon verschwieg. Sie wusste nicht, was es war, aber sie spürte, dass irgendetwas nicht stimmte, und zog sich von ihm zurück. Es kam ihm vor, als verlöre er durch eigene Schuld den letzten Menschen, der ihm vorbehaltlos vertraute. Aber wenn er ihr sagte, was wirklich geschehen war, würde sie von ihm verlangen, sich zu stellen, und das konnte er nicht. Nicht, solange er einen anderen Ausweg zu finden hoffte, und genau diese Hoffnung hatte er. Er wusste, Maren hätte sie nicht mit ihm geteilt.

Samstag, 26. Januar

Kessel hatte drei Tage lang gewartet, bis der letzte Rest seines Drogenvorrats aufgebraucht war, nun wartete er den Sonnenuntergang ab, um mit der U-Bahn ins Westend zu fahren. Er lief scheinbar ziellos in den Straßen herum, bis er zu dem Asphaltplatz kam, an dem er Gani zum ersten Mal begegnet war. Kessel hatte gehofft, ihn hier zu treffen, aber natürlich war er nicht da. Er drehte noch eine Runde und kam auch an der Wohnung vorbei, die sie beschattet hatten. Er hätte im Präsidium versuchen können herauszubekommen, wo Gani wohnte. Sicher hatte er eine Meldeadresse und höchstwahrscheinlich auch ein Vorstrafenregister, aber mit einer Recherche unter seinem Passwort hätte Kessel eine sichtbare Verbindung zwischen sich und Gani geschaffen, und genau das wollte er unter allen Umständen vermeiden.

Als er vor einem Stehausschank stehen blieb und überlegte, ob er einen Schnaps gegen die Kälte trinken sollte, hörte er hinter sich »ks, ks!«. Er drehte sich um und sah einige Meter entfernt einen jungen Mann mit einer Art Irokesenfrisur. »Ks!«

»Was willst du?«, fragte Kessel.

»Suchst du?«, fragte der Junge.

Kessel nickte. Mal sehen, was geschehen würde.

Der Junge deutete mit einer Kopfbewegung an, dass er ihm folgen solle. Kessel sah sich um und ging in einigem Abstand hinter ihm her. An der Einfahrt zu einem besonders heruntergekommenen Hinterhof blieb der Junge stehen, drehte sich um und machte zu Kessel hin ein weiteres Mal seine Kopfbewegung. Kessel ging langsamer. Er fürchtete, dass ihn jede Sekunde ein Schlag auf den Kopf treffen könnte. Als er um die Ecke bog, zog jemand seine Hände auf den Rücken, routiniert, ohne große Gewalt, während ein anderer ihn nach Waffen absuchte. Kessel ließ es ohne jeden Widerstand geschehen, er hatte seine Dienstpistole gar nicht erst mitgenommen. Die Hände fanden ein Briefkuvert in seiner Brusttasche, Bobby Habibs fünftausend Euro, sie zogen es heraus und steckten es nicht wieder zurück. Kessel hoffte inständig, dass er hier an der richtigen Adresse war. Dies alles ging schweigend vor sich, ohne ein Wort. Er wurde tiefer in den Hinterhof geführt, eine Kellertreppe hinunter und in einen spärlich beleuchteten Raum, der bis auf ein paar Sperrmüllmöbel leer war. Es war kälter als draußen und roch nach Seife oder Waschmittel.

Gani saß auf einem halb verrosteten Gartenstuhl in der Nähe der Glühbirne, die von der Decke hing. Kessel empfand beinahe so etwas wie Erleichterung, als er ihn sah. Er war aufgeregt, versuchte aber, es zu verbergen. Gani nickte ihm zu. Es war weniger ein Gruß, als eine Aufforderung zu sprechen.

»Ich nehme an, du bist ziemlich wütend auf mich.«

»Ich? Wütend? Auf dich? Wie kommst du auf die Idee?« Ein metallischer Blick traf Kessel.

»Ich habe versucht, die Sachen zu verkaufen.«

»Davon habe ich gehört, ja. Unten am Fluss. Muss ein ziemlicher Idiot gewesen sein, den du da losgeschickt hast.«

»Wenn ich es gewusst hätte, hätte ich mich anders entschieden. Ich kann den Stoff schließlich nicht selber verkaufen.«

Gani nickte bedächtig, so als sei das ein Aspekt, den er vielleicht bisher zu wenig berücksichtigt habe.

»Aber ich war nicht ganz ohne Erfolg.«

Gani reckte das Kinn. Es war eine stumme Frage an die Typen hinter Kessel, die ihn hereingebracht hatten. Einer von ihnen trat vor und überreichte Gani das Kuvert. Gani machte es auf, nahm das Bündel Geldscheine heraus und zählte es. Es waren fünfzig Hunderteuroscheine.

»Die Hälfte fehlt«, sagte Gani, als überraschte ihn das.

»Das meiste Zeug wurde meinem Kumpel abgenommen, als er versucht hat, es an der Isar unter die Leute zu bringen.«

Gani lächelte.

Kessel fühlte sich nicht gut, gleich würde er weiche Knie bekommen. »Du kriegst dein Geld. Auch alles, was noch fehlt. Ich habe einen neuen Vertriebsweg gefunden. Ich zahle dir alles zurück. Ich verzichte auch so lange auf meinen Anteil. Ich ...«

Gani unterbrach ihn mit dem bösartigsten Lachen, das er je gehört hatte. Dann brüllte er Kessel an: »Du verzichtest auch so lange auf deinen Anteil, ja? Ich gebe dir Stoff für zwanzigtausend Euro, du lässt ihn dir einfach so abnehmen, und dann kommst du zu mir, und ich gebe dir *mehr* Stoff? Ich könnte meine Jungs die Scheiße aus dir rausprügeln lassen, und ich hätte *so* große Lust dazu. Amir liegt immer noch im Krankenhaus. Seine Eltern sind verzweifelt. Und ich stehe hier und *rede* mit dir, anstatt dich fertigzumachen.«

Kessel erinnerte sich an seine Unterhaltung mit Bobby Habib. Und was, wenn er mir als Antwort eine Kugel in den Kopf jagt? Dann haben sie Pech gehabt.

Gani steckte die Geldscheine zurück in den Umschlag und warf sie dem Mann neben Kessel zu. Er stand auf, stellte sich ganz nah zu Kessel hin, packte ihn mit beiden Fäusten am Kragen. Er sprach gepresst: »Du kriegst noch mehr Stoff von mir. Noch mehr. Noch einmal. Zum letzten Mal. Sieh zu, dass er dir nicht wieder geklaut wird. Oder nimmst du das alles selbst?« Er schubste Kessel weg von sich und machte gestikulierend jemanden nach, der sich eine Spritze nach der anderen in den Arm jagt.

»In einer Woche bringst du mir fünfzehntausend. Verstanden, Mann?«

Wenn Bobby Habib es ihm nicht abnahm, war es, zumindest für ihn, völlig ausgeschlossen, in einer Woche jemanden zu finden, der ihm so viel Geld dafür bezahlte. Aber es war vermutlich nicht ratsam, das in diesem Augenblick zu thematisieren.

»Okay, wo finde ich dich? Hier?«, sagte Kessel.

»Sieh zu, dass du mich findest, sonst finde ich dich.«

Die Männer, die ihn hereingebracht hatten, führten ihn auch wieder hinaus und stopften ihm dabei eine braune Papiertüte in die Tasche. Es waren etliche Röhrchen Heroin darin, wie er später feststellte.

Sein Leben lag nun in den Händen eines Arab, der ihm in der Küche hinter dem *Süleyman Süpermarketler* fünftausend Euro zugeschoben hatte.

Montag, 28. Januar

Schon Stunden vor Beginn des Termins hatte sich auf dem Platz vor dem Haupteingang des Strafjustizzentrums eine beachtliche Anzahl von Journalisten versammelt. Am Straßenrand parkten mehrere Ü-Wagen, Kamerateams suchten sich strategisch gute Plätze, junge Männer mit Zigaretten in den Mundwinkeln bauten Scheinwerfer, Kunststofftischchen, Bildhintergründe und Senderlogos auf, während ihre Zeitungskollegen bereits die von Justiz und Polizei vorgestellten Ansprechpartner über den bevorstehenden Haftprüfungstermin von Salem Yusuf befragten.

Seit dessen Verhaftung hatten sich wenig neue Fakten ergeben, die an die Öffentlichkeit weitergegeben werden durften. Die offiziellen Statements bestanden deshalb im Wesentlichen aus der variantenreich formulierten Bitte um Verständnis, dass mit Rücksicht auf die laufenden Ermittlungen nicht mehr gesagt werden könne. Immer wieder kam man auf die erschreckenden Details der Biografie von Idris Maher zurück und auf die Frage, ob er wirklich eine andere Identität angenommen habe. Auch wenn man einer Antwort dadurch nicht näher kam, luden die Spekulationen doch dazu ein, sämtliche aufregenden Aspekte des Falles ein ums andere Mal zu wiederholen.

Der unbestreitbare Höhepunkt des Vormittags bestand im Gefangenentransport Salem Yusufs. Aus der etwa zehn Kilometer entfernt liegenden Justizvollzugsanstalt Stadelheim wurde Salem Yusuf nicht in einem eskortierten Panzerwagen zum Strafjustizzentrum gebracht, sondern in einem schweren olivgrünen Hubschrauber des Bundesgrenzschutzes, der bei seiner Landung auf dem Dach des Justizgebäudes zweifellos die besseren Bilder lieferte. Der Gefangene stieg aus dem Hubschrauber, die Handgelenke in Plastikfesseln, gekleidet in einen Overall, dessen Farbe von den Berichterstattern mit einer gewissen Ehrfurcht als »Guantanamo-Orange« beschrieben wurde. Zwei Beamte ganz in Schwarz, behelmt, in karbongepanzerten Uniformen, führten Salem Yusuf, dessen Fußfesseln ihm nur Trippelschritte erlaubten, in den Gerichtssaal.

Markus Diller stieg zur gleichen Zeit in der Tiefgarage des Gebäudes aus einem gewöhnlichen Streifenwagen. Er war von der Staatsanwaltschaft zu diesem Termin hinzugebeten worden, um nötigenfalls Auskünfte über den Stand der Ermittlungen geben zu können. Die Sitzung selbst musste unter Ausschluss der Öffentlichkeit stattfinden, die Presse erhielt aber Gelegenheit, vor Beginn einen Blick in den Saal zu werfen. Dann räumten einige uniformierte Justizangestellte den Saal, und es kehrte dort eine beinahe vertrauliche Stille ein, an die sich der Ermittlungsrichter, die Vertreterin der Staatsanwaltschaft, der Verteidiger und der Angeklagte einen Augenblick lang gewöhnen mussten. Salem Yusufs Bewacher nahmen ihre Helme ab und setzten sich auf die Bank hinter ihm. Markus Diller setzte sich in die erste Reihe der ansonsten leeren Zuschauerbänke. Er war ziemlich überrascht, dass die Staatsanwaltschaft ausgerechnet Didem Osmanoglu als Sitzungsvertreterin entsandt hatte. Offenbar lag ihr einiges daran, überall ihre Finger im Spiel zu haben. Der Haftrichter war ein rundlicher, bärtiger Mann um die vierzig mit wachen Augen hinter einer randlosen Brille. Diller kannte ihn nicht, er war einer jener Justizvertreter, die sich um einen unaufgeregten Verhandlungston bemühten, den ein Laie für beinahe informell halten konnte.

Er bat die Staatsanwältin, den Anwesenden eine kurze Zusammenfassung des aktuellen Ermittlungsstands zu geben, und fragte, ob die Verteidigung diesem Vorgehen zustimme. Salem Yusufs Anwalt, Lucius von Kern, war ein prominenter Strafverteidiger, der, soweit Diller aus Berichten wusste, über ein beachtliches Empörungspotenzial verfügte. Ein braun gebrannter, drahtiger Mann in seinen Sechzigern mit grauem Bürstenhaarschnitt. Von ihm kam ein knappes, fast militärisches Nicken.

Didem Osmanoglu kam ohne Umschweife zur Sache. »Das lässt sich in einem Satz sagen. Am 16. Januar hat der Bundesgrenzschutz am Flughafen München diesen Mann verhaftet. Er wollte mit einem sehr professionell gefälschten Reisepass nach Mombasa reisen. Allerdings fiel auf, dass seine biometrischen Daten mit denen eines international gesuchten Topterroristen zu hundert Prozent übereinstimmen. Sein Name ist Idris Maher. Den strafrechtlichen und terroristischen Hintergrund von Idris Maher setzen wir hier als bekannt voraus. Er ergibt sich aus den Akten.«

»Mit Letzterem einverstanden?«, fragte der Richter Lucius von Kern und erteilte ihm damit das Wort.

Der nickte. »Da mein Mandant nicht Idris Maher ist,

sehe ich auch keinen Grund, warum wir uns mit einer Akte über Idris Maher auseinandersetzen sollten. Frau Staatsanwältin, wir können uns in diesem Termin den Theaterdonner sparen. Sie sagen selbst: ›ein sehr professionell gefälschter Ausweis‹. Wenn jemand so professionell Dokumente zu fälschen versteht, warum sollte er dann ausgerechnet in einem entscheidenden Punkt vollständig versagen? Vielleicht gibt es eine einfachere Erklärung: Der Reisepass ist echt und die Übereinstimmung der biometrischen Daten Zufall.«

Der Blick des Richters ging zur Staatsanwältin.

»Herr Verteidiger, Sie werden diesen Termin doch wohl nicht beantragt haben, um uns über die Möglichkeiten des Zufalls zu informieren. Zufall wäre dann auch, dass Terrorismusabwehrbehörden und die pakistanische Polizei erst vor wenigen Wochen die Warnung ausgegeben haben, Idris Maher sei unterwegs nach Deutschland oder bereits hier angekommen. Jahrelang fehlt jede Spur von ihm. Dann, innerhalb weniger Wochen, zuerst die Warnung, dann das Auftauchen eines Mannes, dessen biometrische Daten zu hundert Prozent mit denen des Gesuchten übereinstimmen. Zufall? Vielleicht gibt es eine einfachere Erklärung: Dieser Mann ist der Gesuchte.«

»Hübsch formuliert«, räumte von Kern ein, »aber bloße Spekulation.«

»Hinzu kommt ein Aspekt, über den wir uns bisher nicht unterhalten haben und über den Sie uns noch gar nichts erzählt haben, Herr Verteidiger: Salem Yusufs Leben hat sich anscheinend im Nirwana abgespielt ...«

Lucius von Kern wurde ärgerlich. »Seit wann muss man aktenkundig bei der Staatsanwaltschaft sein, um als unbescholten zu gelten?«

Der Ermittlungsrichter griff ein. »Das führt uns nicht weiter. Vielleicht gibt es noch andere Hinweise, die uns Erkenntnisse zur Identität des Beschuldigten liefern können. Herr Diller, wollen Sie uns aus Ihrer Sicht vom Stand der Ermittlungen berichten?«

Markus Diller hatte konkretere Fragen erwartet und war deshalb etwas überrascht. Er hätte gerne etwas Belastendes vorgebracht. Je mehr sich Didem Osmanoglu um den internationalen Terrorismus kümmern musste, desto weniger Zeit hatte sie, um hinter ihm und Kessel her zu schnüffeln. Er musste aber zugeben, dass er sich Idris Maher anders vorgestellt hatte als Salem Yusuf. Diller schilderte kurz die Eindrücke, die er bei seinem Besuch im Untersuchungsgefängnis gewonnen hatte.

Plötzlich fuhr ihm Lucius von Kern mitten im Satz dazwischen. »Das ist ja alles sehr interessant, was Sie hier erzählen, Herr Kriminalhauptkommissar, aber kommen wir doch zum Punkt. Können Sie aufgrund der Erkenntnisse, die Sie gewonnen haben, ausschließen, dass es sich bei Salem Yusuf und Idris Maher nicht um ein und dieselbe Person handelt?«

Diller zögerte. »So können Sie die Frage nicht stellen«, antwortete er.

»Sie irren sich, Herr Diller!«, herrschte von Kern ihn an. »Ich muss sie sogar so stellen. Für meinen Mandanten gilt die Unschuldsvermutung!«

Er wandte sich dem Ermittlungsrichter zu. »Es hat wenig Sinn, hier weiter mit Mutmaßungen zu operieren. Ich habe ein Gutachten von einem anerkannten Experten für Sicherheitstechnologien mitgebracht, für den Fall, dass wir hier anders nicht weiterkommen, und so scheint es nun ja wohl zu sein. Dieses Gutachten kommt zu dem

Ergebnis, dass eine Übereinstimmung biometrischer Daten, wie sie hier vorliegt, eben nicht unter allen Umständen als Identitätsnachweis gelten kann. Es ist durchaus möglich, dass die Daten zweier Personen übereinstimmen können. Es darf also gerade nicht davon ausgegangen werden, dass kein vernünftiger Zweifel an der Personenidentität besteht. Mein Mandant ist auf der Stelle freizulassen! Sie können nicht beweisen, dass er derjenige ist, für den Sie ihn halten.«

Der Ermittlungsrichter war sichtlich beeindruckt.

»In diesem Stadium ist die Staatsanwaltschaft Herrin des Verfahrens. Frau Staatsanwältin?«

Didem Osmanoglu sagte kühl: »Ich würde mich gerne mit Kriminalhauptkommissar Diller unter vier Augen unterhalten.«

»Gut, wir unterbrechen kurz«, sagte der Richter.

Im Flur suchten die Staatsanwältin und Diller sich eine Ecke, in der sie ungestört sprechen konnten. Diller empfand es als merkwürdig, dass Didem Osmanoglu nun plötzlich seine Verbündete war.

»Sieht nicht gut aus, oder?«, fragte sie ihn. Sie klang nicht wirklich besorgt. Diller schien sogar, dass eine Spur von Hohn in ihrer Stimme lag.

»So sind wohl die Regeln. Wir können nicht beweisen, wer er ist.«

»Wo ist Ihr Ehrgeiz, Herr Diller? In anderthalb Wochen beginnt in dieser Stadt die Internationale Sicherheitskonferenz. Wissen Sie, was heute für Fotos gemacht wurden? Salem Yusuf in Ketten mit dem Hubschrauber auf dem Weg ins Gericht. Sie können sicher sein, diese Bilder druckt auch jede internationale Zeitung, diese Bilder schaffen es in kürzester Zeit um den Globus. Botschaft an die Welt: Deutschland ist gegen den internationalen Terrorismus gerüstet! Bald werden Premierminister, Präsidenten, Sicherheitsexperten, Diplomaten aus allen Ländern der Erde in der Stadt sein. Wie würde es da ankommen, wenn eine Staatsanwältin mit türkischem Namen das Monster, das gerade noch rechtzeitig gefangen wurde, wieder laufen ließe?«

Diller nickte, während sie sprach. »Sie wollen mich provozieren. Ich traue Ihnen sehr wohl zu, dass Sie den Mann freilassen, falls und wann immer es Ihnen richtig erscheint.«

Osmanoglu sah ihn prüfend an. »Schön, dass wir uns in diesem Punkt absolut einig sind«, sagte sie. »Sie waren ja gerade eben dabei. Nennen Sie mir ein Argument, warum ich Salem Yusuf in Haft behalten sollte oder könnte. Ich kann nicht mal beweisen, dass er der ist, den wir suchen.«

»Sie könnten eine Fehlentscheidung treffen?«, versuchte es Diller.

Osmanoglu schüttelte verächtlich den Kopf. »Sie denken immer um die Ecke. Also schön. Denken wir gemeinsam um die Ecke.«

»Darum geht es nicht. Es besteht die Möglichkeit, dass dieser Mann ein Teil einer Verschwörung ist, dass er einen Anschlag auf die Sicherheitskonferenz geplant hatte.«

»Diese *Möglichkeit*, wie Sie das nennen, reicht nicht aus, um ihn ins Gefängnis zu werfen!«

»Ich kann es nicht beweisen! Noch nicht!«

Sie spielten einander dieses kleine Theater vor, um am Ende ihren Deal machen zu können, sie steuerten darauf zu, das spürten sie beide.

»Also gut«, sagte Osmanoglu. »Sagen wir, ich treffe keine Fehlentscheidung, sondern ich lasse in meine Entscheidung das überragende Interesse der öffentlichen Sicherheit und Ordnung mit einfließen und ordne an, dass ein Gutachten eingeholt wird, das sich mit der Identität des Beschuldigten beschäftigt. Das bringt Ihnen Zeit für Ihre Ermittlungen. Allerdings will ich eine Gegenleistung dafür. Ich gebe Ihnen Salem Yusuf, und Sie geben mir den Namen des Fahrers.«

Diller wusste, dass es darauf hinauslaufen würde. Salem Yusuf war ihr egal. Sie wollte diejenigen drankriegen, die Amir Aslan über den Haufen gefahren hatten. Und sie glaubte zu wissen, wo sie suchen musste.

»Den Fahrer habe ich Ihnen bereits genannt.«

Didem Osmanoglu sah ihn prüfend an. »Ich brauche sein Geständnis.«

Er hielt ihrem Blick stand. »Einverstanden. Aber zuerst geben Sie mir die Zeit herauszufinden, was Salem Yusuf vorhatte.«

Die Staatsanwältin nickte.

Wenige Minuten später stand Lucius von Kern im Scheinwerferlicht der Presse und erklärte, dass in diesem Land niemand mehr davor sicher sei, unschuldig in das Mahlwerk eines allmächtig gewordenen Überwachungsapparats zu geraten.

Mittwoch, 30. Januar

Wally war am Apparat. »Das Klinikum Großhadern war eben dran. Die haben eine Nachricht für dich.«

Es konnte nur eine Nachricht sein, die Amir Aslan betraf. Entweder war er tot, oder er war aufgewacht. Diller wünschte sich *beides*.

»Wieso hast du nicht durchgestellt?«

»Ich wollte nicht stören. Habe gefragt, ob ich was ausrichten kann, aber die wollten unbedingt dich sprechen.«

Wally, die Ratte. Er wollte sich mal wieder eine Information verschaffen, die ihn nichts anging. Vielleicht hatte er sie auch bekommen und tat nur so, als habe man ihm nichts gesagt.

»Gib mir die Nummer.«

»Welche Nummer?«

»Na, die Nummer der Klinik, des Arztes, den ich zurückrufen soll.«

»Keine Nummer hier, Herr Hauptkommissar.«

Wally trieb es auf die Spitze.

»Okay, vergiss es. Oder behalt es für dich!«

Diller knallte den Hörer auf die Gabel. Wally würde, was immer er wusste, in Windeseile herumerzählen. Er musste so schnell wie möglich herausbekommen, was vorgefallen war. Es kostete ihn volle zwanzig Minuten, bis er jemanden von der Station am Telefon hatte. Und er war erst bereit, Diller Auskunft zu geben, nachdem er ihn im Polizeipräsidium zurückgerufen hatte.

»Amir Aslan ist aufgewacht.«

»Gut. Das ist gut.«

»Ja, das ist es.«

»Was gibt es sonst noch? Ich meine, ist er ansprechbar?«

»Das lässt sich schwer sagen.« Offenbar konnte oder wollte man ihm nichts Genaueres sagen. Aber Diller konnte Amir Aslan nicht besuchen, ohne Gefahr zu laufen, von ihm wiedererkannt zu werden. Trotzdem musste er dafür sorgen, dass niemand mit ihm sprach und er damit neue Zeugen schuf. Zeugen, die bestätigen konnten, dass Amir Aslan sich an einen blauen BMW erinnerte, der auf ihn zugefahren war. Dass er sich an zwei Bullen in Zivil erinnerte, von denen einer bei ihm und seinen Freunden mit vorgehaltener Waffe Drogen geklaut hatte. Der ihnen lange genug gegenübergestanden hatte, um sie jederzeit beschreiben zu können. Diller durfte keinesfalls den Eindruck erwecken, als wolle er Amir Aslans Aussage verhindern. Es musste so aussehen, als kümmere er sich um ihn. Amir Aslan musste bewacht werden! Von Beamten, die ihn, Diller, nicht kannten, denn dann wäre die Möglichkeit ausgeschlossen, dass sie sich aus welchem Grund auch immer über ihn unterhielten. Diller musste die Männer anweisen, nicht mit Aslan zu sprechen. Gerade als er zum Telefon greifen wollte, klingelte es.

Es war Didem Osmanoglu. »Sie haben es gehört, Herr Diller?«

»Ich nehme an, Sie sprechen von Amir Aslan.«

»Das tue ich. Ich habe gerade mit dem behandelnden Arzt gesprochen. Er sagt, die Gehirnströme des Jungen lassen darauf schließen, dass er keine bleibenden Schäden erlitten hat. Der Arzt wollte sich nicht festlegen, was mit Aslans Erinnerungsvermögen los ist, aber, und das ist viel wichtiger: Wir können ihn schon morgen früh vernehmen.«

Es ging auf das Ende zu, das war Diller jetzt klar.

»Herr Diller, das bedeutet, dass von Ihnen und Ihrem Kollegen Kessel morgen früh jeglicher Verdacht genommen sein wird, Sie könnten etwas mit Aslans Zustand zu tun haben.«

Diller rang um Worte. Da er keine fand fuhr Didem Osmanoglu fort. »Ich möchte das morgen nicht als Gegenüberstellung verstanden wissen. Es gibt ja keine offiziellen Ermittlungen gegen Sie. Ich erwarte aber, dass Sie und Herr Kessel pünktlich um acht auf der Station in Großhadern erscheinen. Muss ich Herrn Kessel anrufen, oder kümmern Sie sich darum?«

»Ich. Ich kümmere mich darum.«

»Gut, dann sehen wir uns morgen.«

Kessel trug den Stoff, den ihm Gani gegeben hatte, in seiner Brusttasche. Er fühlte sich körperlich ein bisschen mitgenommen, aber er war richtig guter Laune. Er würde genug Heroin abzweigen können, um für Wochen versorgt zu sein, und Bobby Habib würde den großen Rest verkaufen und damit Kessels Schuldenproblem bei Gani lösen. Aber konnte er ernsthaft glauben, er würde einfach so aus dieser Geschichte herausstolpern, nachdem ihm in Gestalt von Bobby Habib die gute Fee erschienen war? Es kann nichts passieren, solange du Schritt für Schritt vorgehst, beruhigte sich Kessel selbst. Er hatte die Drogen, und er hatte eine Woche lang Gani vom Hals. Jetzt mussten nur die Geschäfte mit Bobby Habib gut laufen – und warum sollten sie das verdammt noch mal nicht tun? Als er auf den *Süleyman Süpermarketler* zuging, hielt er Ausschau nach seinem neuen Freund, aber Habib war nicht zu sehen. Bestimmt saß er in der Küche und trank seinen Tee, mit oder ohne getränkte Zuckerwürfel.

Der *Süleyman Süpermarketler* war menschenleer. An der Kasse neben dem Eingang stand ein Mann, den Kessel bei seinem letzten Besuch nicht gesehen hatte. Kessel nickte ihm zu und zwängte sich durch die mit türkischen Lebensmitteln und Haushaltswaren vollgestopften Regale.

»Entschuldigen Sie? Kann ich Ihnen helfen?«, sagte der Mann an der Kasse.

»Nein, danke, ich seh mich nur um. Danke.«

»Wenn Sie etwas Bestimmtes suchen?«

»Nein, nein, es ist gut, danke.«

»Dahinten ist privat.«

»Ja, ich weiß, entschuldigen Sie!«

»Bitte. Wollen Sie etwas kaufen?«

Warum ließ ihn der Mann nicht einfach in Ruhe. So würde er nicht weiterkommen, das sah Kessel ein. Er ging zur Kasse und fragte freundlich: »Wissen Sie zufällig, wo Hassan ist?«

»Hassan? Ich kenne keinen Hassan.«

Kessel schmunzelte. »Natürlich, Sie kennen keinen Hassan.«

»Was wollen Sie von mir?«

»Von Ihnen will ich gar nichts. Ich war vor ein paar Tagen hier in diesem Laden, und da gab es einen gewissen Hassan. Hassan Habib.«

Als er den Nachnamen aussprach, veränderte sich das Gesicht des Mannes, auf dem jetzt Wut und Entsetzen standen.

»Er hat mich zu seinem Onkel gebracht«, fuhr Kessel unbeirrt fort.

»Bitte gehen Sie!«

»Sein Onkel hieß Bobby Habib. Abdullah ›Bobby‹ Habib.«

»Ich weiß nicht, wovon Sie sprechen! Hier ist niemand außer mir!«

Der Mann geriet außer sich. »Können Sie mir wenigstens sagen, wo er ist?«

Der Mann rief etwas auf Türkisch in Richtung Küche. Eine ältere Frau und zwei junge Männer mit Irokesenfrisuren traten in den Laden, auch in ihren Gesichtern standen Wut und Empörung. Sie beschimpften Kessel in einer Mischung aus Türkisch und Deutsch, er verstand die Worte »Verbrecher« und »Polizei«.

Da zückte Kessel seine Dienstmarke, er rief: »Sehen Sie her, ich *bin* von der Polizei.« Doch das brachte die Leute nur noch mehr in Rage, die alte Frau fing an, ihn mit den Fäusten zu bearbeiten, die Zeugen drohten ihm und sie verjagten ihn mit Beschimpfungen und Verwundungen aus dem Laden.

Als Kessel gegen zehn Uhr im *Wittelsbacher Hof* eintraf, wo das Briefing für die Sicherheitskonferenz stattfand, hatte sich seine frühmorgendliche Euphorie in schwärzeste Sorge verwandelt. Auf Anordnung von Polizeipräsident März wurden Diller, Kessel und einige andere Kommissare den präventiven Einheiten zur Seite gestellt, die die Sicherung des Gebäudes zu übernehmen hatten. Der

Wittelsbacher Hof war ein Luxushotel wie viele andere. In den drei Tagen der Sicherheitskonferenz wurde es von Spezialkräften zum sichersten Ort der Welt gemacht, und man legte Wert darauf, dass das auch jedermann mitbekam. Fünftausend Polizisten, unter ihnen Scharfschützen, Abhörspezialisten und Personenschützer, ein Bataillon Bundeswehrsoldaten, Spezialkräfte der Bundespolizei sowie Angehörige deutscher und internationaler Geheimdienste riegelten die gesamte Innenstadt hermetisch ab und überwachten jeden Quadratzentimeter des Hotels, in dem von Donnerstagabend bis Sonntagmittag Hunderte von Konferenzteilnehmern tagen würden. Diller und seine Leute hatten die Aufgabe, »unter besonderer Berücksichtigung ihrer Ermittlungsergebnisse«, wie März es ausdrückte, alles zu beobachten und zu kontrollieren, was mit Salem Yussuf alias Idris Maher oder mit ihm verbundenen Personen zu tun haben konnte. Das beinhaltete auch, dass sie an den Briefings teilnahmen, die von den operativen Einheiten durchgeführt wurden, und sich mit sämtlichen örtlichen und personellen Besonderheiten vertraut machten. Sie trugen Access-all-Areas-Ausweise, erhielten Einsicht in Lagepläne und Einsatzszenarien.

Kessel hatte die Absicht, in den drei Tagen der Konferenz vor allem die Annehmlichkeiten des Hotels zu genießen. Seine einzige Aufgabe bestand darin, »wachsam zu sein«.

Im Konferenzraum warf ihm Diller einen finsteren Blick zu. Sie standen in der letzten Reihe eines Raums, in dem ein Sicherheitsoffizier der Bundeswehr einen Vortrag hielt.

»Du bist drauf, oder?«, flüsterte Diller.

»Wie meinst du?«

»*Erich!* ›Wie meinst du?‹ Wie werd ich es wohl meinen.«

Kessel machte eine unbestimmte Geste.

Diller schüttelte den Kopf, es ärgerte ihn, dass Kessel glaubte, ihn für dumm verkaufen zu können.

»Amir Aslan ist seit heute Morgen wieder bei Bewusstsein. Wir müssen morgen früh um acht bei ihm in Großhadern antanzen. Staatsanwältin Osmanoglu verlangt es. Dann wird Aslan vernommen. Unsere letzte Hoffnung ist, dass der Dachschaden, den du ihm verpasst hast, sein Erinnerungsvermögen beeinträchtigt hat. Sieh zu, dass du bis dahin runterkommst. Bald haben sie uns am Wickel, und dann müssen wir hellwach sein, um uns zu verteidigen.«

Kessel unterdrückte ein Aufstoßen. »Schon klar«, murmelte er. Diller hielt damit wohl das Gespräch für beendet und Kessel stahl sich aus dem Konferenzraum ins Freie. Noch gab es keine Absperrungen. Auf dem Gehsteig vor dem Haupteingang des Hotels hielt ein Häuflein antiamerikanischer Demonstranten ein Transparent hoch.

Als Kessel sich an ihnen vorbeidrängte, drückte ihm einer ein Flugblatt in die Hand. »Jeremy Kindall – Kriegsverbrecher« stand darauf. Der Name sagte Kessel nichts. Das Foto darunter zeigte einen kernigen Mittvierziger.

Kessel las: »In seiner Jugend heuert Kindall als Navy SEAL an und kämpft während des Balkankonflikts in Bosnien. Aus Patriotismus und Abenteuerlust, nicht aus irgendwelchen anderen Gründen, denn er stammt aus einer milliardenschweren Südstaatenfamilie. Als sein Vater stirbt, kehrt Kindall in die USA zurück und gründet

T.R.O.J.A.N., ein Sicherheitsunternehmen, das hochspezialisierte Söldner ausbildet, die in Kriegsgebieten auf der ganzen Welt kämpfen. Als Angehöriger der christlichen Rechten in Amerika konvertiert Kindall zum Katholizismus und unterstützt seit Jahren den Kampf gegen gleichgeschlechtliche Ehen und Abtreibungen. Seine Söldner übernehmen im Mittleren Osten und in Afrika diejenigen Jobs, die nicht nur für die US-Army, sondern selbst für die Streitkräfte der Marionettenregime zu schmutzig sind. Soeben hat er ein neues Buch geschrieben, *My War on Terrorism*, in dem er sich mit den Erfolgen von T.R.O.J.A.N. brüstet.«

Dieser Mann musste jedem, der sich für einen kultivierten Mitteleuropäer hielt, wie ein Albtraum erscheinen. Kein Wunder also, dass deren Kinder sich an die Absperrungen stellten und Flugblätter gegen ihn verteilten.

»Am Samstag um sechzehn Uhr wird Jeremy Kindall einen Vortrag im *Wittelsbacher Hof* halten. Zur gleichen Zeit werden wir am Rande der Bannmeile am Odeonsplatz eine friedliche Mahnwache für die Opfer von Jeremy Kindall in aller Welt abhalten.«

Kessel hatte andere Sorgen. Er zerknüllte das Blatt und warf es auf dem Weg zur U-Bahn in einen Mülleimer.

Dillers Nachricht hatte eine Art ruhiger Verzweiflung in Kessel ausgelöst. Seine Hoffnungen richteten sich jetzt ganz darauf, dass Amir Aslan ihn nicht erkennen würde. Dass die Situation vorübergehen könnte, ohne Konsequenzen für ihn zu haben. Aber selbst Kessel konnte daran nicht mehr ernsthaft glauben.

Im Fernseher lief eine Tiersendung, etwas über das

Jagdverhalten von Löwen. Kessel liebte Tiersendungen, sie beruhigten ihn. Er wollte am Abend rechtzeitig zu Bett gehen, um am nächsten Morgen den Termin im Krankenhaus zu packen. Er genehmigte sich an diesem Abend deshalb nur den Bruchteil der Dosis, die er sich sonst verabreichte. »Löwen jagen im Team. Ihr kooperatives Verhalten ist unter Raubkatzen einmalig«, kam es aus dem Fernseher. Der Stoff begann zu wirken. Er fühlte sich wunderbar ruhig und nickte ein.

Er erwachte erst wieder, als ihn jemand an der Schulter berührte. Erst schubste er ihn nur, dann stieß er ihn und schließlich schüttelte er ihn. Es war Bobby Habib.

Kessel fuhr hoch. »Wie kommen Sie hier rein?«

»Ps! Ps! Bleiben Sie sitzen. Keine Sorge, alles ist in Ordnung.«

Kessel rieb sich das Gesicht mit den Handflächen. Kein Zweifel, er war wach, und vor ihm saß Bobby Habib. Er sah zur Tür.

»Hassan steht draußen und bewacht uns. Es wird Ihnen nichts geschehen.«

Kessel wunderte sich über diesen Satz. »Was sollte mir schon geschehen?«

»Ach, Sie wissen doch, Herr Polizeioffizier, was alles passieren kann.«

»Na, klar. Ich habe versucht, Sie heute in Ihrem Laden zu finden. Als ich Ihren Namen erwähnte, schienen die Leute darin nicht gerade begeistert von meinem Besuch.«

»Ja, die Leute nehmen gerne meine Geschenke an. Aber sie beklagen sich, wenn ich eine Gegenleistung von ihnen verlange.«

»Schön, dass ich heute dran bin, Ihnen was zu geben«, sagte Kessel.

»So? Da bin ich aber gespannt!«, sagte Habib, als wäre er Gast auf einem Kindergeburtstag.

»Gani hat mir neuen Stoff gegeben und mir eine letzte Zahlungsfrist gewährt. Wenn ich nicht bis Freitag zahle, *dann* ...«

»Was für eine Freude! Ein gutes Geschäft! Machen Sie sich keine Gedanken wegen des Geldes. Ich bezahle pünktlich. Sie bekommen von mir jetzt fünftausend, und am Freitag bezahle ich den Rest.«

Kessel hatte gar nicht damit gerechnet, dass Habib ihm heute schon Geld anbieten würde. Er wollte es auch nicht, denn es nützte ihm erst etwas, wenn er die gesamte Summe beieinander hatte, die er Gani schuldete.

»Wissen Sie was? Ich vertraue Ihnen, Bobby Habib«, sagte er. »›Zwei Ehrenmänner‹, wie Sie es genannt haben. Geben Sie mir alles, wenn Sie das da verkauft haben.«

Er gab Bobby Habib die Tüte mit fast dem ganzen Heroin, das er von Gani bekommen hatte. Bobby Habib nahm es mit einer höflichen Geste entgegen.

»Ich werde Sie nicht enttäuschen«, sagte er.

»Sie haben mich in der Hand«, sagte Kessel, der es nicht fassen konnte, dass dieser Typ, der ihm hier gegenübersaß und dessen richtigen Namen er noch nicht einmal kannte, wirklich sein einziger Trumpf sein sollte.

»Ich bitte Sie, ich habe Ihnen, einfach so, fünftausend in die Hand gegeben.«

»Fünftausend wären ein super Preis für das da.«

»Vertrauen gegen Vertrauen, Herr Polizeioffizier. Zwei Ehrenmänner.«

»Schon gut, schon gut.«

»Kann ich sonst noch irgendetwas für Sie tun, mein Freund?«

Schon zählte er also zu Habibs Freundeskreis.

»Ich wüsste nicht, was. Danke. Soll ich Sie zur Tür begleiten? Oder finden Sie hinaus, wie Sie hereingefunden haben?«

»Ich finde hinaus, danke sehr. Nur eines hätte mich doch noch sehr interessiert.«

»Und das wäre?«

»Wie gedenken Sie Ihr Problem zu lösen?«

Kessel verstand nicht, was er meinte. »Ich denke, ich *habe* mein Problem gelöst. Sie verticken den Stoff, geben mir meinen Anteil, ich bezahle Gani, Gani gibt mir neuen Stoff, Sie verticken ihn, geben mir meinen Anteil ...«

Bobby Habib lachte. »Schön, dass Sie sich Ihren Humor bis zuletzt erhalten. Ich wünsche Ihnen jedenfalls morgen früh gutes Gelingen.«

Kessel wollte es nicht glauben. Sprach Bobby Habib von Amir Aslan? Sollte das der Fall sein, wusste er offenbar viel mehr, als er durchblicken ließ. Kessel hielt es für das Klügste, gar nicht erst daran zu denken.

»Ja, sicher. Besten Dank auch«, sagte er, um nicht näher darauf eingehen zu müssen.

Bobby Habib zuckte die Achseln und verabschiedete sich.

Donnerstag, 31. Januar

Um kurz vor acht ließ Diller Kessel an der U-Bahn-Haltestelle Großhadern in seinen schwarzen Golf Kombi einsteigen. Vor ihnen ragte der riesige silbrige Quader des Krankenhauses auf wie eine feindliche Festung.

»Weißt du was? Immer wenn ich hier vorbeifahre, denke ich mir: Wenn du eines Tages hier landest, bist du am Arsch. Aber so hatte ich es mir nicht vorgestellt«, sagte Kessel.

Diller nickte. Spar dir deine Sprüche, hätte er am liebsten gesagt. Aber er schwieg.

Der Parkplatz hatte die Ausmaße eines Flugfelds und war bereits gut gefüllt. Sie fragten sich zu Amir Aslans Station durch. Diller fühlte sich, als müsse er den Weg zu seiner Exekution herausfinden und dabei auch noch auf Kessel aufpassen, der ihm seltsam wirr und unaufmerksam vorkam.

Vor dem Zimmer von Amir Aslan wartete Didem Osmanoglu schon auf sie, heute in einem karminroten Kostüm mit ebensolchem Kopftuch. Die Begrüßung gab einer gegenseitigen Verbundenheit Ausdruck, die nicht nur Feindschaft war, obwohl Diller wusste, dass Amir Aslans Aussage gegen sie beide der Staatsanwältin den köstlichsten Triumph bescheren würde. Dann begrüßten alle drei die beiden uniformierten Polizisten, die über Nacht hier Wache gehalten hatten.

»Irgendetwas Besonderes?«, fragte die Staatsanwältin.

Die Beamten verneinten.

»Ich habe bereits mit dem Stationsarzt gesprochen. Amir Aslan wird gerade für unser Gespräch vorbereitet«, sagte sie dann zu Diller.

»Wie geht es ihm?«, fragte Diller kühl, als wäre es allein der Höflichkeit geschuldet.

»Gut genug, wie man hört«, antwortete die Staatsanwältin nicht weniger kühl. Nun hätten sie nach dem Geschmack Didem Osmanoglus weitergebeten werden können, doch es schien zu dauern. Während des Wartens ganz ohne Worte auszukommen war schlecht möglich, doch es gab nichts Unverbindliches zu sagen.

»Stört es Sie, wenn ich mich setze?«, fragte Kessel.

Die Staatsanwältin sah ihn verständnislos an und schüttelte den Kopf. Eine Krankenschwester kam an ihnen vorbei, zwang ein kurzes Lächeln auf ihr gestresstes Gesicht und verschwand hinter der Tür, wo Amir Aslan noch immer für das Gespräch vorbereitet wurde.

Diller lag auf der Zunge zu fragen, ob es möglicherweise eine Komplikation gebe, aber er hütete sich, es auszusprechen. Die Staatsanwältin hätte es ihm als Wunschdenken ausgelegt. Also schwiegen sie weiter. Kessel sah im Sitzen mit den Fäusten in den Manteltaschen auf seine Fußspitzen hinab.

»Ist Ihnen übel?«, fragte ihn die Staatsanwältin unvermittelt.

Kessel wandte ihr das Gesicht zu, ohne seine Körperhaltung zu verändern. »Nein«, sagte er. »Ein bisschen müde, das ist alles.«

Didem Osmanoglu schüttelte den Kopf. Im nächsten Augenblick kamen drei Männer auf sie zugeeilt, einer vorneweg, zwei hinterher, ein Arzt und zwei Pfleger, mutmaßte Diller, alle drei mit angespannten Gesichtern. Sie ignorierten die Wartenden und verschwanden hinter der Tür zu Amir Aslans Zimmer.

Eine halbe Stunde später kam eine Ärztin heraus.

»Wer von Ihnen ist der zuständige Ermittlungsleiter?«

»Ich bin das«, sagte Didem Osmanoglu.

Die Ärztin bat sie herein. Einige Minuten später kam die Staatsanwältin wieder heraus, Diller und Kessel standen auf und blickten sie fragend an.

»Amir Aslan ist tot«, sagte sie.

Eine absurde Mischung aus Entsetzen und Erleichterung überkam Diller. Von einem Augenblick zum nächsten verwandelten sie sich von Verdächtigten, die kurz vor der Überführung standen, zurück in ermittelnde Kriminalkommissare. Diller sagte, der Tatort müsse gesichert werden, und fragte die Staatsanwältin, ob sie einverstanden wäre, wenn er das übernähme. Sie war zu schockiert, um ihm Widerstand zu leisten. Diller und Kessel betraten das Krankenzimmer. Vor ihnen lag Amir Aslan. Viele Schläuche und Kanülen, aber, soweit sie erkennen konnten, keine Anzeichen äußerer Gewalt.

»Weiß man, woran genau er gestorben ist?«, fragte Diller.

»Er kam heute Morgen nicht zu Bewusstsein und erlitt schließlich einen Herzstillstand. Das kann viele Gründe haben. Wir wollen nicht spekulieren. Er muss untersucht werden.«

»Das wird er«, sagte Didem Osmanoglu, die plötzlich

hinter ihnen stand. »Aber nicht hier, sondern in der Gerichtsmedizin. Ich gehe bis auf Weiteres davon aus, dass Amir Aslan ermordet wurde. Amir Aslan war die ganze Nacht über bewacht.« Sie war zornig, ihr Kostüm leuchtete, sie unterzog die beiden Uniformierten einer scharfen Befragung, doch sie beteuerten immer wieder, dass niemand ein oder aus gegangen sei außer dem Pflegepersonal.

»Wo wird hier im Haus die Kleidung gewaschen?«, fragte Didem Osmanoglu die Stationsärztin. »Kittel, Hosen, die OP-Kleidung der Ärzte und des Pflegepersonals, wo wird das alles gewaschen?«

»Im Keller, dort befindet sich die Wäscherei.«

»Ich sehe, dass jeder von Ihnen ein Namensschild trägt. Ist das Pflicht?«

»Ja, das ist es«, antwortete die Stationsärztin.

»Gut, dann müssen diese Schilder alle vor dem Waschen abgenommen werden, richtig?«

»Das stimmt.«

»Ich will, dass die Wäscherei sofort gestoppt wird und jeder Kittel auf Spuren untersucht wird.«

Diller bot Didem Osmanoglu seine Hilfe bei den Ermittlungen an, die diese barsch ausschlug.

»Sie können gehen, Sie und Herr Kessel. Schönen Dank auch.«

Sie schien ihm jetzt geradezu hasserfüllt. Natürlich nahm sie an, Kessel könnte in irgendeiner Weise etwas mit Amir Aslans Tod zu tun haben, aber ohne den geringsten Hinweis ließ sie sich zu so einem ungeheuerlichen Vorwurf nicht hinreißen. Jedenfalls noch nicht. Aber man sah ihr ihre Wut über die Entwicklung in diesem Fall sehr deutlich an.

Diller und Kessel sprachen nicht miteinander, bis sie im Wagen saßen. Irgendwann hielt es Diller nicht mehr aus.

»Weißt du, was ich wirklich hoffe?«, sagte er.

»Hm?«

»Ich hoffe, dass du mit dieser Scheiße nichts zu tun hast. Das hoffe ich sehr.«

Kessel schnaubte bitter und sah zum Seitenfenster hinaus.

Die Nachricht von Amir Aslans Tod verbreitete sich mit erstaunlicher Geschwindigkeit. Amir Aslan war tot, hieß es. Von der Polizei zum Krüppel gefahren und jetzt im Krankenbett gestorben. Wie wahrscheinlich war es, dass dieser Tod gewollt war oder vielleicht sogar herbeigeführt? Wer hatte ein Interesse daran? Man musste nur eins und eins zusammenzählen, um zu erkennen, wer Amir Aslans Mörder waren. Es dauerte nicht lange, und es kursierten zwei Theorien, von denen eine so lahm war, dass sie kaum Anhänger fand: Amir Aslan war von Leuten aus dem Drogenmilieu umgebracht worden, die Angst hatten, er könne sie verraten. Die andere dagegen galt als Gewissheit: Er wurde von der Polizei ermordet, um seine Aussage zu verhindern und so die Beamten zu schützen, die ihn auf dem Gewissen hatten.

Schon um die Mittagszeit begannen die ersten Demonstrationen im Westend. Sie zogen vor die Polizeiwache in der Kazmairstraße, schnell waren es mehr als zwei- bis dreihundert Leute, die entschlossen schienen, nicht mehr zu gehen, bis etwas passiert war.

Sie bewarfen Polizisten mit Ziegelsteinen und verletzten acht von ihnen, einer erlitt ein offenes Schädel-Hirn-

Trauma. Ermahnungen über Lautsprecher, nicht noch mehr Unheil anzurichten, wiegelten die Menge weiter auf. Am frühen Nachmittag flog der erste Molotowcocktail. Einsatzfahrzeuge wurden in Brand gesteckt. Spezialeinheiten fuhren in Mannschaftswagen auf, die Situation eskalierte, Protestierende zündeten einen Linienbus an und errichteten Straßensperren. Sie schlugen Schaufenster ein und plünderten Geschäfte. Die Krawalle griffen auf andere Viertel über. Am frühen Abend waren in vielen Teilen der Stadt Polizeisirenen zu hören. Maskierte Jugendliche legten Feuer und brandschatzten. Im Stadtteil Milbertshofen brannte ein ganzer Straßenzug, nachdem ein Holzlager in Flammen aufgegangen war.

Auffällig war, dass es längst nicht mehr nur Jugendliche mit Migrationshintergrund waren, die sich den Krawallmachern anschlossen. In Internetforen wurden Verabredungen getroffen, auch in die Innenstadt zu ziehen. Die Polizei setzte Wasserwerfer und Gummigeschosse ein. Augenzeugen berichteten von »kriegsähnlichen Zuständen«. Die Plünderer erreichten die Maximilianstraße und lieferten sich erbitterte Gefechte mit Polizeikräften und schwer bewaffneten Einheiten des Bundesgrenzschutzes. Vermummte drangen in Juwelierläden ein, stopften, was sie kriegen konnten, in Plastiktüten und rannten davon. Andere steckten die Kleider in den Auslagen der Modegeschäfte in Brand. Ein nahe gelegenes Luxushotel musste evakuiert werden, rund vierhundert Gäste wurden in Sicherheit gebracht. Die Polizei schickte am Abend weitere tausendachthundert Beamte in die Krisenviertel.

Diller verbrachte den ganzen Tag im Präsidium, das sich mehr und mehr in eine Art militärische Kommandozentrale verwandelte, von der aus die Operationen gegen die Demonstrierenden geleitet wurden.

Präsident März erklärte in einem Briefing, er habe direkte Weisung aus dem Innenministerium. Die Frage, ob die Durchführung der Sicherheitskonferenz gefährdet sei, stelle sich nicht. »Es mag schlimmer aussehen, aber es sind tatsächlich nur ein paar gezielt agierende Kriminelle, und wir werden sie mit aller Härte zur Verantwortung ziehen.«

Diller telefonierte so oft wie möglich mit Maren, die vormittags an der Uni war und, sobald sie erfuhr, was in der Stadt geschah, mit der U-Bahn nach Hause fuhr, solange es noch ging. Er war erleichtert, als er hörte, dass sie dort Luis und Mona antraf und es in ihrem Viertel ruhig zu sein schien.

Diller war noch immer angespannt, als er spätnachts in die Makartstraße einbog. Er war ohne Schwierigkeiten durchgekommen, und nach wie vor schien hier alles ruhig. Er parkte vor dem Haus. Schneider hatte ihn kommen sehen und stand schon auf dem Gehsteig. Diller wusste, dass er keine Chance hatte, an ihm vorbeizukommen, ohne zumindest ein paar Worte über die Lage mit ihm zu wechseln. Schneider versicherte ihm, die Situation in der Makartstraße im Griff zu haben, und sie wünschten einander eine ruhige Nacht. Diller war froh, als er endlich im Haus war. Im Wohnzimmer brannte noch Licht, aber Maren und Luis lagen schon im Bett. Nur Mona saß im Jogginganzug mit einem Becher Tee, einem Stapel Bücher und einem Schreibblock auf dem Sofa und sah fern. Diller begrüßte sie und sagte mit einem

Blick auf den Fernseher: »Anschauungsunterricht für deine Arbeit?« Er ließ sich in einen Sessel fallen.

»Ja, warte mal, ich will das hören«, sagte sie. Ein mitgenommen aussehender Journalist sprach auf dem Bildschirm seinen Kommentar.

»Anderswo geht die Jugend für Menschenrechte auf die Straße. In München tut sie es um des Krawalls und des Plünderns willen. Am erschreckendsten ist dabei für die Bevölkerung nicht, dass Unruhestifter gegen etwas protestieren, sondern dass sie entweder gegen nichts protestieren oder gegen alles. Indem die Jugendlichen vor allem Geschäfte zu ihren Zielen erklärt haben und aus Kiosken Schnaps und Zigaretten mitgehen lassen, demonstrieren sie gleichermaßen hohlen Materialismus wie profunde Phantasielosigkeit«, sagte der Mann. Sein Gesicht lag in tiefen Sorgenfalten.

»Er hat recht«, sagte Diller. »Bist du jetzt zufrieden?«

»Warum sollte ich zufrieden sein? Der Kommentar ist Schwachsinn!«

»So, ist er das?«

»Ja, ist er. Die nicht ganz unwesentliche Tatsache, dass heute ein junger Mann gestorben ist, den vermutlich die Polizei auf dem Gewissen hat, lässt er völlig außer Acht.«

»Warum bist du dir so sicher, dass die Polizei etwas mit diesem bedauerlichen Tod zu tun hat? Dafür gibt es keinerlei Beweise«, hörte er sich sagen.

»Klar, darauf werdet ihr euch hinausreden. Aber die Leute sind doch nicht blöd! Sie glauben euch nicht. Beweise hin, Beweise her. Der Kommentar ist Schwachsinn. Es gibt nicht ›die Bevölkerung‹ und ›die Unruhestifter‹. Die Unruhestifter sind ein Teil der Bevölkerung. Der Teil, der von alldem nur träumen kann, was der andere Teil besitzt. Das hier ist ein politischer Protest!«

»Autos anzünden, Geschäfte plündern, was ist daran politisch?«

»Es sind Jugendliche, die da zum Plündern gehen, nicht die Teilnehmer eines Politologenkongresses! Wundert es dich, dass diese Art von politischer Aktion kriminalisiert wird?«

»Ich weiß nicht, wo du hier eine politische Aktion siehst.«

»Diese Jugendlichen nehmen sich, was sie sonst nicht kriegen können. Sie wissen, dass sie für immer davon ausgeschlossen sind, weil sie keine Ausbildung und keine Jobs haben.«

»Die könnten sie haben, sie müssten sich nur andere Ziele setzen.«

Mona lächelte abschätzig.

Diller musste seine Wut über ihre Überheblichkeit zügeln und schwieg grimmig. Dann sagte er: »Ich geh ins Bett. Vergiss nicht, das Licht auszumachen. Gute Nacht.«

»Jeder Regelverstoß ist politisch. Was bringt dich dazu, die Regeln einzuhalten? Die Angst vor Bestrafung, weiter nichts!«, rief Mona ihm hinterher.

Diller winkte ihr mit erhobener Hand zu, ohne sich noch einmal umzudrehen.

Dienstag, 5. Februar

Diller erfuhr von Maren, dass Luis in der Schule einen »verschärften Verweis« bekommen hatte. Unter normalen Umständen hätte ihn diese Nachricht nicht allzu sehr beschäftigt, aber jetzt traf sie Diller im falschen Moment. Während er versuchte, ein Feuer auszutreten, brachen anderswo zwei neue aus. Er wollte seiner Familie ein sicheres Zuhause bieten. Aber wie konnte er das, wenn er jetzt suspendiert und ein Ermittlungsverfahren gegen ihn eingeleitet würde? Spürte Luis, dass etwas nicht mehr stimmte, und spielte deshalb verrückt?

Er war ein phantasievoller und begabter Junge, aber er langweilte sich schnell und hatte keine Lust, länger als unbedingt nötig über irgendwelchen Aufgaben zu brüten. Er brauchte mehr Anleitung und Betreuung als Mona, die alles, was es zu lernen gab, gierig in sich aufsog.

Deshalb hatten Maren und er sich für diese Privatschule entschieden, die in einem verwinkelten, wildromantischen Steinbau untergebracht war. Nicht nur der große Speisesaal erinnerte jedes Kind, das ihn zum ersten Mal betrat, an *Hogwarts*. Die Vorzüge der Schule lagen auf der Hand: kleine Klassen, in keiner mehr als zwanzig Schüler, individuelle Nachmittagsbetreuung, Intensivierungskurse, ein reichhaltiges Angebot von Kursen wie Bogenschießen, Theater, Chor, Modellbau, Sport. Für diese Vorzüge und Annehmlichkeiten waren die Eltern bereit, jeden Monat viel Geld an die Schule zu überweisen. Dafür sollten ihre Kinder Tag für Tag mit vollklimatisierten Bussen aus ihren bewachten Wohngebieten in eine ebenso behütete wie abenteuerliche Welt gebracht werden, in der das Gute immer gewinnt.

Wie auch immer. Warum nicht alles dazu tun, ihn so gut zu fördern wie möglich, auch wenn Maren und er sich dafür noch mehr ins Zeug legen mussten? So weit die Theorie, die in den ersten drei Schuljahren des Gymnasiums auch mehr oder weniger aufgegangen war. Doch seit Beginn dieses Schuljahrs, der achten Klasse, lief es nicht mehr so, wie es sollte.

Bisher hatte es nur Indizien dafür gegeben. Ein »verschärfter Verweis« aber bedeutete offene Konfrontation. Maren, Luis und Diller saßen am Frühstückstisch, als Maren ihm den Brief der Schule übergab. Er war bereits geöffnet. Diller las die Begründung. In vagem Amtsdeutsch führte sie aus, dass Luis sich dem Verbot, unbeaufsichtigt auf dem Schulgelände herumzulaufen oder sich in fremden Klassenzimmern aufzuhalten, widersetzt habe. Hinter dem Wort »aufzuhalten« standen in Klammern gesetzt und mit Fragezeichen versehen die Worte: *(Diebstahl? Sachbeschädigung?)*. Der Schulleiter hatte das Schriftstück mit weit ausholenden Schnörkeln unterschrieben. Diller wollte von Luis hören, was passiert war.

»Also, wie war das?«

»Wir sind auf dem Schulgelände herumgelaufen.«

»Dafür werdet ihr wohl kaum einen verschärften Verweis bekommen haben.«

»Nein.«

»Also, was war los? Lass dir doch nicht alles aus der Nase ziehen. Sprich mit mir!«

»Damit ich dann mildernde Umstände bekomme? Du weißt doch gar nicht, was da abläuft.«

Diller rollte die Augen, er musste pünktlich im Präsidium sein. »Mag sein. Erklär's mir«, sagte er knapp.

Luis verstand, dass er auf den Punkt kommen musste. »Marc und ich waren in der Pause auf dem Schulgelände unterwegs. Wir sind am Grundschulgebäude vorbeigekommen. Weil uns langweilig war, sind wir hineingegangen. Es war vollkommen leer, die hatten auch Pause. Wir sind in ein Klassenzimmer gegangen, und Marc hat etwas an die Tafel geschrieben.«

»Was hat er an die Tafel geschrieben? Eine Schweinerei? Irgendetwas Beleidigendes?«

»$m \times g \times h = kJ$.«

»Was soll das sein?«

»Das ist die physikalische Formel für Höhenenergie.«

Diller wurde ungeduldig. »Das kann es doch nicht gewesen sein, weiter!«

»Eine Grundschullehrerin hat uns erwischt.«

»Was heißt ›erwischt‹? Wobei hat sie euch erwischt?«

»Sie schrie lauter komische Sachen herum: ›Was fällt euch ein, hier hereinzukommen? Wie soll ich so meinen Unterricht halten? Wer wischt das jetzt weg?‹ Sie sagte, sie bringt uns jetzt zum Direktor des Gymnasiums, und das hat sie dann getan, wir mussten mit ihr mitgehen.«

Für Diller ergab die Geschichte noch immer keinen Sinn. »Na und?«

»Wir warteten eine Viertelstunde vor dem Zimmer des Direktors, bis er uns hereinholte, uns und die Grundschullehrerin, und sie ließ sich über uns aus, bis der Direktor sie bat, uns mit ihm alleine zu lassen. ›Bitte sorgen Sie dafür, dass derartige Schüler die Schule verlassen müssen!‹, kreischte sie noch, als sie ging.«

»Und wie war die Meinung des Direktors?«

»›Es ist ein schweres Vergehen, fremde Klassenzimmer zu betreten. Wahrscheinlich habt ihr auch noch etwas geklaut oder kaputt gemacht! Geht jetzt in eure Klasse. Ich komme wieder auf euch zu.‹«

»Und ist er wieder auf euch zugekommen?«

»Ja, mit diesem verschärften Verweis.«

In einer anderen Situation hätte Diller über Luis' trockenen Witz gelacht. »Und das soll alles gewesen sein?« Es fiel Diller schwer, sich im Zaum zu halten. Versuchte Luis tatsächlich, ihm so eine lächerliche Lüge aufzutischen?

»Hör mir zu! Ich finde es nicht schlimm, wenn du etwas ausgefressen hast. Ich finde es schlimm, wenn du versuchst, mich für dumm zu verkaufen! Niemand bekommt einen verschärften Verweis dafür, dass er eine physikalische Formel an die Tafel schreibt.«

Diller schrie jetzt, und es tat ihm leid, dass er schrie, aber er konnte nicht aufhören.

»Doch! Ich!«, schrie Luis zurück.

»Was ist so schwer daran, sich an die Regeln zu halten, wenn man sie kennt! Warum können sich nicht einfach alle mal an die verdammten Regeln halten?«

Diller setzte zu einer Moralpredigt über die Einhaltung von Pflichten und die Beachtung von Regeln an, doch sie kam ihm selbst so langweilig, falsch und verlogen vor, dass sie ihn noch wütender machte, als er schon war. Luis sah ins Leere, er war genauso wütend wie Diller, und er wirkte traurig und allein. Diller tat es in der Seele weh, ihn so zu sehen. Eigentlich verstand er selbst nicht, worum es hier überhaupt ging. In seiner Schulzeit hätte ein solcher »Verstoß« zu rein gar nichts geführt. Vielleicht waren das andere Zeiten gewesen. Mit weniger Regeln, selbstbestimmter. Heute galten möglicherweise andere, neue Regeln. Das wusste Luis wahrscheinlich besser als er.

Diller brach mitten im Satz ab und stand auf. »Ich hab einen Haufen Dinge zu erledigen. Bring das in Ordnung, Luis.«

»Ja, Papa«, sagte Luis. Es klang so demütig und ernst gemeint. Dillers Herz krampfte sich zusammen.

An der Tür stellte ihn Maren: »Was ist eigentlich los mit dir? Glaubst du, dass es irgendjemandem hilft, wie du dich hier aufführst? Wir müssen doch herausfinden, was los ist. Und das gelingt uns bestimmt nicht, wenn wir Luis' Vertrauen verlieren.«

Im Stadtzentrum patrouillierten schwer bewaffnete Polizeistreifen durch die Straßen und meldeten, dass es auch tagsüber weiter zu Prügeleien, Überfällen und Plünderungen kam. Jugendliche machten sich in Scharen mit Einkaufswagen voll gestohlener Sachen davon. Erst gegen Mittag meldeten die Einheiten vor Ort, dass sie die Lage wieder weitgehend unter Kontrolle hatten.

Kessel verdämmerte den Tag auf dem Streckbett im Museum der Asservatenkammer. Er war noch immer sauer und verbittert, dass Markus Diller ihn als Mörder von Amir Aslan in Betracht gezogen hatte. Jahrzehntelang hatte es nie, niemals einen Moment gegeben, in dem er darüber nachgedacht hätte, Diller die Freundschaft zu kündigen. Und jetzt traute Diller ihm, seinem ältesten Kumpel, offenbar ohne Weiteres einen Mord zu. »Ich hoffe, dass du mit dieser Scheiße nichts zu tun hast. Das hoffe ich sehr.« Kessel brachte diese so verächtlich hingesprochenen Sätze nicht mehr aus seinem Kopf. Sicher, er hatte viel Mist gebaut und Diller eine Menge abverlangt, aber es war zynisch und unfair und irgendwie auch vernichtend, sich das sagen lassen zu müssen: »Ich hoffe, dass du mit dieser Scheiße nichts zu tun hast. Das hoffe ich sehr.«

Erst nach Einbruch der Dunkelheit verließ er die Asservatenkammer und machte sich zu Fuß auf den Heimweg in die Goethestraße. An den Straßenrändern brannten noch Feuer. Das Chaos war überall spürbar und konnte jederzeit wieder ausbrechen, wie ein nicht vollständig gelöschter Flächenbrand. Als Kessel am Treppenabsatz zu seiner Wohnung ankam, stand dort, wie ein Wächter, Hassan vor der Tür, Hassan Habib, und verzog keine Miene, als er ihn sah. Es würde Probleme mit dem Drogenverkauf geben, dachte Kessel, oder mit den Drogen selbst, die er Bobby Habib gegeben hatte. Oder es lief eben doch alles auf eine Abzocke hinaus, die sie ihm sicher gleich erklären würden, vermutete Kessel in stummer Verzweiflung.

»N'Abend, Hassan. Schön, dass du auf meine Tür aufpasst.«

Hassan trat zur Seite, er schien ihm den Weg in die Wohnung nicht verwehren zu wollen. Kessel kramte seinen Schlüssel aus der Jackentasche.

»Abdullah Habib wartet auf Sie.«

»Da drin?«

Hassan nickte.

Bobby Habib saß auf einem der beiden Schaumstofffernsehsessel, und als Kessel in die Wohnung trat, stand er auf und streckte ihm, etwas übertrieben freundlich lächelnd, die Hand entgegen.

»Herr Polizeioffizier, wie schön, dass Sie kommen. Ich bin auf gut Glück hier und wusste nicht, ob Sie den Abend woanders verbringen. Dann hätten wir uns nicht getroffen, und ich weiß nicht, ob das gut für Sie gewesen wäre. Ich habe mir erlaubt, einfach einzutreten, um mir die Wartezeit ein wenig angenehmer zu gestalten.«

»Ja, ja, schon gut. Wo ist das Problem?«

Habib stockte einen Moment und strahlte dann, als habe Kessel gerade ein Bonmot von sich gegeben. »Sie sagen es, Herr Polizeioffizier, Sie sagen es! So sind wir Menschen! Ein Problem quält uns, und wir halten es für ernst und bedeutend. Es nimmt all unsere Aufmerksamkeit in Anspruch. Wir fürchten es, und je näher wir ihm kommen, umso größer wird es. Doch sobald es gelöst ist, lachen wir darüber und sagen: ›Wie konnten wir uns davon schrecken lassen. Dieses alte Problem war doch nicht bedeutend. Jenes neue da vor uns ist es!‹«

Kessel stand immer noch so da, wie er hereingekommen war. »Ich verstehe nicht, wovon Sie reden.«

Bobby Habib zügelte seine gute Laune und sah Kessel an, als beginne nun der ernste Teil des Gesprächs. »Bitte setzen Sie sich doch, Herr Kessel. Wir haben etwas zu besprechen.«

Kessel ließ sich ihm gegenüber in den anderen Fernsehsessel fallen.

Bobby Habib beugte sich mit verschränkten Fingern

und den Ellbogen auf den Knien zu ihm vor. »Gestern noch dachten Sie, Amir Aslan sei Ihr größtes Problem. Heute ist Amir Aslan tot, und Sie denken das nicht mehr. Heute ist Ihr größtes Problem, dass man Sie für seinen Mörder halten könnte, doch Sie möchten nicht dieser Mörder sein.«

»Ich bin es auch nicht.«

»Ich weiß.«

Bobby Habib ließ eine Pause entstehen, in der er sich an Kessels Erstaunen zu ergötzen schien.

»Schön«, sagte Kessel, um das Schweigen zu beenden. Es würde nirgendwo hinführen, darüber zu rätseln, woher Bobby Habib sein Wissen hatte. Er wollte hören, worauf Habib es abgesehen hatte.

»Ich sage das nicht etwa, um Sie zu beruhigen oder Ihnen einen Gefallen zu tun. Ich weiß es wirklich«, setzte Bobby Habib fort.

»Fein, Sie wissen es wirklich.«

»Ja, ich weiß es wirklich, denn ich selbst war es, der sich gestern um Ihr größtes Problem gekümmert hat.«

Wieder machte Bobby Habib eine Pause. Kessel wusste, das konnte nur eines bedeuten, aber er wollte ihm nicht den Gefallen tun, die entscheidende Frage zu stellen.

»Ich habe Amir Aslan getötet«, sagte Bobby Habib schließlich.

»Sie haben ihn *ermordet*«, korrigierte ihn Kessel.

»Der junge Mann litt an schwersten Verletzungen. Verletzungen, wenn ich daran erinnern darf, die Sie ihm beigebracht haben. Wenn er überhaupt wieder auf die Beine gekommen wäre, hätte er das bedauernswerte Dasein eines Krüppels vor sich gehabt. Vor den Augen seiner Eltern, die ein Leben lang hart dafür gearbeitet haben, ihm eine Existenz zu ermöglichen. Nach den Verletzungen zu schließen, haben Sie nicht den Versuch gemacht zu bremsen. Ich habe den Jungen von seinen Leiden erlöst.«

»Wenn das so ist, warum muss ich Ihnen dann dankbar sein?«

»Oh, ich erwarte keine Dankbarkeit von Ihnen. Ich rechne mit Ihrer Vorstellungskraft. Stellen Sie sich vor, Amir Aslan wäre am Leben geblieben und vernommen worden, und er hätte Sie erkannt. Gefängnis wegen versuchten Mordes wäre Ihnen sicher gewesen.«

»Mag sein, aber ich habe ihn nicht umgebracht.«

»Alles, was ich sagen will, ist: Sie hatten ein gutes Motiv, es zu tun.«

Kessel zeigte keine Regung.

Bobby Habib fuhr fort. »Amir Aslan starb an einer Überdosis Drogen von genau der chemischen Zusammensetzung, wie sie auch in Ihrem Blut nachweisbar ist. Hassan hat sie ihm durch die Kanüle für die Kochsalzlösung gespritzt. Ich habe ihn gebeten, eine Spritze zu verwenden, auf der sich Ihre Fingerabdrücke befinden. Keine Sorge, er hat sie danach an sich genommen, und er verwahrt sie sorgfältig. Sie sehen, worauf ich hinauswill: Stellen Sie sich vor, das käme ans Licht. Denken Sie wirklich, irgendjemand würde daran zweifeln, dass Sie Amir Aslans Mörder sind?«

»Ich hätte das niemals getan.«

»Niemand würde Ihnen glauben. Wir alle töten, wenn uns der Vorteil, den wir uns davon versprechen, groß genug erscheint.«

»Was denn für ein ›Vorteil‹?«

»Der Vorteil, nicht erwischt zu werden.«

Kessels rechte Hand bewegte sich in Richtung seiner linken Achsel, wo unter der Jacke seine Dienstwaffe steckte.

»Nur am Rande, Herr Kessel: Falls mir etwas zustößt, werden andere das Notwendige veranlassen. Außerdem sollten Sie mir dankbar sein, anstatt mich zu verfluchen: Ich habe mich gestern um Ihr größtes Problem gekümmert. Und heute kümmere ich mich wieder um Ihr größtes Problem. Eigentlich sogar um all Ihre Probleme, und das sind nicht wenige. Gani ist eines, die Staatsanwältin, die hinter Ihnen her ist, Ihr Freund Diller, der aufhört, Ihnen zu glauben. Ich will nicht behaupten, ich täte es uneigennützig. Ich bin auch nur ein Mensch, der sich durchschlägt. Es ist an der Zeit, Ihnen ein wenig von mir zu erzählen, dann finden wir ganz sicher einen Weg, wie wir unsere Interessen zur Deckung bringen können.«

Kessel hatte die Hand nach Habibs Bemerkung wieder sinken lassen, obwohl er ihn gerne zerschmettert hätte. Aber er musste sich eingestehen, dass er ihm ganz und gar ausgeliefert war. Wenn es überhaupt noch eine Chance gab, nicht aufzufliegen, dann zu den Bedingungen, die ihm Bobby Habib nennen würde.

»Ihnen sagt der Name Jeremy Kindall etwas?«

Kessel nickte, als müsste den jeder kennen, dabei wusste er nur, was er ein paar Tage zuvor von dem Flugblatt gelernt hatte.

»Meine Familie ist in vielen Ländern zu Hause«, fuhr Bobby Habib fort. »Ich sagte Ihnen schon, dass ich viele Jahre in den USA verbracht habe. Einer meiner Brüder lebte auf Lamu, einer Insel im Indischen Ozean vor Kenia, eine Tagesreise entfernt von Mombasa. Es ist eine kleine Insel, die Bevölkerung ist islamisch, die Regierung kenianisch. Die Insel ist sehr schön, einige reiche Europäer besitzen dort luxuriöse Anwesen, aber auch die übrige Bevölkerung lebt nicht in der gleichen Armut wie die Menschen auf dem Festland. Mein Bruder betrieb dort mit seiner Familie ein Hotel. Es gab auch einen amerikanischen Stützpunkt auf der Insel. Ein Anlaufpunkt für die Schiffe, die in den Nahen und Mittleren Osten unterwegs waren, und angeblich der Ort, von dem aus die Einsätze geheimer paramilitärischer Spezialeinheiten geplant und geleitet wurden. Mein Bruder, er heißt Salih, hatte einen sechzehnjährigen Sohn, Abbas. Ein freundlicher, hilfsbereiter Junge, der die Schule besuchte, im Hotel mitarbeitete und sich natürlich für die rätselhafte Militärbasis am anderen Ende der Insel interessierte. Manchmal kamen Männer von dort ins Hotel, um vor dem Übersetzen mit der Fähre ein paar Einkäufe zu machen. Es waren Amerikaner, aber sie waren keine amerikanischen Soldaten. Sie sahen ernster aus und waren noch moderner ausgerüstet. Abbas und seine Freunde bewunderten sie unendlich, als wären sie Kriegsgötter. Wir wissen wenig darüber, wie es dazu kam, aber Abbas und drei seiner Freunde hatten beschlossen, eines Nachts in die ›schwarze Festung‹, wie die Leute die Militärbasis nannten, einzudringen. Niemand weiß, was sie vorhatten. Kindalls Söldner hielten sie wohl für Spione, Terroristen, Selbstmordattentäter, für Arabs. Tagelang hielten sie sie gefangen, und tagelang folterten sie die Jungen. Auch in Todesangst aber gaben die nichts preis von ihren Plänen, aus dem simplen Grund, weil es keine Pläne gab. Ihre Peiniger hielten sie deshalb für ganz besonders entschlossene Fanatiker und griffen zu immer perfideren

Mitteln. Irgendwann muss ihnen bewusst geworden sein, dass sie es mit ein paar Jugendlichen zu tun hatten, die nichts verraten konnten, weil sie nichts zu verraten hatten. Da wollten sie sie loswerden. Man fand sie im Morgengrauen am Stadtrand. Niemand wusste, wer sie so zugerichtet hatte, auch wenn es natürlich schon bald Gerüchte gab. Angehörige und Freunde brachten die Jungen nach Hause. Unter den Hotelgästen war ein Arzt, der sich um sie kümmerte. ›Wer hat dir das angetan?‹, fragte sein Vater Abbas immer wieder, doch der war zu schwach, um zu antworten. Abbas Habib starb wenige Tage später an den Folgen der Misshandlungen. Am Tag seines Todes fragte sein Vater ihn wieder, und kurz bevor er starb, brachte Abbas sein letztes Wort über die Lippen: ›Kindall.‹«

Bobby Habib machte eine Pause, um die Wirkung seiner Worte auf Kessel zu verstärken.

Dann fuhr er fort. »Mein Bruder, bis dahin ein besonnener Geschäftsmann und ein Freund der Amerikaner, hatte nun den Verlust seines einzigen Sohnes zu beklagen. Der Name Kindall sagte ihm nichts. Deshalb holte er Erkundigungen ein, schrieb Briefe an die amerikanischen Behörden und verlangte, dass der Mörder seines Sohnes vor Gericht gestellt werde. Aber man hat ihn wie einen Dummkopf behandelt und ihm gesagt, er habe keine Beweise. Da schwor mein Bruder Rache, was immer es ihn kosten mochte. Freunde halfen ihm, den richtigen Mann zu finden, um Jeremy Kindall zu töten. Dieser Mann war Salem Yusuf, und Sie wissen, wo er sich heute befindet.«

Kessel nickte. »Was hatte Salem Yusuf vor?«, fragte er.

»Jeremy Kindall wird bei der Sicherheitskonferenz am

Samstagnachmittag um sechzehn Uhr einen Vortrag im großen Plenarsaal halten, und Salem Yusufs Aufgabe wäre es gewesen, ihn zu töten, während er auf dem Podium steht.«

»Indem er sich mit einem Gürtel aus Plastiksprengstoff in die Luft jagt?«

»Wir hatten eine bessere Idee. Salem Yusuf wäre unerkannt entkommen.«

»Keine Chance. Der *Wittelsbacher Hof* wird am Samstag der sicherste Ort der Welt sein. Jeder Quadratzentimeter wird von Personenschützern, Polizei und den Geheimdiensten aller Länder dieser Erde überwacht. Glauben Sie mir, ich weiß, wovon ich spreche, ich gehöre dazu.«

Jetzt lächelte Bobby Habib.

»Ich weiß, dass Sie dazugehören. Das ist einer der Faktoren, der die Sache für Sie vereinfachen wird. Treten Sie an Salem Yusufs Stelle, Herr Polizeioffizier, töten Sie Jeremy Kindall, und entkommen Sie unerkannt.«

»Selbst wenn das möglich wäre, was um alles in der Welt lässt Sie annehmen, ich würde das tun?«

»Sie haben recht, Herr Polizeioffizier, auch ich musste mir diese Frage natürlich stellen, als ich darüber nachdachte, ob ich es wagen soll, Ihnen dieses Angebot zu unterbreiten. Zunächst dachte ich, es sei eine moralische Frage: Wollen Sie als der verachtenswerte Mörder des unschuldigen Amir Aslan überführt werden? Oder wollen Sie etwas Sinnvolles tun und den Tod eines Jungen rächen, der einem skrupellosen Mörder zum Opfer fiel? Eine schwierige, wahrscheinlich gar nicht zu entscheidende Frage. Doch dann erinnerte ich mich an einen alten Freund von mir, in meiner Heimat. Auch er ist ein

Polizeioffizier. Er pflegte mir gerne eine Frage zu stellen: ›Was hält uns davon ab, aus der Reihe zu tanzen?‹«

Kessel dachte zuerst, sie wäre rhetorisch gemeint. Aber Bobby Habib wollte tatsächlich eine Antwort von ihm.

»Was hält uns davon ab, aus der Reihe zu tanzen?«, wiederholte Bobby Habib seine Frage.

Kessel zuckte die Achseln. »Sie werden's mir sagen.«

Bobby Habib nickte. »›Die Angst vor Strafe. Nichts anderes. Allein die Angst vor Strafe‹, sagte mein Freund. Ich empörte mich jedes Mal aufs Neue, wenn er es sagte. Ich erwiderte, das Gute im Menschen, die Gesetze, die Religion, der Glaube, das Herz am rechten Fleck, etcetera ... Doch er beharrte auf seiner Ansicht: ›Nein, es ist nur die Angst vor Strafe.‹ Inzwischen glaube ich, dass er recht hat. Sie haben die Wahl. Entweder Sie gehen als Mörder eines unschuldigen Jungen ins Gefängnis, den Sie mit Heroin zur Strecke gebracht haben, nachdem es Ihnen mit Ihrem Einsatzfahrzeug nicht gelungen war. Oder Sie nutzen Ihre Chance davonzukommen. Wenn Sie alles richtig machen, werden Sie am Samstagabend ein freier Mann sein.«

Kessel war während der letzten Minuten in seinem Sessel zusammengesunken. »Es gibt noch eine dritte Möglichkeit«, sagte er.

»Sicher, Sie könnten sich umbringen. Ich würde dafür sorgen, dass Sie als Mörder Amir Aslans zu Grabe getragen werden. Wie gesagt, die Spritze, Ihr Blut ... Ihr Freund Diller würde für den Rest seines Lebens glauben, Sie hätten ihn verraten, und auch seine Frau, die Liebe Ihres Lebens, könnte Ihnen nie verzeihen.«

Kessel starrte vor sich hin. »Welche Sicherheit habe ich, dass Sie die Wahrheit sagen?«

»Sie haben mein Wort. Das wird Ihnen genügen!«

Bobby Habib lachte, dann schwiegen sie beide eine Weile.

»Bevor ich mich entscheide, möchte ich genau wissen, wie Ihr Plan funktioniert.«

Donnerstag, 7. Februar

Die E-Mail von Staatsanwältin Osmanoglu kam ohne Betreff und ohne Anrede. Der Text lautete einfach nur:

»Zur Info: Heute Morgen Telefonat mit der Gerichtsmedizin. Todesursache: Überdosis Heroin. Wer sie ihm verabreicht hat: unklar. Eingeleitet über den Versorgungskanal.

PS: Anliegend schicke ich Ihnen einen Zwischenbericht über die Ermittlungsergebnisse zu Amir Aslan. Die Zusammenführung der Zeugenaussagen ergibt doch ein recht klares Bild.«

Sie hatte sie nicht einmal unterschrieben. Diller war sich nicht sicher, ob er sich das nur einbildete, aber es war, als läge in dieser Botschaft etwas gehässig Triumphierendes. »Wer sie ihm verabreicht hat: unklar.« Diller las darin: Sie und ich, wir wissen ganz genau, wer es getan hat. Noch ist es zu früh, seinen Namen zu nennen, aber verlassen Sie sich darauf, die Beweise werden folgen.

Diller hätte Osmanoglu am liebsten gleich angerufen und sie mit Gegenfragen zugeschüttet: »Hatte Amir Aslan ein Drogenproblem?« »Kann es sein, dass er sich die Überdosis selbst verabreicht hat?« Aber das waren

Fragen, die die Verteidigung Kessels hätte formulieren können. Genau mit solchen Fragen würde er ihr seinen Freund in die Arme treiben.

Er las den Zwischenbericht und er erschütterte ihn, auch wenn er nicht viel Neues brachte, was die Tatfrage anging. Dann rief er Kessel an, der tatsächlich an seinem Schreibtisch Dienst tat. Er verabredete sich mit ihm auf einen Kaffee in der Kantine, um ihm von der E-Mail zu erzählen und einen Plan zu fassen. Konnte er sich vorstellen, dass Kessel auf irgendeine absurde Weise für Amir Aslans Tod verantwortlich war? Der Gedanke erschien ihm absurd. Aber wenn er in diesem Beruf etwas gelernt hatte, dann war es das: niemals etwas auszuschließen, was einem absurd erschien, niemals etwas auszuschließen, bis es nachweislich nicht stimmte. Manchmal stieß aber auch Diller an seine Grenzen.

Als er Kessel in der Cafeteria begegnete, erschrak er über dessen Anblick. Er sah merkwürdig verquollen aus, bleich, furchtbar mitgenommen.

»Du siehst ganz schön scheiße aus«, sagte er zu ihm.

»Du würdest an meiner Stelle auch scheiße aussehen«, antwortete Kessel prompt. Und es war nicht komisch gemeint. Es klang eher wie: »Du weißt ja gar nicht, in was für einer Klemme ich stecke.« Diller hatte vorgehabt, ihm den Schwur abzunehmen, Amir Aslan nicht getötet zu haben. Aber jetzt, wo sie über ihren braunen Plastikkaffeebechern saßen, fehlte ihm der Mut dazu. Er hatte Angst vor der Antwort. Kessel würde natürlich alles schwören, wenn Diller es von ihm verlangte. Aber an der Art, wie er es tun würde, könnte Diller ablesen, ob er log oder nicht.

»Amir Aslan ist nicht an den Folgen des Unfalls gestorben, sondern an einer Überdosis Heroin«, sagte Diller so neutral wie möglich und wartete Kessels Reaktion ab.

»Oh, das ist bedauerlich. Das ist schrecklich.« Kessel wirkte beinahe abwesend, als er das sagte.

»Was denkst du?«, fragte Diller ihn. »Erich?«

»Ich weiß nicht. Hatte Amir Aslan ein Drogenproblem? Kann es sein, dass er sich die Überdosis selbst gesetzt hat?«

Diller war fassungslos, Kessel sagte das beinahe gelangweilt, als wäre ihm die Arbeit völlig egal.

»Ist alles okay mit dir, Erich?«

»Ich komm klar. Alles gut. Osmanoglu hat nichts in der Hand gegen mich. Das ist bald vorbei, da bin ich sicher.« Auch das klang wieder beinahe gelangweilt. Diller bereute, sich mit ihm getroffen zu haben. Wie sollte Diller ihn für unschuldig halten, wenn er nicht redete? Er hatte einen Fehler gemacht und Kessel gedeckt als es um den Unfall ging, aber er würde nicht mitmachen, einen Mörder vor seiner gerechten Strafe zu bewahren. Selbst dann nicht, wenn dieser Mörder ein Polizist und noch immer sein bester Freund war. Beweise hatte er nicht, und er würde sich nicht darum reißen, welche zu finden. Er würde Staatsanwältin Osmanoglu ihre Arbeit machen lassen, aber für Kessel konnte er nichts mehr tun.

Sie versicherten einander, auf dem Posten zu bleiben und diese Woche gut zu überstehen. Die Sicherheitskonferenz würde ein Festungskampf werden, wie es ihn in dieser Stadt noch nicht gegeben hatte. Die Politik hatte entschieden, es würde kein Zurückweichen geben. Wie hoch der Preis dafür sein würde, wusste noch niemand.

Gleich nach dem Treffen mit Kessel verließ Diller das Präsidium und ging zu Fuß zur U-Bahn. Er war bewaffnet, und das gab ihm ein gewisses Gefühl der Sicherheit. Die Gesichter der Menschen waren besorgt, manche ängstlich. Niemand hielt sich länger als nötig auf den Straßen auf. In erstaunlicher Schnelligkeit waren die Spuren der Krawalle beinahe unsichtbar gemacht worden. Eingeschlagene Schaufenster wurden ausgewechselt, überall wurde aufgeräumt, zusammengekehrt, gestrichen und geputzt. Reinigungsdienste und Firmen, doch vor allem die ganz normalen Leute arbeiteten wie besessen. Es ging nicht nur darum, die materiellen Schäden zu beseitigen. Es ging darum, diesen Vandalen zu zeigen, dass sie nicht in der Mehrheit waren. Es konnte ihnen ein Überraschungsangriff gelingen, aber mehr auch nicht. Jetzt würden die Menschen, die etwas zu verlieren hatten, zurückschlagen, und zwar mit den Mitteln des Rechtsstaats, der wehrhaft genug war gegen die Wilden. An jeder Straßenecke standen schwarz uniformierte Polizisten in schusssicheren Anzügen, ausgerüstet mit Helmen und Maschinenpistolen. Scharfe Personenkontrollen wurden durchgeführt. Wer sich nicht korrekt ausweisen konnte oder sonst wie verdächtig erschien, wurde in Haft genommen. »The Empire strikes back« hatte Mona das am Frühstückstisch genannt. Aber es war nicht irgendein finsteres Empire, das hier zurückschlug. Es waren die Bürger der Stadt, die in der Übereinkunft leben wollten, Recht und Gesetz zu achten. Diller betrachtete sein Spiegelbild in einem unbeschädigten Schaufenster. Er sah aus, als sei er einer von ihnen.

Das U-Bahn-Netz war wieder voll funktionsfähig, alle Linien fuhren nach Plan. Diller nahm die Linie Richtung Westend und stieg an der Haltestelle Schwanthalerhöhe aus. Als er auf die Rolltreppe nach oben zuging, wuchs seine Aufregung. Er hätte nicht hier sein sollen, und wenn irgendetwas schiefging bei dem, was er jetzt vorhatte, würde man ihm genau dies vorwerfen.

Auf dem Weg in die Geroltstraße blieb er unbehelligt. Niemand kümmerte sich um ihn. Auch hier waren die Anwohner damit beschäftigt aufzuräumen, und auch hier war man schon erstaunlich weit gekommen. Polizeieinheiten patrouillierten in Panzerwagen durch die Straßen. Diller begann nach einem Friseursalon zu suchen. Er hatte alles über Amir Aslan in den Akten gelesen, was es zu lesen gab. Seine Eltern betrieben einen kleinen Friseursalon in der Geroltstraße. Nun stand er vor ihm. Er zögerte, bevor er eintrat. Doch genau deshalb war er hergekommen. Er wollte Amir Aslans Eltern treffen.

Sie hatten auch am Tag nach dem Tod ihres Sohnes den Laden geöffnet. Nach dem, was in Didem Osmanoglus Zwischenbericht über sie zu lesen war, hatte Diller das erwartet. Er konnte sich ihnen nicht zu erkennen geben und schon gar nicht offenbaren. Aber immerhin konnte er sich von ihnen die Haare schneiden lassen und versuchen, ein wenig mehr über das Leben Amir Aslans zu erfahren.

Er grüßte, als er eintrat. Gestern war der Sohn dieser Leute gestorben, dachte Diller, dennoch betrieben sie ihr Geschäft. Sie taten es nicht etwa aus Gefühllosigkeit, sondern weil nichts besser geworden wäre dadurch, wenn sie es heute geschlossen hielten.

»Mein Mann hat noch einen Kunden. Setzen Sie sich bitte, ich bringe Ihnen Tee.«

Diller setzte sich, bedankte sich für den Tee und betrachtete Herrn Aslan, der einem Kunden in seinem Alter die Haare schnitt. Ab und zu wechselten die Männer ein paar Worte auf Türkisch miteinander. Frau Aslan war hinter einem Vorhang verschwunden. Über dem großen Spiegel an der Wand gegenüber hing ein DIN-A4 großes gerahmtes Studioporträt von Amir mit einem schwarzen Flor über der rechten oberen Ecke. Es war das einzige sichtbare Zeichen von Trauer, abgesehen vom erloschenen Gesicht seines Vaters.

Auf Diller wirkte es so, als sei Amir Aslan für seine Eltern schon länger tot. Vielleicht schon seit dem Unfall, vielleicht aber auch noch länger.

Alican Aslan und seine Frau Aygün hatten diesen Salon vor über dreißig Jahren eröffnet, und seither folgte ihr Alltag einem durch die Öffnungszeiten vorgegebenen Rhythmus, den sie nur jeden zweiten Sommer unterbrachen, um die Familie in der Türkei zu besuchen. Amir Aslan war ihr jüngster Sohn gewesen, das einzige von fünf Geschwistern, das noch bei ihnen wohnte. Die älteren Kinder waren längst aus dem Haus. Einige von ihnen hatten selbst Familie. Amir war ein Nachzügler gewesen, mit dem die Aslans nicht mehr gerechnet hatten. Frau Aslan war schon über vierzig, als sie ihn bekam, und ihr Mann noch einige Jahre älter. Obwohl es ihnen manchmal schien, als ginge es über ihre Kräfte, auch noch dieses fünfte Kind großziehen zu müssen, schenkten sie ihm mehr Aufmerksamkeit als jedem der anderen zuvor. Die Meinungen gingen auseinander, ob ihnen Amir dennoch oder gerade deshalb mehr Aufregung und Ärger bescherte. Seit seinem sechzehnten Lebensjahr besuchte er mehrmals in der Woche ein Fitnessstudio. Amir war nicht besonders groß, aber er hatte die Kraft und die Muskeln eines Kampfhundes und genoss unter seinen Freunden höchsten Respekt. Was in der Schule von Amir verlangt wurde, war ihm eher fremd. Immerhin saß er die neun vorgeschriebenen Jahre ab, das letzte wiederholte er. Der von den Lehrern nahegelegte, von ihm aber nur halbherzig unternommene Versuch, den qualifizierten Abschluss zu schaffen, scheiterte. Niemand empfand das als Tragödie. Amir begann eine Friseurlehre im Laden seines Vaters. Er stellte sich dabei geschickt an, leicht ging ihm die Zentimeterarbeit, die ihm sein Vater beibrachte, von der Hand. Sie machte ihm sogar Spaß. Seine Eltern hofften deshalb, er könne bald schon den Laden übernehmen, und alles hätte sich zum Guten gefügt, wären da nicht Amirs Freunde gewesen.

Seit der Grundschule stand Amir unter diesem »schlechten Einfluss«. Der Ausdruck tauchte in den Zeugenaussagen immer wieder auf, und Didem Osmanoglu zitierte ihn auch in ihrem Zwischenbericht. Wer oder was dieser »schlechte Einfluss« war, worin er bestand, wie er zustande kam, darüber hatte niemand etwas gesagt. Nur, dass er immer stärker geworden war. Als Amir zwanzig wurde, zweifelte niemand mehr daran, dass er dem »schlechten Einfluss« erlegen war, aber niemand wollte Genaueres wissen, auch die Aslans nicht. Der »schlechte Einfluss« besuchte sie regelmäßig in ihrem Laden und ließ sich von Amirs Vater die Haare schneiden, jedes Mal brachte er Geschenke mit, wertvollen Schmuck, eine Uhr für den Vater, und beim nächsten Besuch achtete der »schlechte Einfluss« darauf, ob sie getragen wurde. Der

»schlechte Einfluss« nahm ihnen dafür ihren Sohn, der nun keine Zeit mehr hatte für das elterliche Geschäft. Als Amir im Koma lag, bestimmte der »schlechte Einfluss« auch, wann wer was mit der Polizei besprechen durfte. Diller erinnerte sich, dass er und Kessel dem »schlechten Einfluss« schon einmal persönlich gegenübergestanden hatten.

Als er an der Reihe war, ließ er sich seine ohnehin kurzen Haare noch ein bisschen kürzer schneiden. »Bitte nur nachschneiden«, sagte er. Alican Aslan nickte, das war in wenigen Minuten getan. Diller hätte gerne eine Unterhaltung mit ihm geführt, ihm gesagt, wie sehr er sich am Tod seines Sohnes schuldig fühlte, aber das war natürlich vollkommen unmöglich, und Alican Aslan hätte dafür, so vermutete Diller, nicht mehr als stumme Verachtung übrig gehabt. Kaum hatte Diller sich hingesetzt, war Alican Aslan auch schon mit dem Schneiden fertig. Diller bedankte sich, stand auf und griff nach seinem Geldbeutel.

»Lassen Sie, lassen Sie. Sie sind mir nichts schuldig. Gehen Sie einfach. Lassen Sie«, sagte Alican Aslan und machte dabei eine Handbewegung, als verscheuche er eine Fliege.

Kessel saß in seinem hell erleuchteten Büro. Es war groß, hoch und geräumig, und dennoch empfand er ein Gefühl der Enge. Er hatte sein Handy vor sich und scrollte sich durch die verpassten Anrufe. Es waren einige, aber er suchte eine bestimmte Nummer. Als er sie gefunden hatte, war er kurz unschlüssig, dann tippte er sie an.

»Ich habe auf meinem Display gesehen, du hast es ein paarmal bei mir versucht in den letzten Tagen.«

»Ein paarmal ist gut, Erich. Ich dachte, du bist tot! Oder du willst nicht mehr mit mir sprechen.« Maren schien wirklich erleichtert.

»Ich hatte gehofft, du würdest dich bei mir melden. Schön, dass du angerufen hast«, sagte Kessel.

»Noch schöner wäre es gewesen, du wärst drangegangen.«

Kessel telefonierte gerne mit Maren, sogar jetzt, wo er ihr nichts Angenehmes zu sagen haben würde. Er liebte es, ihre Stimme zu hören, obwohl er es nie zugegeben hätte, schon gar nicht ihr gegenüber. Sie wusste es wahrscheinlich ohnehin. Immer hatten sie miteinander telefoniert. Sie hatten telefoniert, als Maren mit Richard Teubner zusammen war. Ihn hatte sie zuerst angerufen, als Richard tot in ihrer Wohnung lag. Später hatte sie Kessel angerufen, um ihm zu sagen, dass sie Markus heiraten würde, dass das aber an ihrer tiefen Freundschaft nie etwas ändern könne. Sie hatte ihn angerufen, wenn sie Streit mit Markus oder mit ihren Kindern hatte. Dabei war Zuhören gar nicht seine Stärke. Seine Stärke war eher, dass er nie wirklich irgendwo dazugehört hatte. Zu keiner Familie, keinem Partner. Wenn überhaupt, dann als dunkler Trabant zur Familie Diller. Markus hatte ihm im Polizeidienst durch die finstersten Zeiten seiner Abhängigkeit geholfen. Maren nachts am Telefon zu Hause. Markus wusste von ihren Telefonaten, und doch war immer auch ein kleiner Verrat gegen ihn dabei. Das war auch diesmal wieder so.

»Ich konnte nicht mit dir sprechen.«

»Wieso denn nicht?«

»Ich hätte dich anlügen müssen.«

»Es wäre nicht das erste Mal gewesen.«

»Ich weiß.«

Kessel schloss die Augen, während er sprach. »Du bist der einzige Mensch, dem ich anvertrauen kann, was ich dir jetzt sage. Bitte versprich mir, dass du es für dich behältst. Unter allen Umständen. Auch Markus gegenüber.«

»Okay.«

Maren klang etwas verwundert, so als sage sie zu, sich auf etwas unfaire Spielregeln einzulassen.

»Amir Aslan, der Junge, der im Krankenhaus gestorben ist. Ich war es, der ihn im Westend angefahren hat. Markus und ich saßen zusammen im Auto, er auf dem Beifahrersitz, ich am Steuer. Es gibt noch keine offiziellen Ermittlungen deswegen, aber eine Staatsanwältin ist hinter mir her. Ich weiß nicht, ob es am Ende herauskommt oder nicht. Ich habe ihn angefahren, das stimmt. Ich glaube sogar, ich wollte ihn töten in diesem Moment. Aber ich *habe* ihn nicht getötet. In dieser Nacht nicht und auch später im Krankenhaus nicht, verstehst du?«

Maren schwieg.

»Maren?«

Einen Augenblick war Kessel verwundert, aber dann begriff er. Markus hatte ihr nicht erzählt, dass Erich den Wagen gefahren hatte. Diese Möglichkeit war ihm gar nicht in den Sinn gekommen.

»Natürlich verstehe ich das«, sagte Maren, als sie sich gefasst hatte.

»Und du glaubst mir?«

»Warum denn nicht, Erich?«

»Du wärst die Einzige. Die Staatsanwältin glaubt, ich hätte Amir Aslan eine Überdosis Heroin verpasst, und Markus glaubt es auch.«

»Das hat er *gesagt*?«

»Nicht direkt. Er hat es beinahe gesagt. Ich spüre, dass er es glaubt. Ich habe ihn so oft angelogen. Woher soll er wissen, dass ich ihn nicht auch diesmal anlüge?«

»Markus hat immer zu dir gestanden, Erich.«

»Ja, das hat er. Und du auch.«

»Erich, warum sagst es nicht einfach? Warum legst du nicht einfach ein Geständnis ab? Du sitzt deine Strafe ab, wirst clean und fängst von vorne an.«

Kessel musste alle Kraft zusammennehmen, um nicht aufzugeben. Jetzt und auf der Stelle. Und er spürte, wie die Kraft, durchzuhalten, ihn verließ. Vielleicht wäre er ihrem Rat gefolgt, wenn es Bobby Habib nicht gegeben hätte. Er wollte ehrlich zu ihr sein, aber von Bobby Habib konnte er ihr nicht erzählen, ohne sie mit hineinzuziehen und das Elend noch zu vergrößern.

»Mal sehen, was ich tun werde«, sagte er. »Was immer geschehen wird, du musst mir glauben, dass ich Amir Aslan nicht getötet habe, auch wenn sie irgendwann das Gegenteil behaupten.«

»Wer sind *sie*, Erich?«

»Ich habe ihn nicht getötet. Glaubst du mir das? Du bist der einzige Mensch auf der Welt, dem ich die Wahrheit sagen würde. Ich würde dir sagen, wenn ich ihn umgebracht hätte. Aber ich habe ihn nicht umgebracht.«

Er fand, er klang wie ein Lügner.

»Natürlich glaube ich dir das«, sagte Maren. In ihrer Stimme lag eine gewisse Traurigkeit.

»Ich bitte dich, erzähl Markus nichts davon. Ich musste es dir sagen, damit es wenigstens einen Menschen auf der Welt gibt, der es weiß.«

»Erich, ich bin sicher, wenn wir reden, Markus, du und

ich, finden wir einen Weg für dich. Ein Rückfall ist keine Katastrophe. Es *ist* eine Katastrophe, dass Amir Aslan tot ist. Aber wenn du sagst, du hast ihn nicht umgebracht, dann kannst du dafür auch nicht zur Rechenschaft gezogen werden. Es gibt einen Weg da raus, Erich. Es gibt immer einen Weg.«

Für Menschen wie Maren mochte das stimmten, dachte Kessel. Er konnte sich vorstellen, wie Maren sich in seiner Lage befreien würde. Wie sie alles, was gegen sie sprach, freimütig vor aller Welt ausbreitete, um anschließend die Verantwortung dafür zu übernehmen. Aber ebendeshalb, weil sie so war, befand sie sich nicht in seiner Lage.

»Ja, es gibt immer einen Weg, du hast recht, Maren. Bitte, versprich mir ...«

»Versprochen, Erich, versprochen!«

»Danke. Dank, dir, Maren. Ciao.«

Er unterbrach die Verbindung. Wenige Sekunden später klingelte sein Handy, und er sah Marens Nummer auf dem Display. Vielleicht war das das letzte Gespräch gewesen, das er mit ihr geführt hatte.

Schlaflos lag Diller im Bett und spürte, dass auch Maren noch wach war. Er sah zu ihr hinüber, sie hatte die Augen geöffnet.

»Maren?«, flüsterte er.

»Ja?«

Er stützte sich auf den Ellbogen und sah sie an.

»Ich mache mir Sorgen um Erich«, sagte er.

»Du hast mir nicht gesagt, dass er gefahren ist.«

»Um dich zu schützen.«

»Wie schützt du mich damit denn?«

»Wenn sie kommen und dich fragen, ob ich dir etwas erzählt habe, musst du nicht lügen.«

»*Sie*. Wer sind denn *sie*, Markus? Du redest wie Erich.«

»Du hast mit ihm gesprochen?«

»Wir haben heute telefoniert, ja.«

Ein kleiner Anflug von Eifersucht überkam Diller, auch nach so vielen Jahren. Er schob sie beiseite und beschrieb Maren seine Zweifel an Kessel, seine Sorge, er könne Amir Aslan auf dem Gewissen haben. Er drückte es vorsichtiger aus, aber das war es, was er meinte, und Maren verstand ihn. Sie berichtete ihm von Kessels Beteuerungen am Telefon.

»Warum hast du mir nicht gleich gesagt, was passiert ist, Markus?«

»Weil ich mir nicht verzeihen konnte, dass ich uns alle in Gefahr gebracht habe.«

»Bitte sag Erich nicht, dass wir darüber gesprochen haben. Ich musste es versprechen. Ich verstehe nicht, warum er so beteuert, kein Mörder zu sein. Ich habe ihm gesagt, ich glaube ihm, und das tue ich auch.«

Diller nickte. Er zog Maren zu sich und küsste sie. Diller hatte das Gefühl, er sei es Maren schuldig, Kessel zu retten, aber er verstand nicht genau, wieso sie es von ihm verlangte. Beunruhigender aber war, wie befreiend es ihm im Gegensatz dazu erschien, Kessel verloren zu geben.

Freitag, 8. Februar

Es war der erste Tag des Sicherheitskonferenz. Vom Flughafen bis in die Innenstadt bildeten Polizei, Bundesgrenzschutz und Bundeswehr einen Korridor, in dem die Gäste vom frühen Morgen an zum *Wittelsbacher Hof* gebracht wurden. Tausende schwerbewaffnete Uniformierte hatten die Stadt in das verwandelt, was sie in diesen drei Tagen sein musste, um ihrem Ruf gerecht zu werden: der sicherste Ort der Welt.

Um drei Uhr nachmittags würden der Verteidigungsminister der Bundesrepublik Deutschland und der Generalsekretär der NATO ihre Eröffnungsreden halten. Die Ermittlungseinheit traf letzte Vorkehrungen im *Wittelsbacher Hof* und koordinierte sie mit der Einsatzleitung, der auch Diller angehörte.

Er saß mit seiner Familie beim Frühstück, als das Telefon klingelte. Luis, der kurz davor war, sich auf den Schulweg zu machen, stürzte sich förmlich auf den Apparat. Diller beobachtete, wie Luis binnen Sekunden aschfahl wurde. »Ja«, sagte er beinahe tonlos in den Hörer und reichte ihn an seinen Vater weiter.

Diller ahnte, dass es die Schule war.

»Diller.«

»Grüß Gott, Herr Diller. Hier Direktoratssekretariat Romano-Guardini-Gymnasium, Ross. Sie sind Luis' Vater?«

»Der bin ich, ja.«

»Herr Diller, ich bedaure, Ihnen im Namen von Herrn Direktor Obermann eine wichtige Mitteilung machen zu müssen. Wir sehen uns gezwungen, den Schulvertrag Ihren Sohn Luis betreffend mit sofortiger Wirkung zu kündigen. Die schriftliche Kündigung folgt. Bitte tragen Sie Sorge dafür, dass Ihr Sohn das Schulgelände nicht mehr betritt. Wir müssten sonst die Polizei verständigen.«

»Wie bitte?« Diller schrie beinah. Weniger vor Wut als vor Überraschung.

»Ja, Herr Direktor Obermann hat das so angeordnet, es tut uns leid.«

»Aber mit welcher Begründung?«

»Herr Direktor Obermann weist darauf hin, dass Ihnen die Umstände bekannt sind.«

»Was für Umstände denn? Sie können mir keinen triftigen Grund nennen?«

»Herr Direktor Obermann hat das so angeordnet. Sie erhalten die Kündigung schriftlich, es tut uns leid.«

»Und das kann er mir nicht selbst sagen?«

»Herr Direktor Obermann ist gerade in einer wichtigen Konferenz.«

»Um halb acht Uhr morgens?«

»Ja, um halb acht Uhr morgens.«

»Ist gut, Frau Wieauchimmer. Ich hab's vernommen!«

Diller drosch den Hörer auf die Gabel. Luis, auf den nächsten Anpfiff gefasst, sah ihn mit bebender Unterlippe an.

Diller sagte: »Du bleibst hier, wir reden später!«, und schob ihn zur Seite.

Maren kam dazu. »Was ist denn los?«

»Sie haben ihn rausgeschmissen.«

»Wie bitte?«

»›Die Umstände sind uns bekannt‹, sagen sie. Mir ist überhaupt nichts bekannt!«

Diller stürmte aus dem Haus, zu seinem Wagen.

Er parkte seinen alten Golf an der Schulmauer zwischen zwei luxuriösen Sportwagen, die vermutlich zwei Oberstufenschülern gehörten, denn die Lehrer konnten sich solche Autos genauso wenig leisten wie er. Der Unterricht hatte noch nicht begonnen, Kinder und Jugendliche aller Jahrgangsstufen waren unterwegs in ihre Klassen, überall herrschte friedliches Gedrängel. Diese Schüler sahen nicht anders aus als Luis. Warum durfte er keiner mehr von ihnen sein?

Diller fiel durch sein ungemütliches Schritttempo auf. Ein Lehrer fragte ihn freundlich, wohin er wolle.

»Zum Direktorat!«

Diller sagte es mit aggressivem Nachdruck und der Lehrer wies ihm den Weg. *Zum Direktorat bitte im Direktoratssekretariat ANMELDEN* stand auf einem DIN-A4-Blatt an der Tür des Direktoratssekretariats. Diller ging zielstrebig daran vorbei, auf die Tür des »Direktorats« zu und preschte ohne anzuklopfen hinein. Direktor Obermann, ein Mann im Anzug und mit Halbglatze und einem Haarbüschel über der Stirn, sprang aus seinem Stuhl auf und legte die Hände auf die Schreibtischplatte.

»Ich heiße Diller. Ich möchte wissen, welcher wichtige Grund es Ihnen nötig erscheinen lässt, meinen Sohn von der Schule zu verweisen!«

Der Direktor hob abwehrend die Hände. »Ich fühle mich bedroht! Ich verständige die Polizei!«

»Ich *bin* die Polizei!« Diller hielt ihm seine Dienstmarke entgegen.

»Sie werden nicht darum herumkommen, Herr Direktor, mir den Grund für Ihr Verhalten zu nennen. Sie werden nicht darum herumkommen, sich mit mir zu unterhalten! Das ist nicht zu viel verlangt!«

»Nehmen Sie Platz! Aber ich habe nicht viel Zeit.«

Er wies Diller einen Stuhl ihm gegenüber an. Obermann sammelte sich und begann, als sie beide saßen.

»Beginnen wir mit dem verschärften Verweis ...«

»... den zwei Schüler bekommen haben, weil sie eine physikalische Formel an die Tafel geschrieben haben?«

»O nein, Herr Diller, so einfach ist die Sache nicht. So einfach ist sie nicht. Sie können sich nicht einfach hier hinsetzen und sich über unser Haus lustig machen. Marc Bruckner und Ihr Sohn Luis sind wiederholt negativ aufgefallen durch Unbotmäßigkeit, Insubordination, Widerrede und die hartnäckige Weigerung, Aufforderungen nachzukommen. Es ist den Schülern des Gymnasiums streng untersagt, die Räume der im Nebengebäude befindlichen Grundschule zu betreten. Dennoch haben Marc und Luis das getan. Es war nicht das erste Mal, dass so etwas vorgekommen ist. Mein Kollege, der Direktor der Grundschule, forderte Konsequenzen von mir! Ich hätte versucht, die Sache auf sich beruhen zu lassen, aber mein Kollege informierte den Elternbeirat des Gymnasiums, und dann kam die Geschichte ins Rollen. Sie wissen, wir sind auf die Eltern angewiesen. Sie wissen selbst, dass sie hohe monatliche Beiträge zu zahlen haben, und dadurch besitzen sie auch eine gewisse richtungsweisende Kompetenz, wenn ich so sagen darf. Die Eltern fragten nach, welche Schüler da unerlaubt in die Grundschule eingedrungen waren. Bei Lehrern, bei anderen Eltern. Beunruhigende Details über Marc und Luis kamen zutage. Dass sie sich für das Computerspiel *Bad Company* interessieren und es wohl auch besitzen zum Beispiel.«

Direktor Obermann schien eine spöttische Regung auf Dillers Gesicht ausgemacht zu haben, denn er herrschte ihn an: »Das ist ein Computerspiel, das freigegeben ist ab achtzehn, Herr Diller! In dem Spiel geht es darum, auf möglichst realistische Weise möglichst viele Menschen zu töten! Nichts, worüber wir lachen sollten! Marc und Luis interessieren sich außerdem in besorgniserregender Weise für Waffen. Marc ist Mitglied in einem Schützenverein! Herr Diller, all jene Amokläufer, die in den letzten Jahren schreckliche Massaker in Schulen und an Universitäten angerichtet haben, waren Mitglieder in Schützenvereinen! Kurz und gut, der Elternbeirat ist mit einer dringenden Beschwerde auf mich zugekommen. Und mit der Forderung, diese Schüler sofort vom Unterricht auszuschließen, weil sie eine Gefahr für die Allgemeinheit darstellen! Es lässt sich nicht leugnen, dass Marc und Luis sich nicht an die Regeln gehalten haben. Und der Regelverstoß wurde als gravierend empfunden. Vor diesem Hintergrund, und sicher auch unter dem Eindruck der aktuellen Ereignisse – ich bitte Sie, Herr Diller, das muss ich Ihnen doch nicht erklären! – musste ich reagieren. Ich halte die Maßnahme für verständlich und angemessen im Interesse der Schule!«

»Und ich halte das für Arschkriecherei!«, konterte Diller in dem Gefühl, hier ohnehin nichts mehr retten zu können.

»Moment, mein Herr, Moment!« Direktor Obermann holte Luft, stand auf und beugte sich über den Schreibtisch. »Sie wünschen doch wohl auch, dass Ihre Kinder in dieser Gesellschaft funktionieren! Was glauben Sie eigentlich, welchen Zweck eine Institution wie diese hier hat? Glauben Sie, es ist unsere Absicht, Ihren, Ihren … Kindern eine nette Zeit zu bereiten? Nein, mein Herr. Unser Auftrag ist, Ihre Kinder zu Menschen zu formen, die funktionieren, Herrgott noch mal! In Ihren Ohren mag das lächerlich klingen oder überreglementiert, aber das ist es nicht! Es ist das, was die Eltern, die ihre Kinder hierher schicken, von uns verlangen! Warum wollen Sie aus Ihrem Sohn einen kritischen Versager machen, der alles infrage stellt, anstatt zu lernen, wie man sich einer Aufgabe verschreibt? Mag sein, dass Ihr Sohn ein ganz normaler Junge ist, aber er hat sich hier anders benommen. Er hat sich mit einem Rebellen eingelassen, mit einem Rädelsführer. Einem Waffennarren und Revoluzzer, der die Theaterbühne dieser Schule dazu benutzt hat, um gegen den Lehrkörper zu agitieren! Sie mögen mich für hysterisch oder paranoid halten, aber ich trage hier mehr Verantwortung als nur für Ihren Sohn! Sehen Sie sich Marc an! Die Faszination für Killerspiele, die Begeisterung für Waffen, sein Außenseitertum. Lesen Sie sich durch, wie potenzielle Attentäter, Amokläufer in der Fachliteratur beschrieben werden. Genau so! Und, ja, ich höre Sie! Die Wahrscheinlichkeit ist eins zu wie viel auch immer. Aber was ist, wenn diese Wahrscheinlichkeit eintritt? Ich garantiere Ihnen, das wird nicht geschehen. Nicht, solange ich hier bin. Nicht, solange ich es verhindern kann. Und ich verhindere es, indem ich Elemente wie Marc Bruckner und Ihren Sohn von dieser Schule werfe!«

Dem Schuldirektor stand ein leichter Schweißfilm auf der Stirn. Er wirkte erregt und war doch fest entschlossen, seine Sache zu vertreten.

Diller hätte noch einige Widerworte parat gehabt, aber es war genug. Er erhob sich, verabschiedete sich mit einem Kopfnicken und verließ das Direktorat. Er rannte beinahe aus der Schule. Nie wieder Hogwarts!, dachte er, und als er die Pforte erreichte, drehte er sich um und reckte der unter päpstlichem Segen stehenden Institution die Faust entgegen. Er hatte den heißen Wunsch, seinen Sohn in die Arme zu schließen und ihn für all seine Zweifel an ihm um Vergebung zu bitten. Diller beschloss, noch bevor er ins Polizeipräsidium aufbrechen würde, nach Hause zu fahren und genau das zu tun.

Maren sorgte noch am selben Tag dafür, dass Luis am kommenden Montag auf das staatliche Gymnasium in ihrem Stadtteil wechseln konnte. Während Diller auf der Sicherheitskonferenz seinen Dienst tat, unterzogen Maren, Mona und Luis die Methoden des katholischen Gymnasiums, von deren heilsamer Strenge zumindest Maren und Diller bisher überzeugt waren, einer kritischen Prüfung. Als Diller spätnachts heimkam, waren alle noch wach und bei der elterlichen Selbstkritik angelangt. Diller räumte ein, dass ihr halbherziges Bekenntnis zu einer autoritären Erziehung, deren Prinzipien sie im Grunde nicht teilten, Luis in einen Loyalitätskonflikt gebracht habe. Freimütig gestand er, wie überraschend schnell sich seine Perspektive vor allem nach dem Gespräch mit Direktor Obermann geändert habe, während Luis sich mehr und mehr öffnete und mit immer neuen Details aufwartete, die die Paranoia des Direktors belegen sollten. Es war Diller vollkommen egal, ob alles, was sie da hörten, stimmte oder nicht, denn er spürte, dass es ihnen gelungen war, wieder eine Verbindung zu Luis herzustellen, und das war mehr wert als die pädagogisch wertvolle Nachmittagsbetreuung, die ihren eigenen Vorstellungen fremd war.

Samstag, 9. Februar

Am Samstag war Diller der Einzige, der früh aufstand. Gegen sieben verließ er das Haus, um halb acht traf er im *Wittelsbacher Hof* ein und nahm am Morgenbriefing der Sicherheitskräfte teil. Es hatte bis zur Stunde keinerlei berichtenswerte Vorkommnisse gegeben. Polizeipräsident März gab einen Bericht über die Situation in der Stadt und konnte vermelden, dass durch den entschlossenen Einsatz bewaffneter Kräfte und zahlreiche Festnahmen seit Mittwoch weitere Auseinandersetzungen unterbunden werden konnten. Den Demonstranten und Unruhestiftern sei unmissverständlich klargemacht worden, dass jegliche Form öffentlichen Aufbegehrens mit härtesten Mitteln unterbunden werde. Die Formulierungen, die März wählte, legten implizit nahe, dass er auch vor dem Gebrauch von Schusswaffen nicht zurückschrecken würde. Niemand hatte dagegen etwas einzuwenden. Angesichts der besonderen Umstände seien auch die ansonsten üblichen Demonstrationen gegen die Sicherheitskonferenz nicht genehmigt worden. Es sei zum gegenwärtigen Zeitpunkt nicht möglich, sich auf das Risiko von Menschenansammlungen einzulassen. Auch dagegen hatte selbstverständlich keiner der Anwesenden Bedenken. Der Einsatzleiter dankte dem Polizeipräsidenten und machte die Agenda des Tages in der vom Organisationskomitee bestätigten abschließenden Fassung bekannt. Sie wurde als zweiseitiger Ausdruck an die Anwesenden verteilt.

Kessel, der schräg hinter Diller saß, überflog das Papier. Am Vormittag sprachen der Generalsekretär der Vereinten Nationen, die Bundeskanzlerin und der britische Premierminister, danach die amerikanische Außenministerin und ihr russischer Amtskollege. Kessel überflog den Rest des Programms. Um fünfzehn Uhr war Kaffeepause. Ab sechzehn Uhr fünfundvierzig hielt Jeremy Kindall seinen Vortrag über »Cyber Security«. Den Rest des Programms ignorierte Kessel.

Als das Briefing vorüber war und sich die Teilnehmer zurück auf ihre Posten begaben, sprach Kessel Diller an.

»Irgendetwas Neues?«, fragte er ihn.

»Nein, gar nichts.«

Er kam Kessel ein wenig milder vor, aber das konnte täuschen. Es war nun nicht mehr auszuschließen, dass er bereits mit Osmanoglu gemeinsame Sache machte und Kessel nur in Sicherheit wiegen wollte.

Kessel hatte eine klare Vorstellung davon, was er an diesem Tag tun musste, weil Bobby Habib ihm genaue Instruktionen gegeben hatte.

Konzentrieren Sie sich allein auf Ihren Weg, auf die Handgriffe, die Sie tun müssen. Machen Sie sich keine Gedanken darüber, was andere zu tun haben. Wenn Sie Ihre Aufgaben gewissenhaft erfüllen, werden Sie am Abend dieses Tages ein freier Mann sein.

Aber Kessel wusste nicht, ob er es tun würde. Es fühlte sich so unwirklich an. Wenige Meter von ihm entfernt stand der Generalsekretär der Vereinten Nationen, umgeben von Personenschützern, die noch kurz zuvor mit Kessel im Briefing gesessen hatten. Er war ein freundlicher, klein gewachsener Mann, dieser Generalsekretär, dachte Kessel.

Das Warten wird Ihnen die größte Disziplin abverlangen. Lenken Sie sich ab. Versuchen Sie, nicht an das zu denken, was Sie tun werden. Es ist Ihnen sowieso nicht möglich, eine präzise Vorstellung davon zu entwickeln. Hören Sie den Reden der Politiker zu! Das wird Ihnen helfen, ruhig zu bleiben.

Kessel hatte geglaubt, das sei ein Scherz gewesen, aber jetzt schien es ihm wirklich das Beste, was er tun konnte. Er trug einen Empfänger im Ohr und einen Anstecker, der ihn als Angehörigen der Sicherheitsbehörden auswies. So konnte er sich frei unter den Staatsgästen bewegen und sich am Rand des Plenums einen Platz suchen. Er setzte einen Kopfhörer auf und folgte den Begrüßungsworten des Conference Chairman, der bereits sprach, als in den Bänken noch Unruhe herrschte. Erst als er den UN-Generalsekretär ankündigte und ans Rednerpult bat, standen alle auf und applaudierten. Kessel hatte Mühe, der Simultanübersetzung zu folgen, die allenfalls vagen Sinn ergab. Es war ja auch keine Überraschung. Diese Reden waren nicht dazu da, Informationen zu übermitteln und verstanden zu werden. Es war wichtig, dass alle diese Menschen sich zur gleichen Zeit im selben Raum aufhielten. So demonstrierten sie Gesprächsbereitschaft und Übereinstimmung in wichtigen Fragen.

Kessel hielt es keine fünf Minuten länger hier aus. Er fasste sich an den Empfänger am Ohr, täuschte einen dringenden Anruf vor und bewegte sich zielstrebig zum Ausgang.

Vermeiden Sie es, womit auch immer, auf sich aufmerksam zu machen.

Kessel hatte gegen dieses Gebot verstoßen. Er tat gut daran, sich einen Ort zu suchen, an dem er sich aufhalten konnte, bis er zu tun bekam. Er betrat die Lobby, die voller Menschen war, die sich dort allerdings nie lange aufhielten. Es gelang ihm, einen Sessel zu ergattern, von dem aus er alles beobachten konnte, ohne selbst beobachtet zu werden. Erst mittags erhob er sich wieder, um sich bei seiner Einheit blicken zu lassen, die sich in der provisorischen Kantine im Kellergeschoss traf. Er aß nichts, und es gelang ihm, Diller aus dem Weg zu gehen.

Gegen zwei Uhr steigerte sich Kessels Nervosität ins Unerträgliche. Er saß in der Lobby und wartete, und je länger er wartete, desto ernsthafter wurden seine Zweifel an den Vorhersagen Bobby Habibs.

Rechtzeitig wird ein Hinweis auf meinen Namen auftauchen. Ihr Freund Diller wird der Spur sofort folgen. Von diesem Moment an läuft für Sie die Uhr.

Die Uhr lief schon die ganze Zeit für ihn, doch was hieß »rechtzeitig«, wann wäre das, und was für ein Hinweis konnte das sein? Es dauerte noch eine weitere Stunde, bis ihm Diller über Funk die ungeheure Neuigkeit mitteilte.

»Erich, im Krankenhaus ist ein Namensschild aufgetaucht: A. Habib.«

Kessel schlug die Aufregung direkt auf den Magen, als er das hörte.

»A. Habib? Verstehe ich nicht.«

»Das ist der Name auf der Quittung. A. Habib. Abdullah Habib. Das war der Name, der auf der Quittung für die Mietkaution in der Geroltstraße stand, erinnerst du dich?« Diller klang freudig, fast hysterisch.

»Könnte das nicht auch ein anderer Name sein? Soviel ich weiß, ist Habib ein ziemlich häufiger Name – und A. muss nicht unbedingt Abdullah heißen.«

»Erich, das könnte ein Hinweis sein, der dich entlastet!«

Kessel konnte sich nicht helfen, aber ihm war Dillers vorgebliche Begeisterung zuwider.

»Schön, dass du das glaubst. Wie seid ihr darauf gekommen?«

»Sie haben jedes Namensschild in der Klinik, das sie finden konnten, mit dem aktuellen Mitarbeiterbestand abgeglichen und fanden keinen oder keine A. Habib unter den aktuell Beschäftigten.«

»Das heißt, es gab einen?«

»Ein*e*, ja. Nach ihr wurde auch sofort gesucht. Es handelt sich um eine Aleha Habib, eine Inderin, die vor zehn Monaten Deutschland verlassen hat.«

»Also könnte das Schildchen auch von ihr stammen.«

»Könnte, könnte, könnte, Erich! Es könnte aber auch sein, dass wir hier eine Spur haben, die sich gegen Salem Yusuf verwenden lässt und uns hilft, den Mord an Amir Aslan aufzuklären. Das sollte dich freuen, Mann.«

»Weiß es die Staatsanwältin schon?«, fragte Kessel so nüchtern wie möglich.

»Ja.«

»Schön, und was passiert jetzt?«

»Kann sein, dass es einen Abdullah Habib gibt. Kann auch sein, dass das einfach nur ein Deckname ist«, sagte Diller.

Mein kluger Freund, dachte Kessel.

»Ich lasse gerade noch mal sämtliche Akkreditierungslisten für die SichKon durchgehen und nach den Namen Habib, A. Habib und Abdullah Habib durchsuchen. Ich gebe dir Bescheid, wenn ich das Ergebnis habe.«

Sie verabschiedeten sich. Kessel ging es mittlerweile ziemlich schlecht, er musste sich setzen. Diller war ihm gerade vorgekommen wie ein Suchhund, der Blut gewittert hatte. Er war noch immer ein Ermittler durch und durch, jemand, dem es einen Adrenalinkick verschaffte, andere zu verfolgen. Wenn ihm Kessel innerhalb der nächsten Stunde ins Visier geriete, hätte er nicht die geringste Chance, seinen Zustand zu verbergen. Dann würde alles auffliegen. Kessel hatte gerade einen kalten Schweißausbruch überstanden und erholte sich jetzt davon. War Dillers Anruf, war der Fund des Namensschildchens der Hinweis, von dem Bobby Habib geredet hatte?

Rechtzeitig wird ein Hinweis auf meinen Namen auftauchen. Ihr Freund Diller wird der Spur sofort folgen. Von diesem Moment an läuft für Sie die Uhr.

Es war wohl eingeplant, dass Kessel jetzt noch genug Zeit hatte. Er musste sich einfach darauf verlassen.

Um acht Minuten nach vier rief ihn Diller wieder an, und auch diesmal war es beinahe zu viel für Kessel, doch was er hörte, ließ alle Zweifel an Bobby Habib in ihm verstummen.

»Wir haben jetzt alle durch. Ausgerechnet in der US-amerikanischen Delegation ist ein Mann namens Abdullah Habib akkreditiert. Aber wir geben keinen falschen Alarm. Die US-Behörden haben uns auf Anfrage bestätigt, dass die Akkreditierungspapiere, so wie sie uns vorliegen, vollständig und in Ordnung sind. Wir suchen weiter.«

Kessel hatte es satt, von Diller angerufen zu werden, jedes Mal fürchtete er, aufzufliegen. Die gute Nachricht aber war, dass Bobby Habib alles genauso vorhergesagt hatte, und es war bisher nichts schiefgelaufen!

Kessel begab sich zu den Liften in der Lobby.

Im Flur auf der Westseite des ersten Stockwerks befindet sich eine Metalltür, die mit einem Vierkantschlüssel zu öffnen ist. Diese Tür wird aufgeschlossen, aber angelehnt sein. Die Wachen patrouillieren dort oben nur in etwa zehnminütigen Abständen. Pünktlich um sechzehn Uhr gehen Sie hinein und drücken die Tür hinter sich zu, aber schließen nicht ab! Achten Sie darauf, dass sie geschlossen ist, das könnte Sie verraten.

Als er oben aus dem Lift stieg, stand ein einzelner Mann vor ihm im Gang. Er konnte nicht an ihm vorbeigehen, ohne Gefahr zu laufen, von ihm beobachtet zu werden, wie er in der Tür verschwand. Er wusste nicht, wie er darauf reagieren sollte, und schlenderte etwas unbeholfen an den Schaukästen entlang durch den Gang. Er betrachtete eine Auswahl aufwendig drapierter Seidenschals, die man in einer der Luxusboutiquen im Erdgeschoss kaufen konnte. Bobby Habib hatte von Wachen gesprochen, die patrouillieren, aber er hatte die Personenschützer nicht erwähnt, die überall herumstanden, und dieser hier musste einer davon sein. Er nickte Kessel zu, sagte aber nichts, vielleicht sprach er kein Deutsch. Kessel nickte zurück. Vielleicht war es auch jemand, der sich schlicht und einfach für ein paar Minuten abgeseilt hatte. Nach einigen ewigen Sekunden verschwand er in Richtung Westen, wohin auch Kessel musste. Kessel ging bis zum Ende des Ganges und blieb dann stehen. Nach weiteren dreißig Sekunden wagte er einen Blick. Der andere ging immer noch im Schneckentempo, als habe er hinter einer dieser Türen einen Termin und sei zu früh dran.

Kessel sah auf die Uhr.

Sie sollten im Lüftungsraum sein, sobald Kindall seine Rede beginnt, damit Sie genug Zeit haben, sich mit der Technik und den Gegebenheiten vertraut zu machen.

Es war sechzehn Uhr drei. Bisher war die Agenda der Sicherheitskonferenz sekundengenau eingehalten worden. Kindall redete also bereits seit drei Minuten. Kessel war spät dran, vielleicht schon zu spät. Endlich war der Mann vor ihm außer Sicht.

Kessel fand die Tür in der Wand, schob sich in den Raum dahinter und drückte sie sorgfältig wieder zu.

Sie befinden sich in einem Raum, in dem die Haustechnik untergebracht ist. Betonboden, Rohre, Schaltkästen. Es ist deutlich wärmer als in den klimatisierten Bereichen. Zu Ihrer Linken befinden sich Lüftungsschlitze mit verstellbaren Lamellen. Bei normalen Temperaturen stehen sie etwa halb offen, was für unsere Zwecke ausreicht. Sie gehen bis in die Mitte dieses Raums, der sich über die ganze Breite des Plenarsaals erstreckt. Ihre Waffe finden Sie unter einer blauen Plastikfolie am Boden vor den Lüftungsschlitzen. Sie wurde erst wenige Minuten vorher dort deponiert.

Kessel schlich auf Zehenspitzen bis zur Mitte des unbeleuchteten Raums und fand die Waffe genauso vor, wie Bobby Habib es ihm beschrieben hatte.

Es ist ein Scharfschützengewehr DSR-precision DSR 1, wie es Ihre SEKs verwenden. Sie werden ein gewöhnliches Zielfernrohr verwenden müssen. Den roten Punkt eines Laser-

pointers könnten auch alle anderen im Saal erkennen und seine Herkunft in Sekunden orten. Auch wenn alles gelingt, werden Sie nicht viel Zeit haben.

Kessel fasste das Gewehr nicht an. Solange er das nicht tat, hatte er noch keine Fakten geschaffen. Keine *weiteren* Fakten, korrigierte er sich, als ihm Amir Aslan einfiel. Aber für Skrupel war keine Zeit mehr. Er konnte sich kampflos ergeben oder das hier versuchen. Wenn er es richtig machte, würde er freikommen. Es war das einzig Richtige, was er tun konnte. Also kniete er sich hin und warf den ersten Blick durch einen der Lüftungsschlitze in den Plenarsaal. Er sah, wie Jeremy Kindall am Rednerpult stand und seine Rede hielt. Kessel verstand nicht, was er sagte. Auch mit seinen mehr als vierzig Jahren schien Kindall ein kerniger Bursche. Ein Ex-Navy SEAL, der sich in Form gehalten hatte. Mimik und Gestik zeugten von rhetorischem Training, sein Lächeln war selbstbewusst und doch keineswegs überheblich. Dieser Typ wusste, dass er *tatsächlich* zu den Siegern zählte.

Kessel versuchte, seinen Atem zu kontrollieren und ruhig zu werden. Er nahm das Gewehr auf und legte an. Noch nicht, um zu schießen, sondern um die beste Position zu finden. Er durfte den Lauf nicht durch den Lüftungsschlitz schieben. Die Gefahr, durch Sicherheitsleute im Plenarsaal entdeckt zu werden, war zu groß. Durch das Zielfernrohr konnte er Kindall sehr viel besser erkennen, als er befürchtet hatte. Das gab ihm Sicherheit. Es war absolut möglich, Kindall zu treffen, wenn er ruhig war. Ruhig und konzentriert.

Zur Munition: Wir werden ein Geschoss verwenden, dessen Effekt kaum sichtbar sein wird. Das ist schade. Mit einem

Plastik-Dumdum-Geschoss könnten Sie seinen Kopf zerplatzen lassen wie eine Wassermelone, aber das ließe Ihnen zu wenig Zeit für die Flucht. Zielen Sie auf Kindalls Herz. Wenn Sie ihn dort treffen, wird es aussehen, als erleide er einen Herzanfall, und erst etliche Sekunden später wird man die Situation erfasst haben. In dieser Zeit wird es Ihnen gelingen, die Waffe zurück an ihren Platz zu legen, die Handschuhe einzustecken und den Raum in Ruhe zu verlassen.

Kessel überprüfte, ob die Waffe geladen war, und machte sich mit der Entsicherungsmechanik vertraut. Er legte wieder an und versuchte, auf Kindalls Herz zu zielen. Jeremy Kindall hatte bei seiner Rednerausbildung gelernt, dass eine lebendige Körpersprache zum Erfolg beitragen kann. Es war nicht leicht, die linke Brustseite lange genug im Visier zu behalten. Er bewegte sich zu viel.

Sie haben nur einen Schuss. Wenn Sie danebenschießen, können Sie noch einmal schießen, aber Panik wird ausbrechen, und selbst wenn Sie Kindall mit dem zweiten treffen, werden Sie nicht mehr genug Zeit haben zu fliehen. Deshalb treffen Sie mit dem ersten.

Kessel entsicherte das Gewehr und legte den Zeigefinger an den Abzug.

Ich weiß nicht, ob Sie schon einen Menschen getötet haben. Die meisten stellen sich die Aufgabe groß und schwierig vor. In Wirklichkeit ist es sehr einfach.

Kessel krümmte den Zeigefinger. Ein Geräusch, nicht lauter als das Öffnen einer Coladose. Kindalls Oberkörper schraubte sich hoch, er griff sich mit der Linken ans Herz und versuchte, sich mit der Rechten am Rednerpult festzuhalten, doch schon im nächsten Augenblick sank er zu Boden. Zuhörer aus der ersten Reihe sprangen ihm erstaunlich geistesgegenwärtig bei, schrien nach einem Arzt, Kessel spürte die Welle des Entsetzens, die er ausgelöst hatte. Einen Augenblick später geriet der ganze Saal in Panik.

Nachdem Sie geschossen haben, müssen Sie unbedingt besonnen bleiben. Sie legen das Gewehr so auf den Boden, wie Sie es gefunden haben, und werfen die Decke darüber. Dann verlassen Sie den Lüftungsraum.

Kessel zwang sich mit aller Kraft, genau das zu tun, was Bobby Habib ihm gesagt hatte, und dabei die Ruhe zu bewahren.

Sie behalten die Nerven und suchen zusammen mit ihren Kollegen Abdullah Habib.

Er fühlte, dass er kurz vor einem Zusammenbruch stand. Allein die Vorstellung, dass dann alles vorbei sein würde, ließ ihn funktionieren. Er legte die Waffe hin und steuerte auf die Tür des Lüftungsraums zu. Er rechnete fest damit, sofort verhaftet zu werden, sobald er ihn verließ, doch als er in den Gang hinaustrat, fand er ihn leer. Er musste zusehen, möglichst schnell unter Menschen zu kommen, damit man ihn sah. Beinahe wäre ihm das Herz stehengeblieben, als ihm eine Gruppe von Sicherheitsleuten entgegenlief. Aber sie nahmen keine Notiz von ihm. Als er im Plenarsaal ankam, war er außer Atem und fühlte sich, als wäre er minutenlang bewusstlos gewesen.

Er suchte und fand Diller, der auf ihn zueilte und fauchte: »Er ist erschossen worden! Das kam irgendwo von da oben! Das war Abdullah Habib, verstehst du? Abdullah Habib! Er ist in diesem Gebäude. Wir müssen ihn finden!« In dem angsterfüllten Aufruhr von Ärzten, Sanitätern, Sicherheitspersonal und Teilnehmern sammelte Diller seine Leute um sich und gab ihnen Instruktionen. Kessel signalisierte ihm, dass er sich auf die Suche machen wollte, und lief, mit gezogener Dienstpistole, wieder die Treppe in den ersten Stock hoch. Anders als noch vor wenigen Minuten herrschte in den Fluren Hochbetrieb. Kessel kam auf die Westseite des Flurs und sah, dass noch niemand die Tür in der Wand entdeckt hatte. Er winkte zwei Polizeibeamte zu sich und befahl ihnen, ihm Deckung zu geben. Er stieß mit dem Fuß die Tür auf und ging mit vorgehaltener Pistole hinein.

Sie werden derjenige sein, der die Waffe findet. Denn nachdem Sie sie benutzt haben, werden sich Spuren von Ihnen daran finden. Winzige Härchen, Hautschuppen. Deshalb ist es wichtig, dass Sie als Erster die Waffe in die Hand nehmen. Mit Ihren Gummihandschuhen.

Als er vor der Folie stand, unter der das Gewehr lag, ging er auf die Knie, holte seine Gummihandschuhe aus der Tasche, streifte sie über, warf die Folie zurück und betastete das Gewehr, als untersuche er es. Dann sagte er zu den Polizisten: »Das ist die Waffe, mit der auf Jeremy Kindall geschossen wurde! Machen Sie mir sofort eine Verbindung zur Einsatzleitung!«

Kessel wurde intensiv vernommen. Seine Aussage war knapp, eindeutig und klar. Verrückterweise hatte er dabei tatsächlich nicht das Gefühl zu lügen, als er erzählte, wie er auf die Waffe gestoßen war. Diller hatte von einem Schützen geredet, der »von oben« geschossen habe. Daraufhin sei er in den ersten Stock gerannt, um nach ihm zu suchen. Die angelehnte Tür in der Wand sei ihm aufgefallen. Er habe sich Verstärkung geholt und sei hineingegangen. Dort habe er die Waffe gefunden. Die beiden

Beamten, die ihn begleitet hatten, bestätigten seine Aussage. Die Spurensicherung nahm eine DNS-Probe von Kessel, um bei der Untersuchung der Waffe von ihm hinterlassene Spuren erkennen zu können.

Die Ermittlungen wendeten sich anderen Problemen zu. Jeremy Kindalls Tod wurde noch auf dem Podium festgestellt. Niemand konnte bezweifeln, dass es sich bei seiner Ermordung um einen terroristischen Anschlag handelte. Die Tatsache, dass er mit einer Waffe verübt worden war, die sowohl beim deutschen Militär als auch bei der deutschen Polizei verwendet wurde, warf eine Vielzahl unangenehmer Fragen auf. Ein Sprecher der Einsatzleitung wies darauf hin, dass die Waffe auch bei den Einsatzkräften vieler Bündnisstaaten in Gebrauch sei. Die amerikanische Delegation äußerte ihre Fassungslosigkeit über das Ausmaß der nun sichtbar gewordenen Sicherheitslücken, die es dem Täter erlaubt hatten, unerkannt zu fliehen. Die Frage, ob es unter diesen Umständen nicht sinnvoller wäre, die Sicherheitskonferenz sofort abzubrechen, wurde offen gestellt.

Kessel saß wieder in der Lobby, niemand nahm mehr Notiz von ihm. Er hatte seinen heldenhaften Auftritt gehabt und seine Aussage zu Protokoll gegeben, aber danach hatte ihm Diller keine weiteren Aufgaben zugewiesen. Zuerst dachte er, Diller ahne etwas, aber es war wohl als reine Vorsichtsmaßnahme gedacht. Diller wollte ihn nicht überfordern. Lange wagte er nicht, einfach zu gehen. Erst als er spürte, dass sich das Geschehen immer weiter von ihm entfernte, dass die Bedeutung seiner Tat weit jenseits von dem lag, worüber er nachgedacht hatte, stahl er sich davon, und doch wunderte es ihn, dass ihn niemand aufhielt.

Die Nacht endete für ihn im Klo seiner Wohnung, wo er die Kachel aus der Wand löste und sich, beinahe ohnmächtig vor Erschöpfung, den Schuss vorbereitete, nach dem er sich schon seit mehr als zehn Stunden gesehnt hatte.

Sonntag, 10. Februar

Als Kessel am nächsten Morgen nicht im *Wittelsbacher Hof* erschien und unter keiner Nummer erreichbar war, musste Diller sich nicht sonderlich anstrengen, um sich vorzustellen, was passiert war. Er fuhr in die Goethestraße. Kessel öffnete die Tür nicht. Diller trat die Tür ein und fand Kessel bewusstlos auf seinem Bett liegend. Er fühlte seinen Puls, der noch schlug. Kessel hätte nicht in ein städtisches Krankenhaus eingeliefert werden dürfen, wenn eine Chance bestehen sollte, seine Drogensucht weiterhin zu verheimlichen. Zuerst überlegte Diller, ob er Maren bitte sollte, Kessel in eine der Privatkliniken im Alpenvorland zu bringen, da er selbst nicht so lange von der Sicherheitskonferenz weg konnte, doch dann entschied er sich dagegen. Er konnte und wollte ihn nicht länger decken. Wichtiger war, dass Kessel endlich clean wurde, auch wenn er diese Haltung Dillers vermutlich als Verrat empfände. Er rief einen Notarztwagen, der Kessel abholte und in die Suchtstation des Kreiskrankenhauses in Haar einlieferte.

Als Diller in den *Wittelsbacher Hof* zurückkehrte, erhielt er eine Mitteilung der amerikanischen Botschaft, ein Abdullah Habib sei zwar mit vollständigen Unterlagen für die amerikanische Delegation akkreditiert worden, eine dazugehörige Person existiere jedoch nicht. Wer die Akkreditierung veranlasst und zu verantworten hatte, werde zur Stunde geprüft.

Eine Sonderkommission »Abdullah Habib« wurde gegründet. Die globale Öffentlichkeit wurde über wichtige Details informiert. Interviews mit Terrorspezialisten wurden geführt. Das Leben Jeremy Kindalls wurde durchleuchtet. Seine Rolle als Betreiber einer privaten Sicherheitsarmee wurde nicht verschwiegen. Es wurde aber auch darüber berichtet, dass er als streng gläubiger Christ galt, der immer bereit gewesen war, für seine Überzeugungen einzutreten.

Um zehn Uhr traten der Conference Chairman, der Generalsekretär der Vereinten Nationen, die Bundeskanzlerin und der amerikanische Verteidigungsminister vor die Presse, um ein gemeinsames Statement abzugeben. Sie erklärten, die Sicherheitskonferenz werde wie geplant beendet. Jeremy Kindall, der sein Leben für die Freiheit gegeben habe, hätte es so gewollt.

Epilog

Die Sicherheitskonferenz endete am Sonntag um dreizehn Uhr mit der Vorstellung einer von allen Teilnehmern unterzeichneten Erklärung über die Verteidigung der westlichen Wertegemeinschaft.

Die Ermittlungsbehörden suchten vergeblich nach Abdullah Habib. Es wurden mehrere Männer dieses Namens festgenommen. Keinem von ihnen konnte irgendeine Beziehung zu terroristischen Kreisen oder zu der Tat nachgewiesen werden.

Auch Salem Yusuf wurde strengsten Vernehmungen unterzogen, unter anderem im Beichtstuhl. Er blieb dabei, keine Person mit dem Namen Abdullah Habib zu kennen. Salem Yusuf verbrachte weitere acht Monate in Haft. Staatsanwaltschaft und Verteidigung legten einander widersprechende Gutachten vor. Das Gericht entschied schließlich, dass aus der Übereinstimmung der biometrischen Daten allein nicht mit hinreichender Sicherheit auf die Identität von Salem Yusuf und Idris Maher geschlossen werden könne. Da weitere Hinweise auf diese Personengleichheit nicht vorlägen, müsse Salem Yusuf freigelassen werden.

Salem Yusuf trat nach der Haftentlassung seine Reise nach Kenia an.

Didem Osmanoglu triumphierte zunächst, als sie von Erich Kessels Einlieferung in die Suchtklinik erfuhr. Ihre Ermittlungen gegen ihn erwiesen sich jedoch als schwierig und blieben erfolglos. Es fanden sich keine Zeugen, die aussagten, Kessel in der fraglichen Nacht am Steuer gesessen habe. Diejenigen, die ihr von der Presse genannt worden waren, zogen ihre Aussage zurück. All ihre Hoffnungen ruhten demnach auf dem verkehrstechnischen Gutachten, das sie in Auftrag gegeben hatte. Es ergab, dass nicht mit Sicherheit nachzuweisen sei, dass Amir Aslans Verletzungen durch das Fahrzeug verursacht worden waren, in dem Kessel und Diller gesessen seien. Daraufhin stellte die Staatsanwaltschaft das Verfahren ein.

Bei Erich Kessel wurde ein stationärer Drogenentzug durchgeführt. Danach wurde er in eine therapeutische Einrichtung zur Langzeittherapie überwiesen. Maren und Markus Diller versuchten mehrmals, Besuche mit ihm zu vereinbaren, doch er lehnte jede Form der Kontaktaufnahme ab.

Es vergingen neun Monate, ehe er aus der stationären Behandlung entlassen wurde. An einem Montag Morgen erschien Kessel im Polizeipräsidium, betrat sein Dienstzimmer und setzte sich an seinen Schreibtisch. Er strich mit den Handflächen über die leere Arbeitsfläche und schien herausfinden zu wollen, wie es sich anfühlte, wieder hier zu sitzen. Als Diller davon hörte, dass er wieder da war, zögerte er eine Weile, doch dann ging er zu ihm. Es kam ihm vor, als wäre Kessel aus dem Totenreich zurückgekehrt. »Wie geht es dir?«, fragte er ihn.

Kessel machte ein Gesicht, als sei er selbst am meisten überrascht und antwortete: »Besser denn je.«

PIPER

Hugh Howey

Silo

Roman. Übersetzung aus dem Englischen von Gaby Wurster und Johanna Nickel. 544 Seiten. Gebunden

Drei Jahre nach dem mysteriösen Tod seiner Frau Allison setzt Sheriff Holston seiner Aufgabe ein Ende und entschließt sich, die strengste Regel zu brechen: Er will das Silo verlassen. Doch die Erdoberfläche ist hoch toxisch, ihr Betreten bedeutet den sicheren Tod. Holston nimmt das in Kauf, um endlich mit eigenen Augen zu sehen, was sich hinter der großen Luke befindet, die sie alle gefangen hält. Seine Entdeckung ist ebenso ungeheuerlich wie die Folgen, die sein Handeln nicht zuletzt für seine Nachfolgerin Juliette hat Hugh Howeysverstörende Zukunftsvision ist rasanter Thriller und faszinierender Gesellschaftsroman in einem. »Silo« handelt von Lüge und Manipulation, Loyalität, Menschlichkeit und der großen Tragik unhinterfragter Regeln.

01/2023/01/R